夫婦で行く旅の食日記

世界あちこち味巡り

清水義範

集英社文庫

はじめに

海外旅行中に食事をとると、料理の写真を熱心に撮る人がよくいる。私は興ざめな気がして料理の写真を撮らないのだが、撮る人の気持ちがわからないではない。海外で、その国の名物料理を食べるのは、刺激に満ちた大きな楽しみである。思いがけずおいしいものに出合い感動するのも、その反対に、口に合わないものにあたってもてあますのも、旅の楽しみの大きな要素だと思う。この国はこういう味なのか、ということがわかってくるのは、外国理解の第一歩でもある。

とはいえ、私はそんなには食べ物の味に厳密な人間ではない。あそこでは何を食べたっけ、と考えて、思い出せないこともよくあるのだ。

ところが、私の妻が舌の記憶のいい人間なのである。どこで何を食べ、どんな味だったか、というのをきっちりと覚えているのだ。あれは香辛料に何が使われていたか、ということまで記憶していて、自宅でその味を再現しようとすればまあまあのところまでできるのだ。

そのせいで、我が家では海外旅行のあと、自宅で、あの国でおいしかったあれを再現して作ってみよう、ということをよくやる。もともと料理が趣味なので、楽しくもあり、料理のレパートリーも増えてとても具合がいいのだ。

本書は、世界のあちこちを巡って食べたものの食日記である。おいしかったものもあり、それほどでもなかったものにも出合っているが、料理からはその国の生活文化が見えてくるものだ。味を知っていくことはその国を理解していくことでもある。なんて大袈裟に言わなくても、外国の料理を知るのはとても楽しいことなので、読んで旅行をしている気分を味わってほしい。

それから、「あの味を再現してみる」のコーナーに取り上げたものは、すべて我が家で、私と妻が実際に作ってみたものである。

本当に作って、ｗｅｂ連載の時にはその料理の写真をご覧いただいていた。この文庫本では、小さなモノクロ写真では料理の姿がよくわからないので、なかだえりさんのイラストで表現してもらっている。なかださんには本文中にも異国を旅する情緒満点のイラストを描いていただいており、楽しい本になっていて感謝している。

本書の中で食べ歩いた国は、トルコ、インド、ウズベキスタン、イラン、レバノン、シリア、ヨルダン、エジプト、イエメン、チュニジア、モロッコ、ギリシア、マケドニア、アルバニア、モンテネグロ、ボスニア・ヘルツェゴビナ、セルビア、スロベニア、クロアチア、ハンガリー、ルーマニア、ブルガリア、スペイン、イタリアといったところである。そしてそれぞれの国で、周辺国から影響を受けている料理や、その国独自の料理を味わってきた。そのことだけをとっても、豊かで楽しいことだった。皆さんを、味の旅行にいざないたい、という思いからこの本は出来上がっている。どうかお腹（なか）をすかせてお読み下さい。

清水義範

CONTENTS

あの味を再現してみる

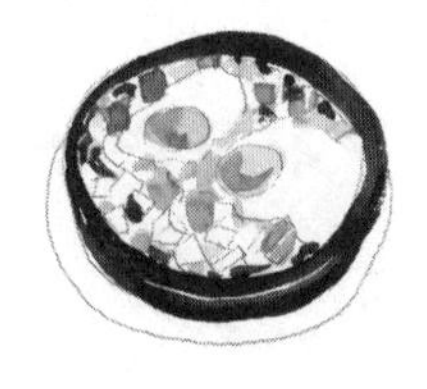

あの味を再現してみる

夫婦で行く旅の食日記　世界あちこち味巡り

第一章

トルコ料理で世界の味に目覚める

道端でシミットを売るおじさん

ピクルスを煮る、ということに驚いてしまった。キュウリや、時にはカリフラワーやパプリカなどを酢漬けにした、あのピクルスだ。その漬物をソーセージと合わせてトマト煮にしてあったので、なんと珍しいことをするものかと驚いたのだ。

食べたことはないが、京都には、おこうこの炊いたん、という料理があるときいている。

それに近いのかしらと思うが、トマト煮だというのが和食とは大きく違っている。さてどんな味のものだろう、と食べてみた。

トルコのイスタンブールの、ホテルのレストランで朝食をとった時のことだ。

1

順を追って話そう。一九九六年の秋のことだが、私と妻はトルコのイスタンブールを訪ねた。JALの機内誌のための仕事で、イスタンブールにだけ五日間滞在するのだ。四十九歳の時で、トルコへ行くのは初めての体験だった。

仕事というのは、イスタンブールの名所でカメラマンに写真を撮られて、あとで滞在記のようなエッセイを書くこと。トルコの観光局も後援してくれて、ホテルの滞在費はトルコ政府がもってくれた。オルタキョイという若者の街の、プリンセス・ホテルという中級のホテルだった。

朝の九時にホテルのロビーにスタッフが集合して、アヤソフィアやブルーモスクなど名所へ行って、夫婦で写真を撮られるわけだ。そんなモデル役は人生初の体験で、笑って、と言われて表情を作ることにヘトヘトになった。

八時半頃にホテルのレストランで朝食をとるのだが、朝食には遅い時間らしく、もうあまり料理が残っていないのだった。パン、ジュース、ヨーグルト、フルーツ、コーヒー、紅茶などと、わずかに残った一品か二品の料理だ。その、かろうじて残っている料理が、ピクルスとソーセージのトマト煮だったのだ。

さて食べてみると、これが絶妙にうまいのだった。トマト煮だから少し酸味があるが、小指大のキュウリのピクルスはそんなに酸っぱくはなく、玄妙な味を出している。そしてピクルスと同量くらいの小ぶりなソーセージが入っていて、その二つがちょっと不思議なコンビネーションを生み出しているのだ。ちょっと酸っぱ、ソーセージうまい、トマト味さっぱり、ピクルス不思議、という気分で食が進む。胡麻（ごま）のかかったパンとよく合って、ついパンを食べすぎるほどだ。

トルコにはイスラム教徒が多いんじゃなかったっけ、と不思議に思う人のために言うと、そのソーセージは豚肉ではなく、おそらく羊肉のものだったと思う。でも、豚のソーセージとほとんど変らない味だった。

ディナーに出てくるような料理ではないと思う。朝食とか、大衆食堂で出る料理であろう。

この、変ったアイデアで作ってみましたけど、というような料理が、パンを食べさせる能力において際立っていることに感心した。ひょっとしたらトルコ料理は底力があるのではないのか、なんて思う。

ところがところが、当方にトルコ料理に関する知識がないので、大失敗もしてしまうのだった。

初日の昼食は、トプカプ宮殿の中のレストランでとった。トルコ観光局の人が、この昼食はトルコ政府のおごりだから大いに食べて下さい、と言う。だが、妻を見るとちょっと困ったような顔をしている。あちこちの名所で写真を撮られ、ポーズをとることに疲れきってしまい、食欲がないらしい。重い肉料理はとても無理、という感じである。

「ああ、これなら軽いかな」

と妻が指さしたのは、ドルマ、という料理である。

「お米をピーマンにつめたり、ブドウの葉で包んで煮た料理よ、確か」

それなら私も食べられそうだ、と思って、二人で、ピーマンのものと、ブドウの葉のものを注文した。

割にすぐ出てきたその料理を見て、二人とも内心、しまった、と思った。それは冷製でいただく料理だったのだ（店によっては温製もある）。ピーマンの大きなものが油煮になっていて、それを冷やしたという感じ。ブドウの葉のものもボリュームがあって、それぞれ四つずつ皿にのっている。

中のライスは松の実などが入っていて、オリーブオイルでこてこてに油っこい。これはオードブルで、メインの料理の前に一つぐらい食べるのが本当らしい、とわかるが、出てきちゃったのだからしょうがない。私と妻はチェンジをして、ピーマン包みと、ブドウの葉包みを一個ずつ、ビールの力を借りてなんとか食べた。なんとなく、あっさりしていて温かい料理のように期待していたので、油っぽい冷製には負けた。

「メインの肉料理を食べませんか」と、観光局の人に言われたが、とても無理である。せっかく接待してくれているのに悪いことをした。

さてその日の夜は、またまたトルコ料理に好感を抱くことになった。日本人のスタッフたちとオルタキョイのホテルの近くで路地を歩いていたら、英語で客引きをしていた兄さんがいたので、そのメイハネに入った。メイハネとは居酒屋のような店で、そこはトルコ人のおじさんたちでいっぱいだった。それでもなんとか席を作ってもらって落ちつくと、ボーイが大きなお盆に小皿をたくさんのせたものを運んでくる。メゼ、というツマミのような、前菜のようなものだ。好きな小皿を自由に取れ、という方式なのだ。

どんなものがあったかというと、小鰯（こいわし）の酢漬けや唐揚げ、白インゲン豆のトマト煮、いろいろな野菜のオリーブオイル漬けやトマト煮、ヨーグルトや豆を使ったペースト類、短いキュウリ丸ごと一本などの皿がある。選んで皿を取るのが楽しい。どれもとっても食べやすそう、と妻も喜んでいる。

この時のメゼでおいしかったのは、小鰯の酢漬け、白インゲン豆のトマト煮、ヒヨコ豆を味付けしてからペーストにしたもの、などだった。日本人の口によく合う味なのである。

私たちはトルコのワインを飲んでいたのだが、隣の席のトルコ人たちが、盛んにすすめてくるのでラクという地酒を注文した。透明の蒸留酒なのだが、強いので水で割ると、その瞬間に白く濁る面白い酒だ。アニスの香りがつけてあってちょっとクセがあるが、飲めなくはない。

大きなお盆にのせられたメゼ

メゼで上機嫌になっている私たちに、外国人と見てのことだろう、店の親父がメイン料理も注文しろ、と言う。周りのトルコ人たちは誰もメイン料理なんか食べていないのに。

しかたがないので魚と肉を一皿ずつ、という大雑把（おおざっぱ）な頼み方をしたら、魚はサバの塩焼き、肉は羊のいろいろな部位のケバブを持ってきた。

サバの塩焼きは日本で食べるのと同じ味で、私は大喜びで食べた。イスタンブールはボスポラス海峡が地中海とつながっているから、海の魚が獲れ、おいしいのだ。

ケバブのほうは、この店に限ってのことであるが、少し焼きがあまく、血の味がした。一般的には、トルコでは肉はウェルダンにしっかりと焼き、臭みはないのが普通なのだが。

2

二日目のホテルの朝食にはまたピクルスとソーセージのトマト煮を食べた。というか、私はそのホテルではそればかり食べていたのである。妻は、ヨーグルトとチーズで朝食に変化をつけて楽しんでいたが。

ところで、トルコで日本人が歩いているとトルコ人がとても友好的な視線を向けてくれるのだ。トルコ人は日本人には好印象を持っていると話にはきいていたが、本当にどの人もニコニコしてくれるのだ。だからイスタンブールではとても心穏やかでいられた。

夜はオルタキョイできのうとは別のメイハネへ行く。きのうよりはしゃれた店で二階に案内された。客層はちょっと若い。

客の中にギターを持った兄さんがいて、なんだか自慢げにトルコの歌を歌っていた。流しというわけではなく、客が自分の楽しみに歌っているのだが、おかげでムードがあった。

きのうと同じように好みのメゼを取って、トルコワインを楽しむ。妻と、イスタンブールになら住めるかもしれないね、と言いあうほどくつろいでいた。

トルコはイスラムの人が九〇パーセント以上だが、比較的自由に酒が飲めるので助かる。ビールも、ワインも、国産のうまいものがある。

イスタンブールには立派なモスクが数多くあり、そのミナレット（尖塔）が特徴的な景観を生み出している。そういうモスクの周辺五十メートル以内に酒場があってはいけないが、それ以上離れていればメイハネもバーもＯＫなのだそうだ。街を歩いている若い女性はほとんどが欧米風の服装である。ジーンズ姿の娘さんもいる。おかげでなじみやすいのだ。

三日目は日曜日で、思いがけずトルコ料理のもうひとつの特徴に出合うことができた。

まるでお祭りのように、広場にどっと出店が並び、人がひしめきあって歩いているのだ。骨董店とか、ピンやバッジを並べた店とか、お菓子の店などが並ぶ中に、食べ物を売る店もあった。それで、うまそうなものを買ってその日の朝食代りにしたのだが、私はこう思ったのだ。

トルコでは、出店で買って、店の前で立って食べるようなものがやけにうまい。

たとえばそのひとつ。妻が、あれ、おいしそう、と言って買ったのが、ジャガイモのクンピルというもの。柔らかく蒸し上げた大きめのジャガイモに切れ目を入れ、そこへ大量のバターをのせてスプーンでぐるぐるとかきまぜる。その上にソーセージ、ピクルス、チーズなど様々なトッピングをしてくれるのだ。そのトッピングの具は二十種類ぐらいあった。

「これ、うちでも作ってみようかなあ」

と言うほど妻は気に入って食べた。

私が食べて気に入ったのは、揚げたての羊肉を挟んだサンドイッチだった。フランスパン（バゲット）に切れ目を入れると、パンの中の柔らかい部分を手でむしり取ってしまうのだ。そして、串に刺してカラッと揚げた羊肉を、串を抜いてパンに挟んでくれる。これはボリュームがあって、羊肉についている味もよく、夢中でかぶりついて食べた。

あんななんでもない出店の食べ物がうまいというのは、その国の料理のレベルが高いということではないだろうか。トルコ料理は、フランス料理、中華料理と並ぶ世界三大料理と言われているのだが、その実力をまざまざと見せつけられた気がした。

その出店の広場で見たのではないが、ボスポラス海峡を渡ったアジア・サイドの丘の上の公園に、どこか東部の田舎から出稼ぎに来たらしき出店があって、そこでもうまそうなものを作っていた。

浅めの中華鍋をひっくり返したような鉄板に、うまく円形の薄い生地を広げて焼く。

そしてそれに、チーズやジャガイモなどを包んで食べるもので、要するにおかず風のクレープのようなものだ。ギョズレメというのだそうだが、それもうまそうだった。

　そうだ、ガラタ橋のそばの海峡で、サバサンドを作っている小船も見たのだ。私たちのスタッフがボスポラス・クルーズをしようと、クルーズ船の船頭と交渉している間、一隻の小船が岸壁側に船尻をつけて停まっているのを見物した。大きな鉄板がのっていて、その上にサバの半身をたくさんのせて盛んに焼いていた。サバはやや小ぶりで半身のおろしが、十五、六センチくらい。それを生野菜といっしょにバゲットに挟んでレモン汁をしぼってかける。店の兄さんが手招きして食べないかとすすめたが、朝食をとったばかりなので食べられなかった。

　だが作り方はしっかりと見たので、日本に帰ってからこのサバサンドは幾度となく作っている。もう完全に我が家のメニューになっているほどだ。

　私と妻は、海外旅行先で出合ったうまいものを、うちの台所で再現する、という趣味を楽しんでいるのだが、そのきっかけになったのがトルコ旅行だったのである。あの時の味を再現してみよう、と様々に工夫する。羊肉は手に入りにくいので、鶏肉や豚肉で代用し、なるべく元の味に近づける遊びは面白いですよ。それでうちのメニューはかな

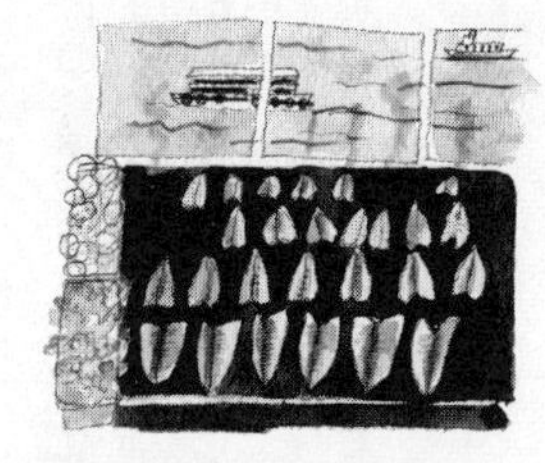

鉄板で焼かれるサバの半身

り豊かになっている。

私も妻も、旅行中に料理の写真を撮るのが嫌いなので、完全に、目と舌の記憶力だけで同じものを作ろうとするのだ。うちの妻は舌の記憶力がいい人で、ちょっと珍しいものを食べては、

「これはクミンが使ってあるな」

とか、

「これはタイムとローズマリーだな」

なんて分析をしている。そうして、あの国の味を我が家で、という遊びをするのだ。

トルコの道端の味で、最もポピュラーなものを語るのを忘れていた。これは出店ですらなくて、街のあちこちで、おじさんが頭の上にお盆のような籠をのせ、そこにシミットというリング状の胡麻パンをいくつかのせて売り歩いているのだ。駅の中とか、交叉点などにしばしばシミット売りのおじさんがいる。

一度買ってみたところ、直径十八センチくらいのリング状になったパンで、胡麻がいっぱいついている。少し硬めでとても香ばしく軽い塩味がくせになる。ホテルに持って帰ってビールのつまみにしたらとてもおいしかった。

四日目の昼は、グランドバザールの門のひとつを出たところにあるロカンタで食べた。ロカンタとは大衆食堂といった感じの店で、中に入るとずらりとおかずの並んだショー

ケースがある。そこで好きなおかずを注文すると席に持ってきてくれる。テーブルには切ったバゲットが山と積まれた大皿が並んでいて、これは食べ放題だそうだ。

その店には煮込み料理が多く並んでいた。野菜をたっぷり使い、肉が入ったような料理が多い。野菜は豆、ナス、ジャガイモ、オクラ、キノコ、トマト、ピーマンなど様々。肉は鶏肉や羊肉、ミートボールなど。

たっぷりの野菜と肉の煮込みという料理は、軽くて胃に負担がかからず、食べやすくておいしい。味はトマト味、チキン味、オリーブオイル味など様々だった。

ロカンタは気楽な大衆食堂だが、メイハネと違って酒を置いていないのがひとつ残念なことだった。

3

イスタンブールで写真を撮られる仕事をして、すっかりトルコが気に入ってしまった私たちは、二年後の一九九八年の夏、トルコの名勝地をまわるツアーに参加した。

このツアーはちょっと贅沢(ぜいたく)なツアーで、イスタンブールで泊ったホテルはヒルトン・イスタンブール。朝食が素晴しく、ピクルスとソーセージのトマト煮しかない、なんてのとはまるで違って豊かだった。

「この蜂蜜、信じられない」

と妻が言うので見てみると、巣の形のままの蜂蜜があった。六角形の小部屋の並んだ巣の形のまま、蜜をたっぷりと含んでいるのだ。そして、巣の部分をからめて食べても、まったく蠟臭くないし、カスが口の中に残るということもないのだ。あんなに質のいい蜂蜜はあれ以来食べたことがない。

イスタンブール二日目のランチは、アタチュルク国際空港近くの「ベイティの店」というケバブ料理のレストランでとった。そこは大変な有名店で、空港に近いから各国の有名人も来るのだそうだ。壁に、クリントン元大統領と、店の主人のベイティさんが並んでいる写真が飾ってあった。

前回のイスタンブールの旅の時には、ロカンタ（大衆食堂）やメイハネ（居酒屋）の食事が中心で、もうひとつのトルコ料理の主役、ケバブ類の話をしなかった。ケバブと言ってもいろいろあるのだが、羊の肉を串に刺して焼いたのがシシケバブ、ミンチ肉を剣に巻きつけて焼いたのがアダナケバブやウルファケバブ、羊肉を円筒形に積んで、それを周りからあぶって焼き、焼けたところを剣でこそげ落として食べるのがドネルケバブだ。ほかにも種類はあるが、そんなところ

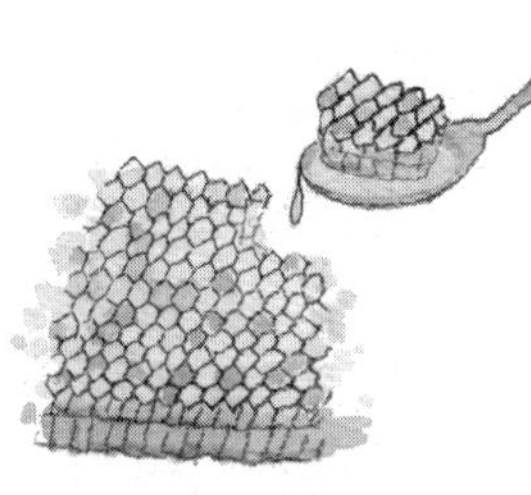

巣の形のままのたっぷりの蜂蜜

が代表的なものだろう。

そして、この「ベイティの店」では、そんなケバブが次々と出てくる。どれも味つけと焼き方が絶妙でうまい。

私と妻が目を見張って驚いたのは、ここのドネルケバブはのしイカみたいに薄く一枚につながっている、ということだった。焼けたところをこそげ取るので、普通はバラバラになっているものなのに。なぜそんなことができるんだろう、と考えたが、ものすごくよく切れる剣で切っているのかな、ぐらいしか考えつかなかった。

とにかく、ここはケバブの名店で、どれもうまく、とても満足した。

ただし、ケバブはトルコ人にとっても特別のご馳走で、毎日食べるわけではないらしい。普段は、肉と野菜の煮物などを食べ、大量のヨーグルトを食べ、あきれるほどバゲットをたくさん食べる、というのがトルコ人の食生活なのだ。

そして、ケバブはさすがの私も、自宅で再現してみることのできない料理だ。羊肉があまり手に入らず、鶏肉でやったら焼き鳥になってしまうし、ドネルケバブなどは再現しようったって手も足も出ない。この旅行以来、私は日本でトルコ料理店へ行くようになったが、ケバブ類はその時に食べるしかないのである。

さて、イスタンブールの次に私たちは、エーゲ海に面するイズミールという街へ行った。建築規制により湾にそった建物の高さがそろっていて、綺麗な街だった。

夕食のために湾岸の道路をドライブして、南に下がったところにあるシーフードのレストランへ行った。そして、そこで食べた前菜のイカのリング揚げのうまさには思わず絶句してしまった。イカのリング揚げなんて、揚げ粉にどう味をつけるか以外には工夫のしようもない料理である。だからどこで食べたって大差ないと思いがちだが、ここのものは我が人生最高の美味だったのである。海のほうへ張り出したテラスの席でそのリング揚げを食べ、この上なく満足した。それは大皿にのって、取り分けて食べろというふうに出てきたのだが、最初のうちはまだパチパチいっているぐらいの揚げたてだった。食べるとイカが柔らかくて、味つけがよく、カリッとしていた。

あのうまさは、要するに唐揚げにするとすごくおいしい種類のイカが、あのあたりで獲れるということなのだろう。そのイカだとめちゃめちゃうまいのだ。だから、真似して再現するということはできない。

ああそれなのに私の妻は、自由に取れと皿がまわってきた時に、とりあえずという感じに二切れ取っただけなのである。一人につき四、五切れ分はあったのに、二切れ取るだけなのが一人っ子である。おいしければまたあとで、と思っているのだろうが、ごっそり取る人がいて、またあとで、なんてないのだ。

その上、妻はそのうちの一切れをテーブルから落としたのだ。だから、食べられたのは一切れだけ。それを食べてうまさに驚いている。その要領の悪さには涙がにじみ出そうになるわい。

そのレストランでのメインディッシュはイサキに似た魚の炭火による姿焼きだった。あとはサラダ、パン、デザート。飲み物はもちろん白ワインにした。

トルコではヨーグルトやチーズがよく食べられている。ヨーグルトを冷たい水で薄めて塩をひとつまみ入れた飲み物がアイランだ。夏場には後口がさっぱりしていておいしい。

チーズも様々な種類があるが、フレッシュタイプのものをよく見かける。ヒルトン・イスタンブールの朝食で食べた富士山形に盛ったフレッシュチーズは、クリーミーなのにさわやかな味で、チーズ好きの妻は感激していたくらいだ。ヨーロッパのチーズのように、すごく熟成させた濃厚なものや、ハードタイプのものは少ない。

田舎に行くと自家製チーズとドライフルーツとチャイでもてなしてくれるのだそうだ。ドライフルーツも自家製で、イチジク、アンズ、ブドウなど様々な種類がある。ひまわりの種やナッツ類もよく食べられている。

というのも、トルコでは野菜類は旬の季節に食べるもので、冬にハウス栽培のトマトを食べたりはしない。そのため野菜を干している光景をよく見た。オクラ、ピーマン、ナス、トマトなどをドライ野菜にするのだ。

さて、私たちはイズミールを拠点にしてエフェスというギリシア時代の遺跡を観光して、午後は少し内陸に入ったパムッカレに向かった。なだらかな丘にぬるい温泉がつたい流れ、温泉中の石灰分が真っ白な石灰棚を作って一面に広がるという、とても珍しい景観のところだ。近くに古代ローマ時代のヒエラポリス（市街地）とネクロポリス（死者の街、つまり墓地）もあって、見るものは豊かだった。

その翌日、地中海に面した港町アンタルヤに向かう。そしてその途中、わざと素朴なデザインにしてあるドライブインで休憩をした。椰子（やし）の葉で葺（ふ）いたパラソルの下で、フレッシュオレンジジュースを飲むような店だ。スナック菓子やちょっとした土産物なども売っていたが、そこで妻が面白いものを見つけた。

本の棚に、日本語で書かれた写真入りのトルコ料理の本があったのだ。トルコで作られた本らしく、日本語は拙（つたな）い。八ドルだったが、妻はその本を買った。

そして、結果的にはこの本が、我が家の料理のトルコ化の原点になったのだ。かなりボロくなったのに、うちではまだその本を見て様々なトルコ料理を作っているのである。

石灰棚が一面に広がる
パムッカレ

ピクルスとソーセージのトマト煮

材料（２人分） 所要25分

トマトの水煮　１缶
キュウリのピクルス　１瓶
ソーセージ　１袋
玉ネギ　1/2個
ニンニク　１片
イタリアンパセリ　適量
オリーブオイル　大さじ２
白ワイン　大さじ１
固形ブイヨン　１個
塩、こしょう　適量

①オリーブオイルを熱し、ニンニクで香りをつけて取り出し、みじん切りにした玉ネギを、透明感が出るまで炒める。
②トマトの水煮缶をジャッと音を立てて入れる。トマトはなるべくつぶすように、ペースト状にする。
③白ワインを加え、固形ブイヨンを粉状につぶして入れ、塩小さじ１杯と、こしょうをガリガリとひいて入れる。中火にして、10分くらい煮る。
④キュウリのピクルスとソーセージを加える。ピクルスは、小指大のものならばそのまま、太いものなら縦２つか４つに切って入れる。ソーセージもピクルスと大きさをそろえる感じで切る。
⑤全体をまぜて、さらに10分くらい煮る（焦げつきそうになったら少し水を加える）。ソーセージの皮がパチンと破れるくらいになり、ピクルスに十分味がしみたら、火を止める。
⑥皿に盛って、イタリアンパセリのみじん切りをかける。

Point

１回目のイスタンブール滞在の時、毎朝食べていたピクルスとソーセージのトマト煮は、どちらかといえば珍品に入るもので、もちろんトルコ料理の本には載っていない。だからこれはまさしく舌の記憶だけで再現した料理だ。

私は洋風の煮物の時は、フランスの「フリュードメール」というゲランドの塩を使っている。ちょっと値段は高いが、実にいい味を出すのだ。この塩のいいところは、ちょっと多く入れてしまったかな、という時でも尖った塩辛さにならず、マイルドにまとまってくれるところだ。

ナイフでピクルスやソーセージを半分くらいに切って食べる。ピクルスの酸味が、全体によくからまっている。ピクルスだけかじると、酸味がほんの少し苦味っぽくなっていて、珍しい味だ。すかさずソーセージを食べると、皮がパックンと破れる感じがあってとてもうまい。私はイスラムの徒ではないから、豚のソーセージを使っている。粗挽きのワイルドなソーセージよりも、なめらかなタイプのほうが合うと思う。

バゲットと共に食べるべき料理で、トマトソースをパンでぬぐって食べてもおいしい。ご飯と味噌汁は合わないと思う。とにかく、一口食べると、ああトルコの煮物だなあ、という気がする。珍しいのに、ちゃんと計算の行き届いたうまさがあるのだ。

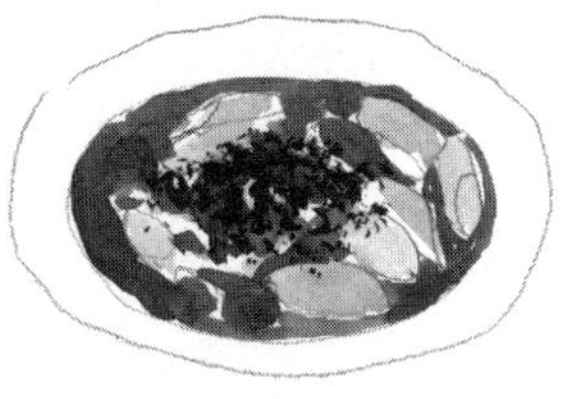

オクラと鶏肉のレモン風味煮込み

材料（２人分） 所要40分

オクラ　約20本
レモン　１個
鶏もも肉　約200ｇ
トマト　２個
玉ネギ　1/2個
固形ブイヨン　１個
オリーブオイル　大さじ２
白ワイン　大さじ１
塩、こしょう　適量
タイム　小さじ1/4
湯　200cc

①オクラのへたを取って、２つに切り分ける。
②切ったオクラを水をはったボウルに入れ、厚さ５ミリのレモンの輪切りを２枚つけておく。
③鶏もも肉の皮をはぎ、できる限り脂身や白い腱のような筋を取っておく。その後、一口大に切り分ける。
④トマトを湯むきし、１センチ角のサイコロ状に切る。
⑤鍋にオリーブオイル大さじ２を熱し、玉ネギ半個分のみじん切りを炒める。玉ネギが透明になったら、鶏肉を入れ、色が変るまで炒める。炒まったら、トマトのサイコロ切りを入れ、白ワイン大さじ１を加え、塩、こしょう、タイム小さじ1/4を入れる。
⑥２～３分たったら湯を１カップ、固形ブイヨンを１個入れ、弱火で５分煮る。
⑦レモンにつけておいたオクラの水を切って加える。再び弱火で20分煮る。
⑧レモン1/3個を、手でぎゅうぎゅう握りつぶしてレモン汁を入れる。

Point

この料理はちょっと面倒な下ごしらえがいる。

オクラに関しては、トルコで手に入るオクラは4～5センチの長さなので切る必要がないのだが、日本で買うと10センチくらいあるから2つに切っておく。

私が使う塩は、28頁の「ピクルスとソーセージのトマト煮」にも使用したフリュードメール。そして、鍋に入れるタイムはこの料理をトルコチックにする秘密の香辛料なので、嫌でない人は、レシピの倍量入れてもいい。小さじ1/2くらい入れても味がこわれることはなく、私はそのほうが好きである。

この料理ももちろんバゲットと共にいただくものだ。オクラって、こんな煮物になるんだ、と珍しさを味わえるだろう。私はこの料理を年に5回は作る。パンが進む味なんだよなあ、これが。

第二章

トルコは意外に野菜もうまい

道端でイチジクを売るおばあさん

1

二度目のトルコ旅行（一度目はイスタンブールだけ観光）の途中である。地中海に面したアンタルヤから、内陸部にある首都のアンカラへ飛行機で飛んだ。一九二三年にトルコ共和国ができた時に、小さな地方都市だったここが首都とされたのだ。だからアンカラは計画的な現代都市で、ビジネスの街という感じがする。私たちはアタチュルク廟（びょう）と、アナトリア文明博物館を見ただけだが、どちらも実にスケールの大きい見事なものだった。

博物館を出たところで、妻がシミットを買ってみたい、と、売り歩いているおじさんを指さした。それはイスタンブールで食べたじゃない、と言うとこういう答えだった。

「同じ味かどうか確かめたいの」

なるほど、と納得して買ってみると、同じリング状の胡麻つきパンだが、少し茶色が濃くて硬い感じだ。食べてみると、香ばしくてカリッとしている。ちょっと焼き時間が長いのだろう。これもおいしい。

アンカラの昼食は中華レストランだったが、あれはいやだなあ。しばしばツアーでは、中華料理を食べさせられる。つまり、毎日郷土料理（トルコなら羊肉のケバブとか）を食べさせられて、客はうんざりしているだろうから、中華なら喜ぶだろうと考えるのであろう。

しかし、その中華がろくなものだったことがない。イタリアの中華レストランでは、焼そばの麺がスパゲティだったという体験もしている。そんなまがいもの中華を食べるくらいなら、私たち夫婦は羊肉のケバブのほうがいいのだ。その国の料理の名作に出合えるのが旅の楽しみなのだから。

昼食のあと、長いバス移動をして景勝地カッパドキアへと向かう。その道は古来シルクロードだったわけだ。

移動距離が長いので、適度にトイレ休憩をする。チャイハネ（チャイの店）で休憩、ということもある。そんな休憩の時に、バスの運転手が、途中で仕入れたメロンを切ってふるまってくれた。大きさも、薄緑色の外観も、冬瓜（とうがん）によく似ているが、切ってみると内部の果肉も薄緑色でそこは違う。そのメロンを一切れもらってかじって食べてみて、品のいい甘さと、ジュースを飲んでいるかと思うぐらいの果汁の多さにびっくりした。マスクメロンのように苦いほど甘くはなくて、まさにさっぱりジューシーメロンという感じである。妻もその味には感動したような顔をした。

「トルコってさ、特別なものじゃなくて、こういう何げなく流通しているものの味がよくないかな」

と私が言った。

「そうよ。とっても自然が豊かな感じがしておいしいの」

妻はそう言ってから、フーリエさんが買ってくれたイチジクも、とつけ加えた。

イズミールの近くを走っていた時、道端でイチジクを売っているスカーフをかぶったおばあさんがいたので、バスを停めて、女性の現地ガイドのフーリエさんがそれを一キロ買い、私たちにふるまってくれたのだ。それは緑色をした小ぶりのイチジクだったが、自然味豊かに甘くて、すごく気に入ってしまった。

日本のイチジクは大きすぎるし、甘さが強いのはいいのだが、その奥にえぐみがあるような気がする。トルコのイチジクはそれよりはあっさりしていて、甘さも程よかった。

「トルコの農産物自給率って二〇〇パーセントだって言ってたじゃない。農業国で、農作物の輸出国なのよ」

妻はいいことを思いついたという顔でそう言った。

「そうきいたね」

「だから、自国に質のいいものが出回るのよ。そのせいでなんでもないものがおいしいの」

妻には独断で珍説をうち立てるきらいがあるのだが、この説はいいところをついているかもしれない。トルコでは、ジャガイモとかトマトとかナスとか、なんでもない野菜を食べて、おいしさに驚くことがよくあるのだ。トルコはとても物成りのいいところかもしれない。

さて、カッパドキアをめざしている我々の目に、大きな湖の光景が入ってきた。トルコで二番目に大きいトゥズ湖である。二番目といっても、琵琶湖の二倍以上の大きさである。

近づいてみると、湖の岸辺が真っ白である。この湖は塩分濃度が三四パーセントもあり（イスラエルとヨルダンの国境の死海で約三〇パーセント）、白い岸辺はすべて自然にできた塩なのである。近くには塩を採集する工場もあった。

そこでバスを停め、皆さん塩を採って下さい、ということになった。おいしい塩なのだそうだ。岸辺に自然に塩が堆積しているのだから、なるほど死海より塩分濃度が高いわけだ。

人の歩いた靴跡には泥がついていたりするので、そうではなく、なるべく真っ白なところをさがす。そこで私と妻は、ボールペン一本を犠牲にして、ビニール袋に氷嚢一個分くらいの塩を採った。子供の枕ぐらいの量採っている人もいたが、そんなにはいらないや、と思ったのだ。そしてその考えを私はあとで後悔することになった。

塩は少し湿っていたので、その夜、ホテルの部屋の中で、新聞紙に広げて乾かした。その塩を持ち帰って日本で料理に使ってみたら、びっくりするほどうまい塩だったのだ。

もっと採ってくればよかった、と後悔したわけである。

少し粗めで、微かに甘みすら感じるうまい塩だった。焼き魚などに振ると実にいける。

実は、この体験が、私たち夫婦を塩の味にめざめさせるきっかけになったのである。

塩は産地によってミネラル分が違い、味が千差万別である。煮物に使うとうまい塩、焼き魚の塩、炒め物の塩などと、私は使い分けるようになった。海塩か岩塩かでも大いに違う。いろいろ探し求めて、フランスの塩、イタリアの塩、エーゲ海の塩などを私は集めた。今、うちの台所には常に八種類の塩が用意してある。

海外旅行に行っても、その土地の塩を買い求めてくる。ヨルダンでは死海の塩を買い、イエメンで岩塩を買い、クロアチアのストンでは海塩を買った。

そのきっかけとなったトゥズ湖の塩は、大事にケチケチ使ったのだが三年くらいで使い切ってしまい、もう入手のしようもなくあきらめている。

トゥズ湖をあとにして、さらに東へ進み、私たちはカッパドキアに着いた。カッパドキアはアナトリア高原の中央部に広がる大奇岩地帯で、いくつかの街からなる。キノコ状の岩がニョキニョキそびえていたり、ラクダの形の岩、三姉妹の形の岩などがあってまさに奇観だ。砂岩をくりぬいて住居としているところもある。岩の内部が教会になっていて、宗教壁画が残っているところもある。このあたりには四世紀頃からキリスト教徒が住んでいたのだ。そして、そういう人たちがアラブ人から逃れて住んだ地下都市もある。今現在は、キリスト教徒はいない（トルコ共和国建国後、トルコとギリシアの間で住民交換が行われキリスト教徒はギリシアに移住した）のだが、その痕跡を見ることができるのだ。

カッパドキアでは、熱気球による観光に人気がある。上空から見たらものすごく面白い地形なのだ。シメジみたいな形の岩がとにかくもうニョキニョキと生えているように見える。それは、数億年前にほど近くにあるエルジェス山が噴火してたまった火山灰と溶岩の地形が風雨によって数千万年かけて浸食されてできた地形なのだ。とにかく、息をのむほどの奇観で、圧倒されてしまうのだった。

2

そのカッパドキアでは、この地方にしかありえない洞窟レストランで昼食をとった。火山灰の堆積によってできた軟らかい岩をくりぬいて部屋を作ったというレストランである。窓のないそんなレストランで食事するということ自体が貴重な体験だ。

出された料理は、素焼きの一人前土鍋に羊肉のシチューだった。トマト味でよく煮込んだシチューに角切りのジャガイモとナスを素揚げしたものを合わせて軽く煮てあった。肉は少し脂っこかったが、ジャガイモとナスはどちらも味が濃くておいしかった。トルコは農業国なんだよな、と強く意識するのはこういう時だ。私も妻も、肉は残して野菜を全部おいしくいただいた。

このレストランのデザートはアイスクリームだったので助かった。一般に、トルコのレストランではものすごく甘いデザートが出る。甘いものが苦手で、日本のフレンチ・レストランなどでもデザートの時になるとコーヒーで逃げている私は、トルコのデザートには完全に負けてしまう。特にアラブ料理の影響のある菓子は、スポンジケーキが大甘のシロップ漬けになっていて、歯にしみるほど甘くて、とてもではないが食べられない。

ところが一方では、トルコには品のいい甘さもあるのだ。カッパドキアのあちこちを観光していた時、庭先でお茶をしていたおじさんたちが手招きをして、干しアンズを食べなさいとすすめてくれた。自家製らしいその干しアンズは、何も加えない天然の味で、酸味がほのかにあり、柔らかく、マイルドに甘くてとてもおいしかった。それを食べながら庭先でチャイを飲むのは雰囲気がある。なのにレストランでは逃げだしたくなるほどに甘いデザート。どうしてそんなことになっているんだろう。

さて、カッパドキアの観光を終えた私たちはパスツゥルマというサラミが名物のカイセリという町の、小さな空港からイスタンブールへ戻った。もちろん、サラミを試食す

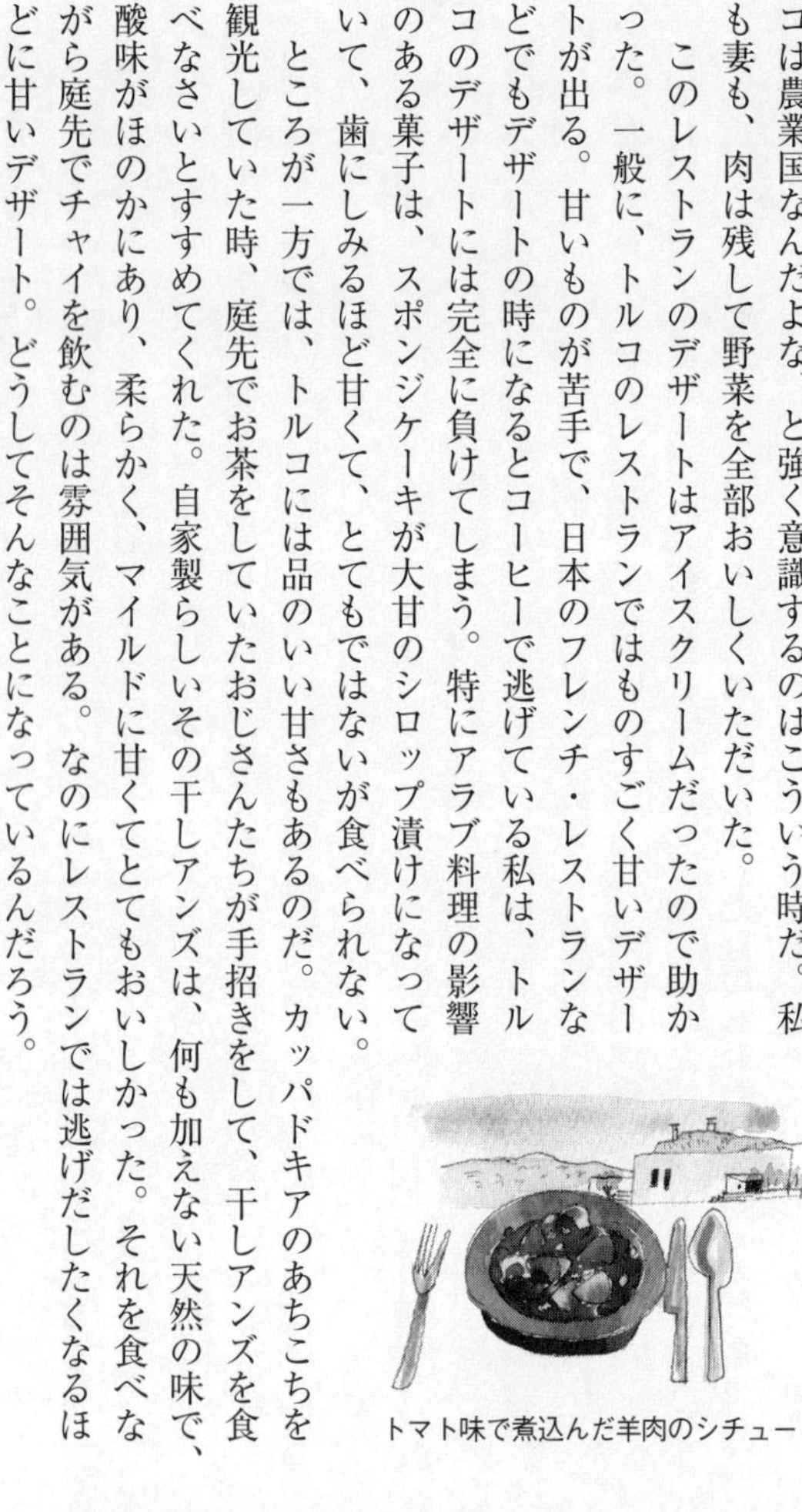
トマト味で煮込んだ羊肉のシチュー

るチャンスはなし。

イスタンブールに到着後、新興住宅街に最近できたカルーセルという大型ショッピングセンターへ行った。一階に回転木馬があり、吹き抜けになっている新しい建物だった。ここのフードコートで、自由に昼食をとる、ということになった。周囲にぐるりと店が並んでいて、注文して作ってもらい、好きな席にすわって食べる方式である。ハンバーガー屋、焼そばなど中華系の軽食の店、カフェなど五、六軒の店がある。私たちはその中から、トルコ風のファストフードの店を選んだ。

そう、トルコにもファストフードがあるのである。代表的なものが二つあって、どちらも、生地の上に具をのせて焼いた、ピザのようなものだった。もしかして、イタリアのピザの原形なんだろうか、と思ったが、正確なところはよくわからない。

ひとつが、ラフマージュンで、薄いピザ生地の上に味つけした挽き肉をのせ、ピザ窯で焼いたものである。

もうひとつは、ピデという、舟形のピザのようなもので、トッピングする具はほうれん草とか、挽き肉とか、玉子とかいろいろあるが、チーズのものを選んで注文した。

注文してから、その店の前方の椅子にかけてできるのを待つ。学生のアルバイトみたいな女性店員が、英語で注文した私たちのことを気にかけて、チラチラとこっちを見ている。こちらとしても、あれで注文は通じたのだろうかと気になり、チラチラとその女の子を見ている。なんとなくスリリングな一瞬である。

やがて注文の品ができ、アルバイトちゃんがホッとしたように私たちに声をかけた。席を立って商品を受け取る。

まずラフマージュンのほうは、生地が薄くカリッとしていて、少し濃い味の挽き肉とよく合っている。新鮮なレタスを粗い千切りにしたものをたっぷりとのせ、巻くようにして食べるとレタスのシャキシャキした食感が楽しめ、味が混じりあって非常においしい。

ピデは、ナポリのピザのようにふちが厚くパンのようで、具は中心にたっぷり入っている。これはお皿にのっていて、いくつかに切られているのを手で食べるのだ。チーズのものを頼んだので、まさにチーズピザのような味だったが、パリッと焼けているので口あたりがよかった。

このフードコートでは好きな店で食べろと言われたのだが、みんなは中華の店で焼そばなどを食べていた。それよりは、トルコの味を楽しんだな、と満足だった。

ファストフードの話をしたので、ここでトルコ料理とは関係のないファストフード店こぼれ話をしよう。イスタンブール市内の若者の街オルタキョイには、マクドナルドの店があった。ところがこのマクドナルドがちょっと異様なのである。大きな一軒家なの

ラフマージュンとピデ

だが、あまり窓のない建物で、入口は階段を数段上がるような作りになっている。木製のドアが閉じられていて、中に客がどのくらいいるのかまるでわからない。マクドナルドのあのロゴはついているが、妙にひっそりしている。私と妻は、これは世界一閉鎖的なマクドナルドだね、と言いあった。でも、イスタンブールだけに行った時に見つけたその店が、二度目のトルコ旅行の時にもあったのだから、経営は成り立っているんだろうなあ。マクドナルドの店は世界中でよく見かけるが、あんなに異様なムードの店はほかでは見たことがない。

さて、イスタンブールでのホテルは、かつて宮殿だったというチュラーンパレス・ホテルだった。そして夕食はそのホテルのメインダイニング（旧館にあり、昔の貴族の食堂だったというレストラン）のはずだったが、貸切りのパーティーがあるということで、同じホテルの新館のレストランに変更になった。そのお詫びということで旅行会社からシャンパンがサービスされたが、ほかの人が飲まないので私と妻とでしこたまいただいてしまった。

メニューは豆のスープ、ノルウェイ産のスモークサーモン（トルコじゃ高いんだろうな）、ビーフステーキ、パン、デザート、コーヒー。

ビーフステーキはご馳走なのだが、和牛という奇跡の名品を知っている日本人には、どうしても、今ひとつだな、という気がしてしまう。

ただし、この食事であまりのうまさに驚かされたのが、パンだった。種を抜いて乱切りにしたブラックオリーブが練り込まれたパンだったのだ。ブラックオリーブとバゲットのような生地のパンは絶妙な組み合わせで、オリーブの塩分があるので、それだけでワインが飲めるうまさだった。妻は感激して、口の前で手をひらひらさせて、あわわわわ、と言っていた。あのパンともう一度どこかで出合えないだろうかと私たちは言い合っている。

食事の後は、二人でボスポラス海峡を望むバーでカクテルを飲み、酔い痴れた。

「ここも宮殿だったんだけど、トルコ料理ってスルタンを喜ばせるために発達してきたんだよね」

と妻が酔った口調で言った。

「そうそう。スルタンの気に入る新しい料理を考えた料理人には褒美が出たりしたんだよね」

「私、トプカピ宮殿の厨房を見て、あの大きさには驚いたもの。あそこなら何十人もの料理人が働けるわよ」

「中国辺境にいた突厥人が、途中の料理を吸収して西へ西へと進んできて、このアナトリア半島でトルコ料理の花を開かせたんだよね」

「そうなの。だから面白いの」

と妻が嬉しそうに言った。

「トルコ料理の名前や材料名はトルコ語由来なのに、魚の名前だけはギリシアの名前をそのまま使っているんだって。だって中央アジアには海がなくて魚がいなかったんだもの」

そんなふうに、アジア大陸を西へ西へと進むトルコ料理を思い浮かべる私たちだった。

3

それからしばらく時が流れて、二〇〇三年になった。その間私は、イスラムの国々を旅していくことに目覚め、年一回のペースで各国をまわっていたのだが、この年、面白いコースのツアーがあることに気がついたのである。それは東トルコ周遊の旅だった。

カッパドキアまでは行ったことがあるが、あそこはトルコの中央部であり、東トルコはまったく行っていない。トルコ料理がうまいことも魅力で、私たちは真夏の東トルコへ行ってみた。

まず、トラブゾンという、黒海に面した港町へ。そして、八月にここに来てもダメだよ、と言われてしまった。この街はカタクチイワシが名物で、その漁は秋から冬にかけてなのだそうだ。そのシーズンには街は鰯一色になり、あらゆる食べ方で鰯を楽しむらしい。なんと鰯のジャムまで作るそうだ。

夕方、街が見渡せるボズテペという丘へ行った。黒海から吹いてくる風が気持ちいい。屋外のカフェがあったので、チャイを注文すると大きなサモワール（湯沸かし器）が出てきた。炭火を使っているので炭の匂いがした。蛇口が二つあって、一方からは濃いチャイが出るので、もうひとつの蛇口からお湯を出し、適度に薄めるという方式だった。チャイとはこういうふうにいれるものなのかと納得。

しかし、トルコではのべつまくなしにチャイを飲むのだなあと、あきれるほどだ。ざらついた粉が残る漉してないトルココーヒーというものもあるが、それよりはチャイのほうが人気がある。受け皿の上にのった小さなガラス製のカップに注がれるのだが、そのチャイにトルコ人は角砂糖を三つも四つも入れて飲む。バザールなどで、値引き交渉を始めるとすぐにチャイが出てくる。チャイの店がいくつかあり出前をしてくれるのだ。チャイを運ぶ独特のお盆があるが、平らなトレイに三本の曲がった手がついていて、てっぺんでひとつにまとまり持ち手がついている。チャイをのせてぶら下げて運んで、揺れてもこぼれないようになっているのだ。

ボスポラス海峡の渡し船は通勤通学のための交通機関だが、海峡を渡る十分間ほどの航海中にもチャイ屋が注文をとって、客はチャイを楽しんでいた。こんな時にもチャイかと、あきれたものだ。

ボズテペの丘でチャイを楽しんだ時には、近所の子供たちが茹でトウモロコシやスナック菓子を売りに寄ってきて、話しかけてきた。売れなくてもニコニコしていて、いい感じの子たちだった。とてもゆったりした気分になれた。

さてこの旅行だが、トラブゾンの次はエルズルムという高原の街へ行く。冬はスキーリゾート地となるところだ。そこから東へ東へと進んで、アルメニアとの国境に近いアニの遺跡を見る。そこからは少し南下して、ノアの箱船がやっとたどりついた陸地であるアララト山（五一二三メートル）のふもとにある街、ドゥバヤジットへ。かなりの田舎である。

内陸に入ってくると肉料理が多くなってくる。特に羊が多く、次に鶏肉だろうか。このあたり、降水量は多くないそうだが、冬に雪がどっさり降るので天水農業が盛んで、野菜も豊富に採れ、煮込み料理やサラダで出てくる。

よく出てきたサラダは、羊飼いのサラダ、という意味のチョバン・サラタスというもので、トマト、キュウリ、玉ネギ、唐辛子、イタリアンパセリなどをざく切りにして和えたものだ。もちろん塩とオリーブオイルがかかっている。このチョバン・サラタスは我が家でもよく作るようになっている。

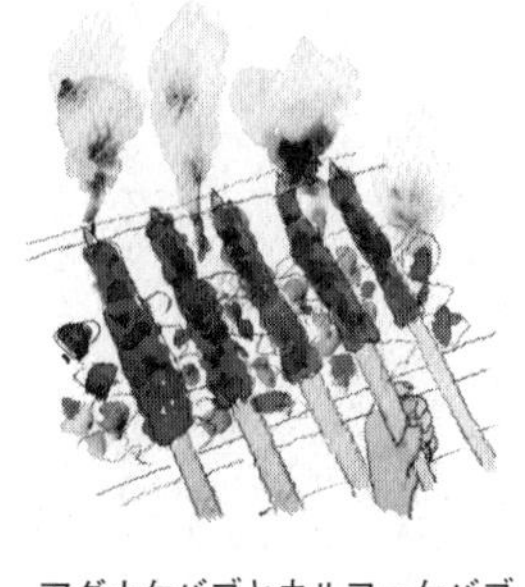

アダナケバブとウルファケバブ

さてその次は、ヴァン湖のほとりのヴァンに到着。このあたりになると、田舎なりにケバブがおいしくなってくる。昼食にケバブ料理の店へ行き、好みのケバブを言うとそれを大きな炉で焼いてくれる。私たちは、アダナケバブという辛いケバブと、ウルファケバブという辛くないケバブを選んだ。いずれも挽き肉にスパイスなどを加え、練りこんだものを串に塗りつけて直火で焼いてある。私たちは羊肉が苦手ではないので、おいしくいただいた。ただし、この店には酒がなかった。昼食だからビールが飲みたいだけなのだが、ないと言う。一般的にトルコ東部のほうが田舎であり、信仰心が強い傾向にあり、ランチにはビールなし、ということが多かった。

その次に行った街はディヤルバクル。ここでは夕食の時、シガラボレイ（たばこ巻き）という前菜を食べた。ユフカという薄い生地で、チーズとイタリアンパセリを混ぜたものを細長い形に巻いて揚げたものである。葉巻に似ているからシガラボレイだ。チーズを具にした春巻きのようなもので、表面はサクッと、中はトロリとしておいしかった。実は私たちは、春巻きの皮を使ってこのシガラボレイを家で作るのだが、チーズが溶けて出てきてしまうことがあるので、揚げ加減がむずかしい。

夕食後、ホテルの隣のスーパーへ行った。スーパーでそこでしか買えない調味料などを買うのが、私たち夫婦のお楽しみなのだ。

「スマクを買いたいの」

と妻は意欲的に言った。

「スマクって、ケバブに混ぜるスパイスだろう」

「そうよ。日本の〝ゆかり〟に見た目も味も似ている、少し酸味のあるスパイス。ケバブの味を複雑にするの」

さんざん探してそれを見つけ、二袋も買ったら、レジ係の娘さんが、観光客がなぜスマクを買うの、という顔をして笑った。日本のスーパーで外国人旅行者がねりわさびを二個も買ったら、何をするつもりなんだ、と驚くだろうが、ちょうどそんな感じだったのだろう。

さて、その翌日はネムルート山へ行った。小山のような墳墓の前のテラスに、高さ三メートルほどの巨像の頭部が、いくつも同じ方向を向いて立ててあるという、目を疑うような奇観を見ることができる。トルコ三大奇観のひとつ（あと二つは、パムッカレの石灰棚と、カッパドキアの奇岩群）と言ってもいいだろう。

夕日のあたるネムルート山の巨像の頭部を存分に見物して、その日は暮れた。その次の日はシャンルウルファという、アブラハムの生まれた土地という伝説のある街を見物した。

ケバブに混ぜるスパイス、スマク

その日の昼食で食べたメイン料理は、大きな楕円形のプレートに大きい挽き肉のケバブと、ナスやトマトの焼き野菜、イタリアンパセリ、唐辛子などのスパイス野菜、スライスした玉ネギなどがのったものだった。それに加えて焼きたての薄いナンが何枚も出てくる。

ナンを適当にちぎって、焼き野菜をつぶしてのせ、その上にケバブとスパイス野菜をのせてくるんで食べるのだ。焼き野菜をつぶすととろみのあるソースのようになり、それと香ばしいケバブと、ナンが複合した味となり、とてもおいしかった。ただしこの店にも酒類はなし。

その次の日は更に西へ進み、ガジアンテップという街へ。早めに昼食のレストランに入ったのだが、ここでおいしかったのは、塩ピラフをドーナツ形に抜いた中に、チキンのトマト煮を入れた料理で、トマト煮はヨーグルトが入っているらしくコーラルピンクをしていた。まろやかでやさしい味で、ライスの味つけも程よく、とても気に入った。

そんな、家庭的な田舎料理が、まずまず安定してうまいのが東トルコだった。

このガジアンテップから飛行機でイスタンブールへ飛んで、東トルコの旅は終った。肉料理が中心で、我が家で再現できるものはあまりなかったが、メゼ（前菜）や、サラダは工夫していろいろ取り入れているのである。

メゼ（前菜）３品　材料（２人分）　所要各30分

○エズメ

トマト　２個
玉ネギ　小1/2個
キュウリ　半分
ニンニク　小片1/2個
ししとう　５本
ドライミント　小さじ1/2
ワインビネガー　大さじ１
塩　小さじ１
こしょう　適量

①完熟トマト２個を湯むきして、種をとってみじん切りにする。それから小ぶりの玉ネギ1/2個、ニンニク小片の1/2個とししとう５本、キュウリ半分をみじん切りする。そこへ塩小さじ1/2を入れてよくかき混ぜる。
②ざるに清潔な布巾をしき、①を入れ水気を切る。15分くらいおけば、かなりの水分が出てしまう。布巾を軽くしぼって、さらに水気を切る。
③赤っぽいみじん切りの寄せ集めの中に、ドライミントを小さじ1/2、ワインビネガーを大さじ１入れる。塩は最初に入れた分がほとんど水分といっしょに流れてしまっているので、ここで小さじ1/2ほど加え、こしょうもガリガリとひいておく。
④皿に平らにならすようにして入れ、冷蔵庫で寝かす。

Point

エズメは野菜の薬味風和え物だ。ピリッと辛く、パンがいくらでも食べられる。

あの味を再現してみる

○白インゲン豆のトマト煮

白インゲン豆の水煮　1缶
玉ネギ　1/2個
ニンニク　1/2片
トマトペースト　大さじ2
オリーブオイル　大さじ2
塩　小さじ1
こしょう　適量
カイエンペッパー　適量
イタリアンパセリ　適量
水　200cc

①白インゲン豆の水煮の中身をざるにあけ、水にさらしてぬめり気を取っておく。
②玉ネギ1/2個、ニンニク1/2片をみじん切りにする。
③鍋にオリーブオイル大さじ2を入れて熱し、②を炒める。
④玉ネギが透明になってきたらトマトペーストを大さじ2加え、水を1カップ入れる。
⑤塩小さじ1、こしょうはお好みで、カイエンペッパーを少々ふって味をつける。
⑥白インゲン豆を加え、中火で10分ほど煮る。仕上げにイタリアンパセリを少々ふる。

Point

トルコの赤ワインによく合う前菜である。白インゲン豆を入れるタイミングで、チョリソなどのピリ辛ソーセージを、豆の大きさに合わせて切ったものを入れて一緒に煮れば、メインの一品にもなる。

○ナスのペースト

ナス　5本
オリーブオイル　大さじ2
ニンニク　1/2片
レモン汁　大さじ1
塩　小さじ1/2

①ナス5本を金網にのせてガス火で焼く。日本料理にある焼きナスを作るのとまったく同じでよい。
②焼きナスの皮をむく。むいた身を、フードプロセッサーに入れる。
③味付けに、ニンニク1/2片のみじん切り、レモンのしぼり汁大さじ1、塩小さじ1/2、オリーブオイル大さじ2を入れる。

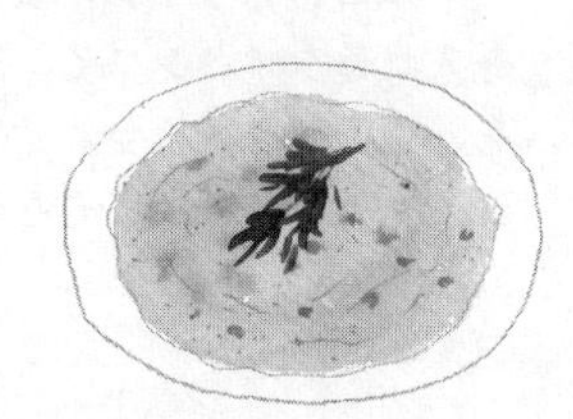

Point

この料理は、ただ薄茶色のペーストであるだけで、見たところ何の料理なのかさっぱりわからない。これは何？ということになる。それどころか、一口食べてみても、ほとんどの人が何だかわからない、と言う。わからないけどおいしいね、という感想になるのだ。

ナスを焼くときには、皮が黒こげになるくらいじっくりと焼こう。パカッと破裂して、湯気がシューシューと出るくらいに焼けば十分だ。私は、焼きナスの皮をむくとき、半分に切ってから、小さなスプーンで身をこそげ取るようなやり方をしている。そうではなくて、焼けた皮を串でひっかけてはがす、という方式の人もいるだろうが、それもよい。とにかく皮をむくところだけがこの料理の面倒なところで、あとはすごく簡単なので、皮だけは丁寧にむこう。

しっかりペーストになったら、スプーンで集めて皿に取る。ナスがこんなペースト状に、それも焼きナスが、というのが日本人の常識では想像の外にあることなので、食べても何だかわからない人が多いのである。

これを食べるにはスプーンを使うしかない。スプーンでとって、パンにのせたりして食べるのだ。ダイレクトに口に入れてもいいけれど。

ニンニクと、オリーブオイルと、レモンの味がふわりとまとわりついたペーストである。しかし、正体が焼きナスなのだから、その香ばしさも確かにある。ナスというのは意外に水分が多いものなので、口あたりはなめらかである。ちょっとジューシーと言ってもいいようなペーストだ。

全体Point

トルコ料理をバラエティ豊かにしているのは数々のメゼである。トルコ料理の幅をぐんと広げてくれているのだ。どれも比較的簡単なのに味が複雑で食欲をそそるのだ。3品とも野菜料理である。トルコ人は、ケバブで肉を大いに食べているかと思いきや、こういう野菜を使ったメゼで食事のバランスを取っているのだ。

このメゼたち、ワインにもビールにもとてもよく合うことを、私が保証する。ああ、なんだかピリリと辛いエズメでよく冷えたビールが飲みたくなっちゃったなあ。

第三章

インドでは ほとんど食べられなかった

喧騒と雑然さにはまってしまったインド

1

トルコで料理のおいしさに感動したのがきっかけで、私たち夫婦には趣味ができた。海外旅行先で食べたおいしいものを、帰国後自分たちで再現する、という趣味だ。食卓が豊かになるし、創造の喜びもあって楽しいものである。

では、トルコより前に行った外国では、私たちは食にどういう感想を持ったのかを、ちょっと振り返ってみよう。

実は、トルコより前に行ったことのある外国は、私の場合、たった一国である（妻は独身時代にいくらか海外旅行を体験しているのだが）。その一国とは、インドだ。

一九八八年、ちょうど四十歳の時に初めて行って、その一年後に二度目、一九九五年に三度目のインドへ行った。いわゆる、インドの喧騒と雑然さにはまってしまったのだ。あまりにも日本人とは違う生き方をしているインド人に興味がわき、少しずつわかってくるとインド人を好きになっていた。実はその辺の気分は、うんざりしながら好き、という複雑なものなのだが。

さてそこで、インドで食べたものは私の口に合ったのだろうか。あれがおいしかったから家でも作ってみよう、ということになったのか。

そういうことはまったくなかった。私が外国で食べた料理を再現するようになったのはトルコ料理に感動して以後のことである。インドの料理には感動しなかったし、そもそもほとんど食べられなかったのである。

このあたりのことは慎重に語る必要がある。当時のインド旅行では、朝も昼も夜も、食事はホテルのレストランでとることが多かった。そこが最もマシなものを食べさせたのであろう。そのレストランでビュッフェ形式で食べるのだが、そこにある料理のほとんどすべてがカレーなのである。マトン、チキン、魚、エビ、カリフラワー、ナス、ほうれん草、ダール豆、チーズ、玉子などのカレーがずらりと並んでいる。更に、サブジと呼ばれる汁なしの野菜カレー炒めがいろいろある。それ以外には、白いご飯、サフランライス、野菜やスパイスを炊きこんだご飯、様々なナン、ヨーグルト、南国のフルーツ、甘い甘いデザートなどがあった。そのカレー類が私にはほとんど食べられないのだった。

いや、今現在の私はインドカレーが食べられる。最近、本格的なインド料理店（ネパール人が経営していることが多いが）が増えて、小さな商店街の中などにもあるようになっているが、今の私はそういう店へ行きインドカレーを喜んで食べるのである。

ところが二十五年前には、まだあまりインドカレーを食べた体験がなくて慣れていなかったし、私はインドの喧騒に慣れていなくてビクビクしていたので、胃がインドカレーの刺激を受けつけなかったのだ。

胃のことを言うなら、どうもあの頃、私は胃潰瘍だった。四十歳の頃の私は、ある新人賞をもらって、急激に仕事量が増えた時で、働きづめに働いていた。それで胃をやられていたのである。その数年後に人間ドックで調べたら、「胃潰瘍が自然に治っている痕(あと)があります」と言われたのだ。

そんなわけでもともと食欲があまりない時に、初体験に近いインドカレーは刺激が強すぎて受けつけなかったのだ。

独身時代に二度（母親と）インド旅行をしている妻は、毎日同じであきちゃうわね、と言いながらも、なんとかカレーを食べていた。マトンカレーにも挑戦してみようか、というぐらい意欲的である。ただしもちろん、妻も毎日続くカレーによってだんだん胃が弱ってくるのだったが。

これは北インドについて言えることなのだが、北インドでは料理にギーという、澄ましバターのような油を使っていて、慣れない日本人にはそれが強すぎてお腹をこわしやすいのだ。私の体験から考えると、十人がインド旅行をしたとして、一週間の旅行中、一度もお腹をこわさない人は二人ぐらいである。あとの八人は、旅行中、一度か二度はお腹をこわして、同じホテルに連泊している時なら、私は今日の観光をパスして、一日ホテルで寝ています、ということになる。それが移動の日だと、バスのいちばん後ろの席で寝ていて、観光はしません、になるのだ。

もちろん私も北インドではお腹をこわした。強烈な記憶になっているのは、アーグラという街のホテルのバーで、一杯飲んだ時の思い出だ。ビールをくれ、と言ったら、今日はドライデーなので酒は出せない、と言う。ドライデーというのは、州単位でたまにある禁酒デーだ。それで酒はあきらめようとしたのだが、インドでは話はそうシンプルではない。バーテンダーがこっそりと、カクテルなら作ってやれる、と言うのだ。つまりジュースを使ったカクテルなら、酒には見えないから、というインチキだ。ではそのカクテルをくれ、ということになった。ところが、そこで使った缶入りのオレンジジュースが、新品に穴を開けるのではなく、既に穴の開いたものだった。私は缶の穴のところに、うようよと雑菌がいるような気がした。

そのジュースを使ったカクテルを飲んで、一分でお腹をやられた。私と妻は大あわてで部屋に戻る。私は、洗面台につくまで間にあってそこで水のようなものを吐いた。ところが妻は洗面台までたどりつけず、上を向いて、口から水のようなものを噴水のように噴きあげたのだ。インドおそるべし、という話である。

そもそもそんなふうに胃が弱っているインドで、私は毎食のカレーがほとんど食べられなかったのだが、そこで救いになったのが、付け合わせ用の焼そばだった。あれは中華料理からの影響なのか、ソーメンのような麵が野菜と炒めてあり、醬油風の味のついているものがあったのだ。私はそれをどっさり皿にとり、マサラ味でないことを喜んでむさぼり食った。妻はそんな私を見て、「焼そばで生きのびてるようなものね」と笑った。

それから、本意ではないのだが、日本から持っていった食品に助けられることもあったのを報告しておこう。本当は、私は外国を旅行しているのなら、その国の食べ物を食べるべきだと思っている。バス移動の最中に、皆さんどうぞ食べて下さいと、ぬれせんべいだの、カリカリ梅などをまわしてくれる人がいるのだが、せっかくの外国でそういうものを食べるのはどうも違うような気がするのだ。だから、ありがとうございます、と一個もらいはするが、それを口にすることはあまりない。インドでは、なるべくインド料理を食べるべきだと思っている。

しかし、それだけだと食べられるものが少なすぎて衰弱しちゃう心配がある。そこで私は、やむを得ず、日本から持っていった最小限の食料を食べたのである。それはたとえば、熱湯にひたして三十分待つとおにぎりになる、というようなものだ。梅干を中に入れ、海苔(のり)を巻いて、ホテルの部屋でおにぎりを食べた。

また、カップの天そばなども持っていき、それに助けられることもあった。本来の主義からは外れるのだが、インドはハードで食べられるものが少なかったので、どうか見逃して下さい、という気分だ。

この時湯をわかさなければならないので、私はミネラルウォーターを持参の湯わかし器でわかしていた。ただし、インドではあの頃（今はもう違うかもしれないが）、冷蔵庫の中のミネラルウォーターのキャップに一度開けた形跡があることがあり、それはミネラルウォーターではなく水道水を入れたまがい品なのだった。それを生で飲んだらおそらくお腹をやられるのである。二十五年前のインドは、そんなふうにとんでもない国だったのである。

2

それでも、インドで食べられたものがなかったわけではない。カレーが中心とはいうものの、ほかの料理も少しはあるのだから。

そのひとつがタンドリーチキンだった。インドといえばタンドリー（釜焼き）料理だと思っている人もいるだろう。ところが、あれは本来、西インドからパキスタンにかけての料理であるらしい。一度目のインド旅行の時、私たちはベンガル湾に面した東インドのブバネシュワルという街のレストランで、タンドリーチキンを特別注文したのだが、七人に鶏一羽で、一人当たり十ドルもとられたわりには、あまりおいしくなかった。ところが、二度目のインド旅行で、最後にニューデリーのモーリアシェラトン・ホテル

（現ITCマウリヤニューデリー）にある「ブハラ」という、タンドリー料理の専門店で食べたタンドリーチキンは、びっくりするほどおいしかった。旅の終りがけに行ったのだから胃がすっかり弱っていたのに、うまいものは食べられるのだ、という体験をした。

ただし、正式なインドカレーもそうだが、タンドリー料理も自宅で再現できるものではない。タンドリー釜がなければどうしようもないのだから、我が家のメニューになることはなかった。

肉の話をまとめておこう。インド人は牛を神聖な動物と思っているので、牛肉はあまり食べない。外国人旅行者用に牛肉料理を出すところがないではないが、それは硬くてあまりうまくない。

イスラム教徒がいて、彼らは豚肉を食べない。だからカレー用の肉は、チキンかマトンであることが多い。でもってインド人にはベジタリアンが多く、それも食べない人がいるわけだ。

インドのビールには、キングフィッシャー、サン、ブラックラベルなどの銘柄があった。私たちにはブラックラベルが口に合ったのだが、それは置いていない店や、ちょっと高く値段設定してある店もあった。

鶏の釜焼き、タンドリーチキン

さて、あるレストランで、「ブラックラベルをくれ」と頼んだら、ない、と言う。やむなくキングフィッシャーを飲んでいたのだが、別の客が注文したらブラックラベルが出てきた。そうしたら、私たちがそのラベルを見ているのに気づいたさっきのボーイが、客に出す前に店の隅へそのビールを持っていって、爪で必死にラベルをはがしたのには笑った。インド人はおおむねいい加減だが、細かいことに気がついてもいるのである。

それにしても、あの頃は私たちもよく酒を飲んだ。食事の時のビールとは別に、日本からブランデーを持っていっており、部屋でお湯割りで飲んだ。連日六時ぐらいに起きなきゃいけないのに、深夜二時ぐらいまで酒盛りをしていたのだから、まだ若くて体力があったのだなあ。

ルームサービスでインド産のワインを頼むこともよくした。ただし、最初の旅の三日目ぐらいまでは、私はカルチャーショックを受けてヨレヨレなので、妻がブロークンな英語で注文してくれた。さてそこで、その旅もいよいよ終りがけになって、ニューデリーのホテルにいた時だ。

「一度くらいは自分でルームサービスを頼んでみなさいよ」

と妻が言った。そのぐらいしないと格好がつかないからその電話注文を私がした。

「ボトル・オブ・インディアンワインをくれ」

ということを言ってみると、先方は何かをきいている感じだ。弱ったな、と思ったら横から妻が、「グラスの数をきかれるかもしれないわよ」と言う。

なるほど、と思って「ツー・グラス」と頼んだ。正しくは「ウィズ・ツー・グラセス」かもしれないが、私は英語には弱いのだ。

そうしたらしばらくしてボーイが、グラスワインを二杯持ってきた。違うんだ、ボトルがほしい、と言うと、ではこのグラスワインは下げます、と言う。グラスに注いでしまったものを下げさすのも悪い気がしたので、いや、そのグラスももらう。それとは別にボトルを一本頼む、ということになった。そのぐらいは平気で飲めたし。

ところで、そのいきさつがあって、妻は名探偵の口ぶりでこんなことを言うのだった。

「まずグラスワインを持ってきたのは、間違いじゃなくて確信犯だと思う。そうやって、少しでも多く売ろうとするしたたかなところがインド人にはあるのよ」

そうかもしれないな、と私も思った。インド人は確かにしたたかなのだ。そのしたたかさも、インド人の面白さだと思うしかない。

インドでおいしく食べられたものがひとつもなかったわけではない。正式な食事ではなく、おやつ的なものが食べやすかった。

ガンジス川で沐浴（もくよく）することで名高いベナレス（今の表記はバラナシ）の、ごみごみした裏道を歩いていた朝、道に鍋を出して揚げ物を作っている男がいた。プーリーという揚げパンの一種を作り、軽い朝食代りとして売っていたのだ。インド人ガイドのシンさんが、四、五個で二ルピーのそれを買い、一個分けてくれた。私と妻とで半分ずつして食べたのだが、ふくらんだ揚げ饅頭のようなものの中に、ジャガイモのカレー煮を詰めこんだもので、カレーパンのような味がして、なかなかいけた。ああいう軽食は比較的食べやすい。

アーグラという街を拠点にして、有名なタージ・マハルを見物した。タージ・マハルというのは奇跡のような建造物で、ただただ感動して見た。

そのアーグラからニューデリーへ戻るのは列車移動だった。夕方のアーグラ駅のホームには、小さな屋台がいっぱい並んでいて、列車の乗客にスナック的なものを売っていた。多いのは油で揚げた一口かき揚げのようなもので、ジャガイモ、玉ネギなどを、スパイスや塩で味付けした濃いめのコロモにつけて油で揚げていた。シンさんにもらって、玉ネギのかき揚げを一カケ食べてみたが、カリッと揚がっていて結構おいしかった。

「こういうスナックだと食べられるんだよな」

と私が言うと、妻は、

「カレーだと胃がびっくりしちゃって働かなくなっちゃうのよね」

と言った。まさしくそんな感じであった。

プーリーという揚げパンの一種

さてそこで、列車に乗り込むと、冷房がめちゃくちゃきいていて、金属のものにさわると冷たいくらいだった。

インドでは冷房に悩まされることが多いのである。この一回目の旅は四月のことだったのだが、インドの四月は連日四十度はあるという猛暑である。猛暑で冷房がきいているならよいではないか、と思うかもしれないが、猛暑と闘うために、冷房は猛冷になっているのだ。

実はその前夜、アーグラのホテルで妻は、冷房のせいで風邪をひいてしまっていた。壁にある冷房のスイッチをオフにしたのに、冷風が止まらないのである。冷房を止められない、というのがそのホテルのサービスだったのだ。八月の小田急ロマンスカーのように寒冷地獄だった。私たちは予備の毛布まで出してくるまって寝たのに、妻はすっかり風邪をひき、熱が出てフラフラだったのである。だから列車の冷房にはまいってしまった。

そして、しばらく走ったところで私たちに弁当が配られた。おお、インドの駅弁とは珍しい、とまず喜んだ。

ところがこの弁当がかなりすごいものだったのだ。白いご飯とマトンのカレーで、カレーは濃くて、こげ茶色をしていた。そのカレーとご飯を一口食べてみて、あまりの辛さにスプーンが止まった。ものすごくディープな味だったのである。このインド旅行の中での最強烈カレーだった。私は二口だけ食べてあとはあきらめた。風邪でフラフラの妻はそのカレーが一口も食べられず、一食抜きということになったのである。

3

三度目のインド旅行（一九九五年から一九九六年正月にかけて）は、マドラス（チェンナイ）、バンガロール、マイソール、コーチン、ゴア、ボンベイ（ムンバイ）などをまわる南インドの旅だった。

南インドでは、カレーをご飯（長粒種だが）で食べることが多い。そして、油もギーではなく、マスタードオイルやセサミオイルなど植物系の油を使う。なので北インドほど強くはなく、お腹をこわすことはそうない。私は三度目のインドで初めてお腹をこわさずにすんだ。

しかし、やっぱり食べさせられるのはマサラの強いカレーであり、そんなには食べられない。ただし、スナック的なものは食べやすかった。

バンガロールからマイソールという街へ行く途中のことだが、道路が穴だらけのボコボコで、バスがパンクしてしまった。二、三日前に洪水があったのだときいた。私たちはパンクの修理を待ってドライブインのようなところで二時間も待たされたのだが、ビールもあり、スナック菓子もあったのでそれを楽しんだ。ポテトチップスのようなスナック菓子は、当然マサラ味だったが塩がちょっと濃いめで、ビールとよく合った。

バスがパンクしなかったら、あんな田舎のよろず屋のような店には絶対入らなかっただろうし、怪しげなカレー味のポテトチップスを買って食べることもなかっただろう。あのディープな味わいのインドは、二十年前だったからで、今はもうすっかり変っているのだろうか。今、インドはとても好景気だときくが、国のムードまですっかり変ってしまったのだろうか。

「インドに富裕層ができたって、下の三割は相変らず貧乏で、裸足で生活しているような気がするわ。だってそれがインドなんだもの」

と妻は言う。私もそんなふうに思う。

バスがパンクした日の翌日、マイソールの近くのバンガロー風のホテルのレストランで昼食をとった。添乗員が、無難そうなメニューを選んでそれを注文したのだが、隣の席のインドの二人組の若者がドライカレーのようなものを食べていて、なんだかうまそうである。そこで、我々も二人に一皿の割でドライカレーを追加注文した。出てきたドライカレーには、ヨーグルトに刻んだ野菜が入ったものが添えられていた。私たちは、インドの二人組とおぼつかない英語で少しコンタクトした。すると彼らが、ドライカレーにヨーグルトを混ぜて食べてみろ、と手振りで示す。そこで、やってみたら非常においしかった。そのヨーグルトは塩味で、キュウリや玉ネギなどが入ったサラダのようなものだった。それがドライカレーの強さを消してマイルドにしてくれたのだ。ああいうその時だけの触れあいは、長く記憶に残るものである。

さて、南インドの西海岸の街コーチンでは、ミールスという王宮料理を食べる体験をした。これは、大きなバナナの葉を皿代りにして、そこにご飯とカレー、その他のおかずが並べられるものだ。ところが、まずバナナの葉が出てきたところで一問着がおこった。現地の人にとっては何の問題もないのだろうが、我々日本人の目で見れば、その葉は土埃だらけなのだ。この上に食べ物をじかに置くなんてとんでもない、という気がする。文句を言ってまず店側にその葉を水洗いさせた。

そうすれば今度は水をふきとらずビショビショの葉を出す。すると日本人の全員がティッシュペーパーを出してその葉をふきだした。

やっていて、ふと、我々日本人も細かすぎて珍しい人たちなのかな、という気がした。

バナナの葉の上に、白いご飯と、カレーその他が盛られていく。それを、この時はインド風に、右手だけを使って指先でまとめて食べた。インド人になったような気がした。

この食事は、ご飯がなくなれば追加され、カレーがなく

バナナの葉の上に盛られたカレー

なれば追加され、というエンドレスなものだったが、やはりカレーが強くてそうは食べられない。

そうしたらガイドが教えてくれたのは、次のような食べ方だった。まず、ご飯にプレーンのヨーグルトをかけ、砂糖が入ってなくて唐辛子が大量に入っている辛いマンゴーチャツネを加えてよく混ぜて食べるのだ。きけばそれは、インド人もお腹をこわした時などに食べる、日本で言えばお茶漬けのようなものなのだそうだ。やってみると確かに、さっぱりしていて食べやすかった。

というわけで、南インドではお腹をこわす人はほとんど出なかったのだが、毎食すべてカレー味であり、だんだん食欲がなくなっていくのは避けられなかったのである。各種スパイスを混ぜ合わせたマサラ味がだんだん体にしみこんでくるような気がした。チャイというインド風の紅茶を飲んでもマサラ味だし、それどころか、空気の中にもマサラ味がこもっているという感じなのだ。

では、インドでおいしく食べられた食事はなかったのかというと、ひとつだけ、ああ食べやすいし再現したいなあ、と思ったものがある。

それは一度目のインド旅行で、東海岸のプリーという街から、コナラクへと移動する途中、ベンガル湾に面した小ぢんまりしたリゾートホテルでとったランチだ。

そのあたりには、インド人の観光客も多く、女性たちはサリーを着たまま海水浴をしていた。海岸線には何基もの風力発電のプロペラが回っていたという、のどかなところだった。

そこで出たメインの食事は、カジキマグロのムニエルで、朝食は別として、初めてカレーの味のしないものだった。塩こしょうをしただけで、粉をまぶしてソテーしたムニエルだ。その粉は、日本の普通の薄力粉とは違っていて、少し肌理が粗くて香ばしかった。カジキは薄めにスライスされていて、カリッと焼いてありとてもおいしかった。

メインの前にはトマトスープがつき、メインの付け合わせはポテトフライだった。どこにもカレー味がないのがいい。

「インドにいるってことを忘れてしまいそうになる味ね」

と妻が言ったが、私はこう答えた。

「何人ものウエイターたちが、サービスの隙をうかがうように見ているところがインドだよ。みんなチップがほしそうな顔をしている」

ここのランチでは、どれだけで一人前、という考え方ではなく、ムニエルを平らげると、どうぞと言って追加してくれるのだった。もういい、と言うまで出てくるのだ。

というわけで、そのカジキマグロのムニエルはおいしかっ

サリーを着たまま海水浴をする女性

たのだが、よくよく考えてみれば、ビーチ・リゾートのホテルだから海鮮料理を出していただけのことであり、たまにはカレー味じゃなくしてみようか、ということだったにすぎない。その、カレー味じゃなかったことに感激していただけで、インド料理の名品に出合った、という話ではないのだ。

私は、最初の旅の初めの三日間ぐらい、カルチャーショックでビクビクしていたのだが、そのうちに、インド人を好もしく思うようになってきた。権利を大声で主張したり、時にはインチキをしたり、思いがけず繊細な心遣いをしたりするインド人の姿が、これは必死で生きている美しい姿なんだ、と思えるようになったのだ。そんなふうにインドが気に入ったからこそ、続けて三回も行ったのだ。

しかし、胃のほうはインドのマサラ味に慣れてはくれなかった。カレーの強さに胃が負けて、食べられなくなってしまうのだ。あの頃は胃が弱っていたから、ということもあるのだろう。

今では私は、二カ月に一回ぐらいは本格インドカレーの店へ行って楽しんでいる。そんなふうに変化したことが、自分でも不思議である。

カジキマグロのムニエル

材料（２人分）　所要20分

カジキマグロ　切り身３切れ	バター　８ｇ
塩、こしょう　適量	クレソン　適量
サラダ油　大さじ１	全粒粉　適量

①カジキマグロの切り身を５ミリ２枚に切り分ける。その両面に塩、こしょうをかける。
②全粒粉をまぶし、フライパンにサラダ油大さじ１、ミニパックのバター１個を入れて焼く。
③両面が同じ色に焼けたらペーパータオルの上にのせ、皿に並べクレソンを彩りに加える。

Point

私がインド旅行の時に、唯一これだけがカレー味ではなかったので非常に安らいだ気分で食べた、カジキのムニエルを再現したのであるが、ここで思いがけないドンデン返しをくらったのである。

空気の中にまでマサラ味がしみ込んでいるインドでこの料理に出合った時は、このシンプルな味がうれしかった。これは食べやすいと思っておかわりまでした。

ところが、日本で再現して食べてみると、ちょっと味がシンプルすぎて物足りないのである。コクが足りないなあ、という気がするのだ。

そこで私と妻は、ここまでの話はなんだったのよ、というような、ぶちこわし技をしかけた。そのムニエルに、カレー塩を少々かけて食べてみたのだ。そうしたら、味が引きしまってグンとうまくなった。

そしてふたりで、次のように意見がまとまったのである。

「この次、この料理を作る時は、全粒粉に少しカレー粉を混ぜて、それを切り身にまぶすことにしよう」

カレー味とはおそるべきものだ、というのがこのオチから感じられるであろう。何日間も毎食カレー味で攻めたてられると、もう勘弁してくれ、と言いたいくらいにうんざりするのだが、なんでもない料理に、ちょっとカレー味をきかせてみると、いきなり味が引き立つ、というのも事実なのである。

今では私は、インドのマサラ味はおそるべきもので、甘く見てはならないと思っている。

第四章

ウズベキスタンはう〜む、イランはケバブばかり

イスファハーンのチェヘル・ソトゥーン宮殿

1

ウズベキスタンへ行ってみようと思ったのは、そこがトルコ人のルーツのような地だからである。トルコ人というのはもともと中国辺境にいた突厥（とっけつ）が中央アジアを西へ西へと進み、十一世紀頃にアナトリア半島に達し、十五世紀には東ローマ帝国を滅ぼした。それ以後もオスマン・トルコはバルカン半島、シリア、レバノン、ヨルダン、エジプト以西の北アフリカまで支配して大帝国になったのだが、第一次世界大戦に敗北して、建国の父ケマル・アタチュルクがアナトリア半島だけを死守してトルコ共和国となったのだ。というわけで、中央アジアはトルコ人の通ってきたところであり、中でもウズベキスタンで使われているウズベク語はトルコ語と非常に近く、トルコ人はウズベキスタンを弟分の国のように感じている。

だから、トルコが好きになったからその故郷であるようなウズベキスタンへ行こう、と考えたのだが、その判断は半分正解で、半分期待外れだった。ウズベキスタンには、チムール帝国の首都サマルカンドとか、シルクロードの要衝ブハラとかいう古い街があって、そこで見物したモスクやメドレセ（神学校）や数々の遺跡は貴重なもので、見ごたえがあった。複雑な歴史を重ねてきている乾燥しきった国の風情には、ロマンチックな味わいもあった。だから見たものには満足したのである。

ところが、これは旅の食日記だからあえて書かざるをえないのだが、食事のおいしさという点では、ウズベキスタンは最低ランクであった。トルコ料理とは月とスッポンである。

大きくまとめれば、トルコ料理と同系列のものなのである。肉では羊肉をよく食べるところ、プロフというピラフのような米料理があるところ、マンテという肉饅頭のようなものがあるところは、トルコ料理に共通するのだから（トルコ人の携帯食として生まれたものがマントウだ）。

なのに、同じ系列のものでありながら、その最善のものと、最悪のものとの差があるのだ。

ただし、私たちのこの旅行は一九九九年の五月のことで、その後いろいろと改善されているかもしれない。一九九一年に、ソ連という国がロシアになったのは大きいニュースだったが、その時に、中央アジアで、キルギス、カザフスタン、ウズベキスタン、タジキスタン、トルクメニスタンの五カ国がソ連から独立した。このいきなりの独立でそれらの国は非社会主義国として独自に経済を進めていかなければならなくなったのだが、私たちはそうなってまだ八年目のウズベキスタンへ行ったのである。だからまだ経済基盤が弱かったのだろう、なんとなく貧しい国という印象があった。ちゃんとしたホテルのレストランで出てくるフォークやナイフが、アルミの板からガチャンと打ち出したような、ペナペナのものだったりした。人々は外国人に慣れておらず、話しかけようとすると聞こえないふりをしていなくなるし、売店の店員には愛想がない。要するに、まだサービスという概念がない国だったのだ。

そんなことから、ウズベキスタンの料理はことさらまずかったのかもしれない。ところが、今はそれから十五年ほどたっている。今ウズベキスタンへ行けば、あの頃よりはましな料理になっていることは大いに考えられる。

一九九九年の段階で、ウズベキスタンの通貨スムは、一スムが〇・九円だった。それが二〇一三年では、一スムが約〇・〇五円である。つまり大変なインフレ傾向にあるわけで、経済に活気があるのかもしれない。

というわけで、一九九九年の時点では、とちゃんと断っておかねばならないが、しかしまあウズベキスタンはまずかった。

中央アジアにはオリーブの木がなく、料理にオリーブオイルを使えないのが残念なところである。ウズベキスタンはソ連時代には綿花を作る地とされていて、料理にもコットンオイルを使うのだ。それかもしくは、羊肉の脂である。だからどの料理を食べてもギトギトに脂っこくて、しかも味つけが薄い。

トルコのシシケバブに似た、串焼きの羊肉をウズベキスタンではシャシリクと呼んでいて、人々が昼になると会社の前で焼いて食べているほどポピュラーなのだが、そんなシンプルなものも、ただ羊肉を焼いた、というだけのコクも深みもない味だ。シャシリクはシシケバブと似て非なるものだった。

サマルカンドのホテルのレストランで食べた昼食を思い出してみよう。ウズベキスタンでは、夕食よりも昼食のほうがメインであり、スープがつくのもランチの時だ。

そのスープが、脂身の多い羊肉とヒヨコ豆やニンジン、ジャガイモ、青菜（ブドウの葉だったと思う）をよく煮込んだ塩味のもので、皿の表面に羊の脂がギラギラと浮いていた。塩辛くはないのだが、脂っこくて濃厚であり、スプーンに一杯飲んだらもう手が出ない。

メインディッシュは、羊肉とジャガイモ、ニンジン、玉ネギなどの入った煮込み料理で、これも脂っこい。そしてあとは、キャベツのサラダとナンである。ナンとはいってもインドのナンとは様子が違っていて、直径三〇センチ、厚さ四〜五センチで表面に模様のついた少しパサパサしたパンである。もちろん焼きたてではなく冷たい。

タシケント、サマルカンドなど国の東部ではナンが厚いタイプで、ブハラ、ヒヴァなど西部へ行くとナンがピザの台のように薄いのだったが、薄いほうが食べやすか

脂っこい料理に合うビール

った。

脂っこい料理をこわごわつつきながら、とにかくビールを飲もう、ということになる。イスラムの人が多い国だが、ホテルのレストランではビールが飲めたのだ。国産のビールが四〇〇スムぐらいで、輸入ビールが六〇〇スムぐらいだった（今はインフレで、何千スムもするのだろう）。

国産のワインがあって、一〇〇〇から一五〇〇スムである。試しに注文してみたところ、あまりのまずさに吐き出しそうになった。工業用のアルコールを薄めたのか、というような味だ。酒飲みが酒を残すというのはあまりないことなのだが、そのワインにはとても手が出ず、あわててビールを追加注文したのであった。

これもサマルカンドのホテルだが、夕食にプロフという、羊肉とニンジン入りのピラフのようなものが出た。「ご飯だ！」と同行メンバーは喜びの声をあげたが、これも羊の脂で炊いたご飯という感じのもので、ギトギトのベタベタであり、私にはほんの少ししか食べられなかった。ご飯だ、ということに感激してむさぼり食っている人がいたが、あとできいたら、その後腹痛で苦しんだのだそうだ。ウズベキスタンでは、食事をガッツリとは食べないほうがいいのである。

ブハラから西へ進むとキズィルクム砂漠という、雑草がまばらに生えるだけの寂しい土地を行くことになるが、その砂漠の中にポツンと一軒家のレストランがあった。そこで、ラグマンといううどんの一種を食べたのが珍しい体験となった。うどんは中国で生まれたものだが、シルクロードを辿（たど）って中央アジア、アラブへと伝わり、砂漠地方で乾麵となり、イタリアのスパゲティへとつながっているのだ。

さて、ラグマンは、具がたっぷり入った、脂っこいスープに、不揃（ふぞろ）いで短い麵の入ったものだ。具として、羊肉とジャガイモ、ニンジン、ヒヨコ豆などが入っている。羊の脂でコッテリしており、全部食べられるものではなかったが、貴重な体験ではあった。

ヒヴァという砂漠の中の遺跡都市を観光した。近くをアムダリヤという川が流れているせいで、砂漠の中の都市として栄えたのだ。城壁で囲まれた内城都市（イチャン・カラ）で、モスクやメドレセや宮殿やミナレットがあった。

その観光のあと、飛行機でタシケントへ戻った。ソ連的なムードを残した首都である。

ランチに、シャシリクの有名店へ行った。何度もシャシリクを食べたが、ここで食べたものがいちばん味つけがよく、ウズベキスタンで初めて、まあまあおいしいものが食べられた。ところが、街のレストランなのでビールがないのである。そこでやむなく、コーラを注文したのだが、このコーラが常温であった。なまあたたかい缶コーラで、羊肉のシャシリクを食べてい

羊肉のシャシリク

るうち腹が立ってきてしまった。

するとと妻がこう言った。

「明日には成田へ帰れるわ。ざる蕎麦(そば)で生ビールを飲みましょう」

うん、と力強くうなずく私であった。

2

二〇〇〇年五月にイランへ行った時の最大の苦難は、旅行中一滴も酒が飲めないことだった。イランは厳格なイスラム国で、酒を売ることも、持ち込むことも禁じているのだ(もっとも国民の中には密造酒を飲んでる人もいるそうだが)。

私にとって酒は、頭と心をほぐしてリラックスさせてくれるもので、一週間も一滴も飲めないと、頭がバカになってくるのだ。

でも、酒の問題と、女性が自室の中以外では常にスカーフで髪を隠していなければならなくて気障りだという問題以外では、イランは素敵な国だった。なんとなく国民に、アケメネス朝ペルシアからの歴史を持つ矜持(きょうじ)があり、品がいいのだ。正直で、親切である。文化のあるところは違うな、という気がした。

では、食べ物はどうだったか。それをわかりやすく言うと、大きくくくればトルコ風のケバブ中心の食事だが、メゼはほとんどない。ケバブと焼いたトマトと長粒種のバターライスが一皿にのっていて、別にヨーグルトと、香草のサラダがついている。味は、トルコほどおいしくはなく、ウズベキスタンほどまずくはない。

いろんな街で何度も食事をしたのだが、どこで食べてもほとんど同じ布陣だった。ケバブを、羊肉とチキンから選べるぐらいがバリエーションだ。ナンという薄いパンがついてくるが、ほとんどの店が冷たいナンを出した。つまり店では焼いておらず、専門店から仕入れているのだろう。

実は、イランでも家庭料理には野菜の煮物などもあってバラエティがあるのだそうだ。ところが外食のために行くレストランではほとんどケバブばかりを出す。

現地ガイドからそう説明された妻は、たちどころにこんな推理をした。

「街のレストランで食事をするのは男性ばかりなのよ。女性はチャイハネでチャイを飲むこともしない国だもの。だから、男性の好きなケバブばっかりになるんじゃないかしら」

確かに、厳格なイスラムの国であるイランでは、女性があまり街をうろついていない。チャイハネの客はすべて男性だし、市バスは後ろ半分が女性専用席になっていて、男女が並んですわるなどとんでもない、ということになっている。そういう女性が差別された社会なのだ。だから女性好みのメニューがレストランにない、というのは説得力のある説であった。

香草のサラダ、と私が表現したもののことを、妻は、草の盛り合わせ、と呼んでいた。それは何種類かのハーブを盛り合わせたもので、ニラ、細いネギ、ミント、バジル、パセリ、蓼（たで）みたいな葉、シソ科の葉などが、ドレッシングもかかっておらずただ盛ってある。肉の合間にその葉をナンで巻いて食べるのだ。ケバブだけ食べるのは重いが、ハーブ類がさわやかさを演出してくれた。

ほとんどのレストランがそういうメニューだったのだが、初日にテヘランのレストランで食べたものはちょっと違っていた。

まず、前菜的にボウルに入った濃いプレーンヨーグルトが出される。これはどのレストランでも出されたが、この店の物が濃厚かつクリーミーで、ヨーグルト好きの妻がうまいと言った。

次にサラダと冷えたナン。このサラダは、草の盛り合わせである。

そしてメインに出たのが、アーブグーシュトという濃厚な味の羊肉のシチューで、一人前ずつ小さな壺に入っていた。それを金属のボウルに入れて専用の棒でつぶしてペースト状にして食べる。そこにちぎったナンやハーブを入れてもいい。

羊肉のシチュー、アーブグーシュト

「濃いビーフシチューみたいでおいしいね」

と妻が言い、私はこう答えた。

「おいしいけど、ボリュームがあってとても全部は食べきれない」

結局二人とも半分くらい残した。そしてデザートとチャイ（イランではチャーイ、という感じに発音する）。チャイはトルコと同じくガラスのカップに入っている。砂糖をそこに溶かさずに、舌の上に含んでチャイを飲むのがイラン式だというのだが、チャイを含むと砂糖が溶けてしまってうまくいかなかった。

この食事に、もちろんお酒はいっさいない。イスラミックビールというものがあったのでそれを飲む。最近、ノンアルコールビールがはやっているが、イスラミックビールはそれとはまったく違っていて、薄甘い麦ジュースという感じで泡もほとんどたたない飲み物だ。甘いジュースよりはましか、と思って飲むのだが、半端な薄甘さが妙にイラつく飲み物だった。それを毎食飲んで、旅の後半ではすっかりイヤになってしまった。

テヘランを一日観光したあと、夕刻、飛行機でこの旅行のいちばん南の目的地シラーズへ飛んだ。そこからバスで北上してくるコース設定なのだ。

シラーズではまずホテルに入って夕食をとった。それが例によって、ヨーグルト、草の盛り合わせ、冷えたナンであり、そこにブドウの葉がぐだぐだに煮えたスープがついた。メインディッシュは鱒（ます）のグリルであった。シラーズは内陸の土地だが、鱒は川で養殖をしているのだそうだ。羊肉ではなく魚なので喜んでいる人がいたが、味はまあまあ、といったところであった。私たち夫婦は羊肉が食べられるのである。大体において中東のケバブの羊肉はしっかりと焼いてあり、それをカシカシと歯を立てて食べるのは悪くないのである。

一晩休んで、翌日はまずペルセポリスを観光した。紀元前六世紀に作られたアケメネス朝ペルシアの春の式典のための都の遺跡である。息をのむような壮大さと見事さであった。

それから、アケメネス朝の王の墓のあるナグシェ・ロスタムと、ササーン朝時代の大きなレリーフが崖に残るナグシェ・ラジャブを見物した。

ナグシェ・ラジャブの近くのレストランで昼食をとった。そのレストランは広い庭にテーブルの並んでいるオープンエア方式で、ペルセポリス周辺で外国人の来るレストランはここだけということで、外国人観光客で満員だった。

食事はいつものヨーグルト、冷えたナン、葉っぱの皿、サラダ、ブドウの葉のスープときて、メインはチキンのケバブだった。そのほかに山盛りのライスの上に少しのサフランライスをのせて黄色く彩りし、その上にゼレシュクという赤い木の実のようなものが飾ってある。焼きトマト、青唐辛子、レモンものっていた。ここのチキンのケバブはおいしかった。デザートはスイカ、そしてチャイが出た。

この日は昼食のあと、シラーズへ戻り、午後は市内のサーディ廟、ハーフィズ廟、エラム庭園、シャー・チェラーグ廟といったところを観光したのだ。とにかくもう歩きまわっての観光で、この日一日で三万歩以上歩いた。これは私の一日で歩いた歩数の最高記録である。

3

その翌日は、パサルガダエというところでアケメネス朝時代の首都の遺跡と、キュロス二世の墓を見て、それから砂漠（土漠）を越えてヤズドという街まで長時間のバス旅をした。砂漠の中の一軒家のレストランで昼食。

食べたものはいつもと変らず、ヨーグルト、いつもの葉っぱ、羊肉のケバブにライスと焼きトマト添え。あと、イスラミックビールとデザートとチャイ。ここでもケバブはウェルダンによく焼かれ、味つけもよくおいしかった。

ただ、羊肉が苦手だという人は、このあたりでもう匂いを嗅ぐのもいやだ、ということになってくる。一食パスして店の前に椅子を出してすわって待っているという若い女性がいた。イランで羊を焼く匂いがダメ、となると、旅はとても苦しいものになってしまう。

夕刻ヤズドに到着。まずゾロアスター教寺院と、「沈黙の塔」という、ゾロアスター教徒の鳥葬場を見物した。現在は鳥葬は行われていないのだが、なんとなく不気味なムードがあった。ついでだからまとめておくと、ゾロアスター教はイランかカザフスタンのあたりで生まれたユダヤ教より古い宗教で、ササン朝ペルシアでは国教だったが、七世紀にイスラム教が入ってきて多くの人が改宗し、今ではイラン中に三万人しかゾロアスター教徒はいない。

おっといけない、これは食日記だった。このヤズドのホテルのレストランでは、いつもとはちょっと違ったものが食べられた。

ヨーグルトとサラダはいつもどおりだが、メインがカレーライスだったのだ。ただし、バルチスタン（パキスタンとの国境地帯）風のカレーで、見たところはとても珍しいカレーだ。色が真っ黒で、ドライレモンがまるごと入っているもので、ライスが添えられていた。

レモンは日本のより小ぶり

このカレーが、ちょっと濃厚だがとてもおいしいものだった。カレーを食べる段になったらボーイがヨーグルトの皿を下げようとして、妻は、これはまだ食べます、と下げるのをやめさせた。つまり、イラン人にとってはヨーグルトはカレーの前に食べてしまうものだったのに対し、妻はカレーにヨーグルトをまぜて食べたかったのだ。むこうの人には、外国人はヘンな食べ方をするなあ、というところだったろう。

このレストランではもうひとつ特記することがあった。デザートにヤズド名物の菓子が出たのだが、これが実に上品な味でおいしかったのだ。もちろん小豆のあんこは使われていないのだが、京都の老舗の伝統菓子といった感じなのだ。

「品がよくて、ちょうどいい甘さね」

と妻も驚いていた。

「うん。ちょうどいい。インドやトルコのデザートはギョッとするほど甘いもんなあ」

二人でそう言いあって感心したのだが、あとできくと、ヤズドはお菓子のおいしい所として有名なのだそうだ。そんなところも、古くから文化のある国は違うな、という気がした。

ついでながら、イラン人はよその家を訪ねる時に手土産の菓子などを持っていって渡すのである。日本語で言う、菓子折を持っていく、というやつだ。これは後日のことだが、空港でテヘラン行きの飛行機を待っていた時、お菓子の箱を十箱ぐらい紐で結んで持っている人を何人も見た。親戚や知人の家を訪ねるための用意であろう。人と人のつきあいが濃密で、礼節のある生活文化を持っているのだと考えられる。妻はその光景を見てこう言っていたが。

「名古屋駅で、赤福を十箱も持って東京行きの新幹線に乗る人を見たことがあるけど、あれと同じね」

その翌朝、ヤズドのマスジェデ・ジャーメを見物した。ヤズドのシンボル的なイスラム寺院である。二本のミナレットが楼門の上にのっていて、イランで最も高いものである。

そこを見物したあとは、バスで一気にイスファハーンという街をめざす。途中は例によって砂漠地帯である。

ナインという小さな街のツーリスト・インのレストランで昼食をとった。そうしたら予想していなかったものが出たのである。いつものヨーグルトとサラダのあと、思いもかけずエビのケバブが出たのだ。あとはライスと焼きトマト。

どんなエビだったと書くと、最近問題になっている食材偽装になってしまうかもしれないが、大正エビのようなものが串に刺して焼いてあった。ナインは内陸部もいいところで、どこで獲れたエビなのか想像もつかない。しかし、たまに羊肉でないものを食べるのは嬉しいことだった。なかなかおいしいエビケバブだったのである。羊を焼く匂いがいやでレストランの外に出ていたあの女性もこのエビには救われたという気がしたであろう。

そして、私たちはついにイスファハーンに着いた。ついに、と言ってしまうのは、そこが「イランの真珠」とたとえられる美しさで知れわたった古都だからだ。ザーヤンデ川という大きな川が流れ、水路も整備され、緑の多い美しい街だ。十六世紀後半にサファビー朝のアッバース一世がここを首都として以来の歴史を持ち、「イスファハーンは世界の半分」とまで言われたところなのだ。

その古都で、チェヘル・ソトゥーン宮殿や、ザーヤンデ川にかかるアーチ状の石橋、ハージュー橋、ジューイ橋などを見物した。ハージュー橋は上段と下段の二重構造になった橋で、下段のほうにチャイハネがあって、私たちはそこでチャイと水たばこを楽しんだ（ただし、今はもうそこにチャイハネはなくなっているそうだ）。

夕食後、夜のイスファハーンを散歩した。時は五月の新緑の頃で、木の緑を楽園のように感じるイラン人は、木の下にシートを敷いてピクニックを楽しんでいた。日本人が花見をするのとよく似た感じに、緑の木を見るのだ。コンロで肉を焼いているような家族もいるが、そのお楽しみに酒はない。イランでは素面（しらふ）で宴会を楽しむのだ。

その翌日、有名なイマーム広場へ行き、イマーム・モスク（マスジェデ・エマームとも）や、アリガプ宮殿を見物した。広場は大きくて、モスクも壮麗である。圧倒されるようなイスラムの美を感じ取った。

その日の昼食を、地元の人にも人気のレストランでとった。この店はパン焼き窯を持っていて、焼きたてのナンが出た。ヨーグルトとサラダのあと出てきたメイン料理は、キャバーブ・クビデだった。キャバーブ・クビデとは、挽き肉のケバブで、トルコだとキョフテと呼んでいるものと同じだ。挽き肉に味をつけてよくねって、調理用の剣にねりつけて焼くものだ。運ばれてきた時には剣は抜いてあるので、四角い穴のあるひらべったいちくわのように見える。

このキャバーブ・クビデは、味つけもよくとてもおいしかった。よく火が通っていて、噛みごたえがいい。妻はこの店に甘くないヨーグルトドリンク（トルコのアイランに似たもの）があると気づいて、注文していた。ヨーグルトが好きな妻にとって、イラン料理はうれしいものなのだ。

なのに、そのおいしかったキャバーブ・クビデに、私はあたってしまい、腹痛で苦しんだのである。

「すごくはやってた店だから、早くからクビデを何十本も用意して次々に焼いていて、その一番下の作ってからかなり時間のたったものが清水さん（妻は私のことをそう呼ぶ）に出されたのよ。それであたったんだわ、きっと」

妻はそう推理したが、とにかく私は半日苦しんだ。

腹痛をかかえたまま、私たちは飛行機でテヘランへ戻った。

というわけで、イランの食の旅は食あたりで幕を閉じたのだが、私がキャバーブ・クビデを嫌ったわけではない。その証拠に、テヘランの大きなスーパーへ行った時、私たち夫婦はクビデ用の剣を買ったのである。アルミの剣に木の取っ手のついたもので、四本で三百円くらいの安いものだったが。

イランの食事は、二、三の例外をのぞいて羊肉のケバブばかりで、おいしいのだが少しあきてしまった。ヨーグルトと草の盛り合わせと焼きトマト、という布陣はどこも同じである。あとはバターライスと、青唐辛子だ。

だが、たまに作ってみれば、なかなか完成された料理である。トルコ料理を少しペルシア風にアレンジ（シンプル化かも）したものという感じであった。

キャバーブ・クビデとライスと焼きトマト
（香草のサラダに青唐辛子、レモンを添えて）

材料（２人分）　所要３時間

挽き肉　240ｇ
インディカ米　１合
玉ネギ　1/2個
トマト　１個
レモン　1/4個
玉子　１個
パン粉　大さじ２
バター　８ｇ
こしょう、サフラン　少々
青唐辛子、香草　お好みで
水　180cc
塩　適宜

①ボウルに入れた挽き肉に、玉ネギ1/2個のみじん切りをまぜ、玉子１個、パン粉大さじ２を加える。さらに風味づけのために、サフラン２つまみを、小さなすり鉢ですって粉にして加え、塩、こしょう少々を加えて手でねる。
②ラップをかけて冷蔵庫で２時間冷やす。この時、アルミ製の剣も冷蔵庫で冷やす。
③挽き肉を剣にかたくねりつける。
④焼き網に、③を置き、中火でまんべんなく焼く。その間にインディカ米１合を洗い、フライパンでバターと一緒に火にかけて、ヘラでかきまぜる。塩小さじ3/4を加えて炊飯器に入れ、水１合を加えて炊く。
⑤トマトを網にのせて、ほとんど直火で軽く黒こげがつくまで焼く。
⑥焼けた肉の横に、④のライス、⑤のトマト、香草盛り合わせを添え、青唐辛子、レモンのくし切りを飾る。

Point

今回は、がんばればこれもできますよということを皆さんにお見せするためのチャレンジである。いろいろ資料にあたって調べてみたところ、下味をつけてこねた挽き肉と剣は、焼く前に２時間ぐらい冷蔵庫に入れて冷やしておくのがいいとわかった。そうすれば味がなじむし、剣とピッタリくっつくからだそうだ。なお、本当は羊肉の挽き肉なのだが、それは手に入らないから、私たちは牛の挽き肉を使うのである。

もちろんイランのレストランでは、炭火で焼くのだ。その剣が置けるだけの幅のある焼き台にのせるのだから、焼くのはむずかしくない。だがそんなもののない我が家では、ガスコンロで焼くしかない。うちのガス台には３口のコンロがあるのだが、その左のコンロと奥のコンロがいちばん距離が近い。その２つのコンロで長いものを焼くというわけだ。

香草の盛り合わせに関しては、うちではイタリアンパセリ、ミント、チャービル、万能ネギ、スライスした玉ネギを盛り合わせてみた。飾りつけの唐辛子は、京野菜の万願寺唐辛子（まんがんじとうがらし）にした。

見るからに中東っぽい、エキゾチックな料理である。クビデをまんべんなく焼き、剣からはがれないように注意するところがいちばん大変であった。

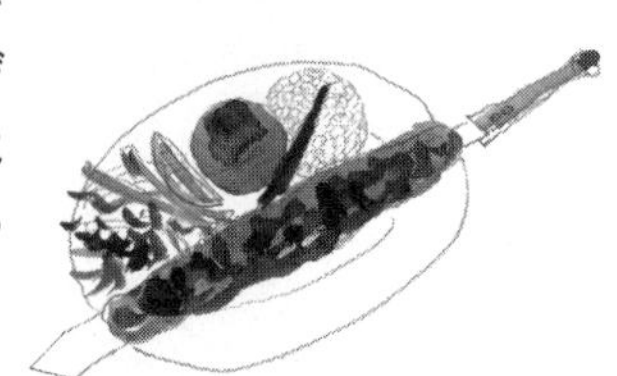

エビのケバブ

材料（2人分）　所要15分

有頭エビ　お好みの量で
塩、こしょう　少々
サフラン　適量
オリーブオイル　適量

①エビの背中をはさみで切っていく。少し中の肉まで切るようにしておいて、水洗いしながら背わたをきれいに取る。洗ったエビを、紙ナプキンでふいてよく水気を取る。
②サフランひとつまみを、大さじ1の水にひたしておく。それをこして、刷毛でエビにぬりつけていく。さらに、オリーブオイルを別の刷毛でぬり、塩、こしょうをふる。
③エビを細い金串に2尾ずつ刺して、ひとつの魚焼き網の上に並べて焼く。
④キャバーブ・クビデと同様、焼きトマト、香草のサラダ、青唐辛子、レモンを添えて完成。

Point

実はこれは、適当なサイズの有頭エビが手に入るかどうかが肝腎なところだ。頭なしのブラック・タイガーでやっても同じ味のものができるが、頭があったほうが豪華である。

添えるものはキャバーブ・クビデの時と同じだが、せっかくサフラン汁があるので、バターライスのうちの少々を、その汁につけて黄色くしよう。白いライスを盛った上に、黄色いライスが飾りで少しのっていることが、イランのレストランではよくあるのだ。そしてイランではさらにその上に、ゼレシュクが飾ってあるのだが、それは手に入らないから省略した。単に飾りのためのもので、なくても構わないから。

さあ、エビのケバブも完成である。サフラン水をぬるなど、微妙に手が加えられていて、とてもおいしいものである。この料理、正式に言えばキャバーブ・メイグーというのだそうだ。食べてとても満足した。

第五章

レバノン、シリア、ヨルダンは ほぼ同じ料理

ベドウィン（遊牧民）のテントの
レストラン

1

この原稿を書いている二〇一三年の時点で、シリアは国情が不安定で、とても観光で行ける国ではない。レバノンもいろいろあって、ツアーはないようである。私が、レバノン、シリア、ヨルダンを巡る旅をしたことがある、というと、安全に行けたんですか、と驚く人がいるのが現状である。しかし、アラブの春があって、その後きな臭くなる前には、いっとき、その三国へ安全に行けたのである。私のその旅は、二〇〇一年五月のことだった。

KLMオランダ航空を使ったので、アムステルダム経由でレバノンの首都ベイルートへ深夜に着くという変な行き方だった。

一夜明けて、ベイルートの観光をした。市内は近代になってフランス風に整えられた街並みで、意外にヨーロッパ的である。キリスト教教会、アルメニア正教の教会、モスクなどの宗教施設を見る。また、オスマン統治時代の軍の司令部や病院の建物、古くは古代ローマの遺跡なども見た。

それから、内戦の傷痕が生々しく残っている地区を、バスに乗ったまま一巡りしてもらって見た。コンクリートの建物が砲弾をくらって穴だらけであり、壁も崩れてしまっている。そんなビルがいくつも続くのだ。

「こんなところに人が住んでいるんだわ」

と妻が言った。確かに人影が見えるし、洗濯物が干してあったりするのだ。時間をかけて修復していこうとしているように見えたが、二〇〇六年にはまたイスラエルと、イスラム教シーア派組織ヒズボラとの衝突があって、ベイルートの街は破壊されるのだ。でも、行った時にはそんな未来のことはわからず、ただ内戦の傷痕をいたましく見た。

復興の進んでいる地区へ行き、きれいなレストランで昼食をとった。

まず、前菜としてホンモスというヒヨコ豆のペーストが出た。この料理は、フムス、フマス、ホモス、フンムス、ハンムスなど様々の名で呼ばれ、トルコ、ギリシア、中東の国々、エジプトまでの広範囲で食べられているのだそうだ。レバノンとイスラエルが本家争いをしているのだとか。前菜やつまみとして食べられるだけではなく、肉料理とともに盛られてメインの一皿になることもあるそうだ。

ほかに前菜として、胡麻のペースト、トルコのものとよく似たナスのペーストなども並ぶ。前菜のことをトルコではメゼといったが、レバノンでは、メザとか、メッゼとか、マザというらしい。それに、ホブスという直径二十センチくらいの平たいパンが出る。中東の国ではポピュラーなパンだ。この旅行中はすべてこのパンで、たいていは冷たいものだった。妻の感想は、これが焼きたてだったらすごくおいしいでしょうに、だった。

次に、大皿にドカッと盛った大量の生野菜が出た。洗っただけの丸のままの、ロメインレタス、トマト、キュウリ、細い青ネギ、ピーマンやレモンなどが、テーブルについている人数を無視しているかのようにどっさり出た。どれも新鮮そうで大きく、レモンもピーマンも男の握り拳より大きい。どう食べるのかととまどっていたら、同じテーブルについていたバスのドライバーが、好きな野菜を自分の皿に取ってナイフで切って食べたので、それにならう。レバノンはこんなに野菜が豊かなのかと驚いた。

そしてメインの料理は、これも大皿にドカッとのせた魚の唐揚げだった。食事する人数分よりはるかに多い。十～十五センチのサイズの小魚の唐揚げ盛り合わせという感じで、小鯛、カサゴ、メバル、イサキ、アジ、鰯など七、八種類はあった。これも、好きなものを自分の皿に取って、何尾でも食べてよいというやり方だった。食べてみた妻は満足そうに言った。

「カリッと揚がっていて、香ばしくておいしいわ」

とはいえ、そう何尾も魚を食べられるものではなかったのだが。でも、このレストランは料理の出し方がそっけないものの、豪快で味もよかった。

飲み物はレバノンの国産のアルマザというビール。食後はアラブコーヒーかチャイ。

アラブコーヒーは、まず大きいポット（下部の広がった薬缶）に、挽(ひ)いたコーヒー豆と水を入れグラグラと沸かし、少しおいて豆が沈んだら上澄みを中くらいのポットに移し、またグラグラ沸かし、また少しおいて上澄みを小さいポットに移して温めるという方法で作るのだそうだ。したがって、大中小の三つのポットが必要なのだとか。

現地ガイドが自慢げに言うには、レバノンはアラブの中でも、地中海料理とアラブ料理の両方があるので、豊かでおいしいのだとか。このレストランの魚の唐揚げ山盛りは、地中海料理かもしれない。

食事のあとは、郊外にあるジェイタ洞窟という鍾乳洞を見物した。とても広くて見ごたえがあったが、鍾乳洞を見てもレバノンがわかるわけではなかった。

そこで、話を夕食にとばすと、ホテルのレストランでビュッフェ形式のアラブ料理だった。旅行中の私たちは食欲がなくなっていて、ビュッフェ形式だと、何かをほんの少し取って、あとはビールで生きている、ということになりがちである。

一応書いておくと、メザとしてヒヨコ豆や胡麻やナスのペーストが出るのは昼食と同じ。濃いヨーグルトのペーストもあった。

そして、タブーリというパセリのサラダが珍しかった。これは、細かく刻んだパセリに戻した挽き割り小麦と、トマトやスパイスなどが入ったもので、アラブではよく食べられるものらしい。パセリは、イタリアンパセリを使うことも、普通のパセリを使うこともあるそうだ。

野菜料理は揚げ物が多い。カリフラワーやナスの素揚げ、ヒヨコ豆のコロッケなどがあった。ほかに、ムサカによく似たグラタン風の料理もあった。

肉料理は様々なケバブで、羊、牛、鶏などがある。その他、挽き肉と豆をまぜてコロッケ風に揚げたもの、挽き肉や白チーズを詰めたパイ風のもの、野菜や挽き肉やチーズなどを生地で包んで揚げた料理、ブドウの葉で挽き肉や野菜を包んで煮こんだものなどもあった。クッペ・ナイエという、生肉にスパイスなどを練り込んだ料理が名物なのだそうだが、日本の旅行会社は客に生肉を食べさせてはくれず、ついに見かけなかった。

レバノンは砂漠のないアラブと呼ばれていて、野菜が豊富だ。豆類、胡麻、ハーブ類、ヨーグルト、白チーズ、オリーブ、オリーブオイルがよく料理に使われていて、そのあたりはトルコに似ている。

レバノン人に言わせると、オスマン・トルコに支配されていた時代にトルコがこのあたりの料理を持ち帰った、ということなのだが、まあ普通に考えて、オスマン・トルコの料理がオスマンの支配地域に広がったと考えるほうが自然であろう。この旅行よりずっと後に行ったギリシアでも、トルコ料理とそっくりなものを出して、うちのほうが元祖なんだと言っていたが、トルコ料理が原形と考えるほうが無理がない。トルコは料理の進んだ国なのである。

料理は隣接しあう国や地域では互いに影響しあうものと考えたほうがよく、同じ食文化圏が、トルコ、イラン、アラブ、中央アジア、ギリシア、北アフリカの国々、バルカン諸国などに広がっているのだ。そしてどの国でも自分たちの料理が元祖だと主張するのが面白い。

その次の日は国立博物館を見物した。フェニキアの王の石棺があり、その蓋に最古のアルファベットが刻まれていた。文明的に大変貴重なものである。そのほかの展示も充実していて、見ごたえのある博物館だった。

その博物館の前に、パンを売り歩いている男がいた。トルコのシミットに似たドーナツ状のパンだが、ここのは穴が片方に寄ったティアードロップ形をしていた。買って食べてみると、中にスマク（トルコで私たちが買った〈ゆかり〉のような香草）が入っていてなかなかうまかった。これもまたトルコ料理の影響と考えていいだろう。

また次の日はレバノン山脈を越えてベカー高原に行く。そこで、バールベックのローマ時代の神殿の遺跡を見た。その近くで、ワイナリーにも立ち寄った。パリで金賞をとったというワインを買ってみたが、その夜ホテルで飲んでみると、少しタンニンが強かった。でもまあ、おいしい。

その翌日、アンチレバノン山脈の麓（ふもと）にあるアンジャルの遺跡を見物。ここは八世紀のウマイア朝の王子の避暑地だった遺跡である。

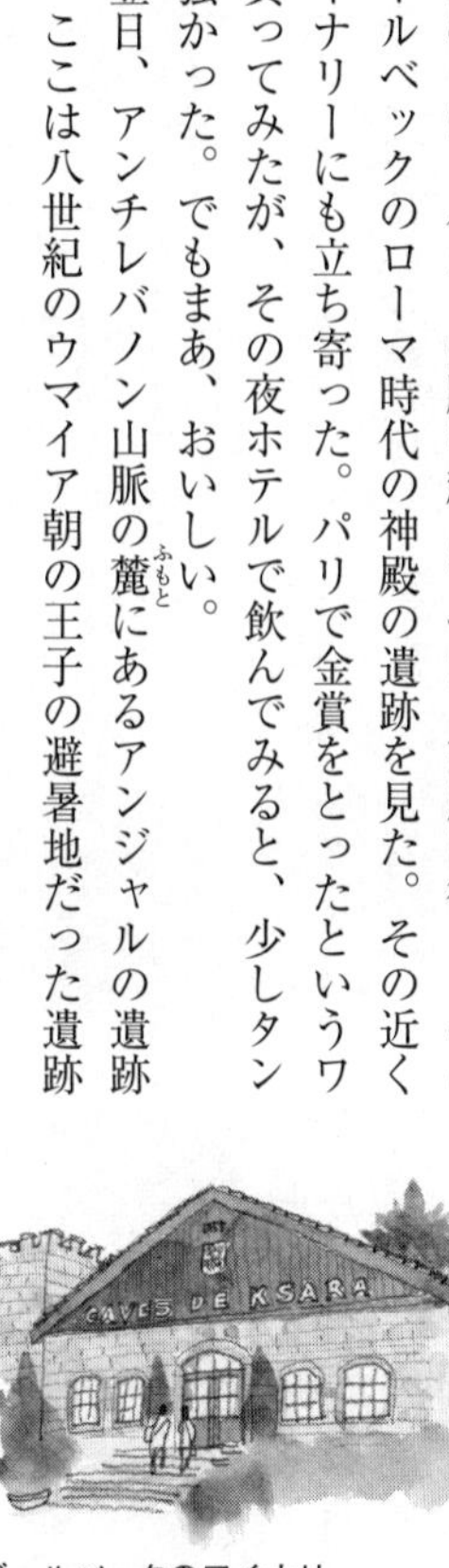

バールベックのワイナリー

その見物をもってレバノン観光は終り、私たちはバスで国境を越え、シリアへと入国した。

2

シリアでは、だんだん緑が少なくなる中、一路ダマスカスをめざす。ダマスカスは四千五百年の歴史を持つ砂漠の中のオアシスタウンだ。

まずは、街を見下ろせるカシオン山の中腹まで登ってダマスカスを展望した。この山は、旧約聖書の中でカインが弟アベルを殺したその山なのだそうだ。シリアはイスラム国だが、シリア、レバノン、ヨルダンのあたりはユダヤ教やキリスト教の生まれたところでもあり、そっちにとっても聖地なのである。

上から見るとダマスカスは湖のように深い緑色の大きな森に包まれており、ここがオアシスだということがよくわかる。だから四千年以上も要地として栄えたのだ。

この日は遅めにホテルに入り、夕食はホテル内の富士山という日本食レストランでとった。そこで、日本食として何が出てきたかというと、前菜がスパゲティとマカロニだ。そしてメインは硬い牛肉のカツレツ。羊肉にうんざりしている人ならば嬉しい料理なのかもしれないが、羊肉に抵抗のない私と妻にしてみれば、こんなものが日本食であるもんか、という気分であり、少しもおいしくなかった。

と書いておいて本当のところを告白すると、私はこの日本食レストランの名前や、そこで食べたもののことをまったく記憶していなかった。それをちゃんと覚えている妻の食への記憶力に驚き、おかげでこの食日記が書けているのだとあらためて感謝してしまう。このレストランではシリア産のワインを飲んだようで、おいしくない、と妻のメモにはある。

翌日は、有名なヒジャーズ鉄道の起点であるヒジャーズ駅の前を通り、国立博物館へ行った。大きな博物館で、紀元前二五〇〇年頃からの展示物があり、メソポタミアとエジプトをつなぐ肥沃な三日月地帯として歴史も複雑なところだから、見るべきものも多い。ただし、あまりうまく整理されていなくて見やすくはなかった。

その次に、スーク・ハミーディエに行き、そぞろ歩いて見物した。スークとはアラビア語で市場をあらわす言葉で、トルコで言うバザールと同じものだ。店が雑然と並んでいるごちゃごちゃ感が楽しい。土産物、楽器、オリーブ石鹸（せっけん）、スパイス、ドライフルーツ、女性用の露出の多いドレス（家で夫の前でだけ着るのだ）や下着など、ありとあらゆるものが売られている。

そのあと、ウマイア・モスク、サラディン廟、アゼム宮殿、サラディンの銅像を観光した。ウマイア・モスクは古くて由緒のあるモスクである。

それから昼食だ。旧市街の迷路のような小道を歩いてレストランへ行った。小さな入口を入ると地下にかなり広いスペースの店があった。地下なのに中庭のような作りになっていて、小さな噴水もある。アラビアンナイトのような不思議な雰囲気のインテリアだった。民族衣裳を着た小さなおじさんが、お茶の給仕をしてくれるのも雰囲気を盛りあげていた。

ビュッフェ形式のアラブ料理の店で、例によってヒヨコ豆のペースト、ナスのペースト、キュウリと濃いヨーグルトなどたくさんの前菜が並ぶが、メゼのことをシリアではマッザと呼ぶのだそうだ。サラダも数種類ある。野菜のスープがいくつか。揚げたり焼いたりした様々な野菜料理、揚げたり焼いたりした肉料理、肉の煮込み料理もある。つまりまあ、レバノンの料理とほぼ同じ感じである。ただしこの店では酒がまったくなかった。

思いのほか野菜料理がおいしく、これは料理というほどのものではないのだが、カリフラワーとブロッコリーの、鉄板で焼きつけたものが香ばしくてとてもうまかった。内陸だから野菜はダメなのかと思っていたのだが、オアシスの野菜は味が濃くておいしかった。

スーク・ハミーディエ

お茶はミントティーで、生のミントの葉を入れて飲むさわやかでおいしいものだった。その日の午後はパルミラをめざしてロングドライブだった。草がほんの少し生えているだけの砂漠を行くドライブで、一時間ほどどうとしても、窓の外の景色はさっきと同じ砂の丘のつらなりなのだった。

やっとパルミラに着き、遺跡のすぐ近くのホテルにチェックインした。そして部屋に冷蔵庫があったから中を見ると、何も入ってないカラである。ビールが飲みたいのに。

すると妻は、

「ビールを探して買ってくるわ」

と言うなりホテルを出て行ってしまった。私はあきれて、ホテルの中を丁寧に見てまわった。やがて妻が帰ってきてこう言う。

「どこにも酒屋さんがないの」

私は笑いながらこう言った。

「イスラムの国で、街中に酒屋があるはずはないよ。ホテルの中にだけ、外国人用の酒があるんだから。よく探したらロビーの隅にバーがあったから、そこへ飲みに行こう」

とんだ失敗だったと、妻は苦笑いをした。

この日の夕食はホテルでまたまたアラブ料理のビュッフェ。ダマスカスとくらべて田舎だからなのか料理の品数は少なかった。食べられなくはないのだが、毎日同じようなものでも少しあきてきた。こうなってくると私と妻は、ビールが飲めればそれでよく、料理はビールのお供が少しあればいい、という気持ちになってしまうのだった。

翌日は丸一日パルミラの観光。午前中に「死者の谷」のエラベル兄弟の墓、地下墓群、ベル神殿、パルミラ博物館を見る。

昼食は博物館前のレストランでとった。いつものようなマッザやサラダや野菜料理はビュッフェで、メインはケバブで羊かチキンを選ぶとテーブルに運んでくれる方式だった。変りばえしないなあ、と思いながら羊のケバブを食べた。この店でもマッザの種類は少なかった。

午後は広大なパルミラ遺跡をじっくりと見てまわった。古代ローマの時代に商業の中継地として栄えた都市の遺跡である。円形劇場や、列柱大通り、浴場跡など見るものが多かった。観光ラクダがおしゃれして客を待っているし、物売りの人もいる。

「あれ面白いから買いましょうよ」

と妻が言い、アラファト議長（当時は存命中だった）とおそろいの頭からかぶるスカーフを買った。留め具の輪がついて二ドルだった。

その日の夕食は、ベドウィン（遊牧民）のテントのレストランで食べた。ベドウィンの衣裳を着せてもらい、ダンスを踊らされたり、水パイプでタバコを吸わされたりして、楽しかった。テントは大きなもので、風でゴウゴウと音がする以外はとても快適である。

ただし、料理のメニューは昼のレストランとほぼ同じで変化がない。マッザのペースト類も少し硬くて、ケバブの味もいまいちだった。

そしてその翌日は、一日移動して、ヨルダンの首都アンマンまで行くのである。いよいよ三カ国目に突入だ。

3

アンマンは七つの丘があり、白い石灰石で作られた家がびっしりと並ぶ街だ。そのせいで、アラブの街という感じがしなくて、ヨーロッパの都市のような雰囲気だ。

ホテルに入って、その日の夕食は中華料理店でとった。世界中どこへ行っても中華料理店がある。ちょうちんを飾ったり、マンダリンドレスを着た美女のポスターをはっていたりして、派手派手しい。そして、中国以外にある中華料理店というのは、そのほとんどがまともな料理を出さず、まずいのである。私と妻はビールが飲めれば料理はどうでもいいや、という気分でかろうじて腹を満たした。

翌日は、キング・アブドラ・モスク、アル・カラの丘のヘラクレス神殿、死海写本があるヨルダン考古学博物館などを観光した。アンマンは美しい街で、観光産業に力を入れている印象を受けた。

そのまた翌日はマダバの聖ジョージ教会という、床のモザイク画が見事な教会を観光したあと、ネボ山へ向かう。そこはモーセが亡くなった場所なのだそうだ。この地方は今イスラム国なのに、旧約聖書にまつわるところでもあるのだ。山上に教会が建っていて、キリスト教国からの観光客が大勢いた。

眼下にヨルダン川と死海が見え、そのむこうはイスラエルだ。

バスで四十五分ほど急な坂道を下ると死海に着く。地上で最も低い土地で、約マイナス四百メートルの標高だ。

そこのおしゃれなリゾートホテルのビーチで死海の浮遊体験をした。ロッカールームを借りて水着になり、おそるおそる死海に浮いてみる。塩分の濃い水は屈折の関係かややもやして粘り気があるように感じられた。体や手足は浮くがお尻が少し沈む感じで、体がくの字になってしまい、少し疲れる。でも、不思議で面白い体験だった。

このホテルはプールもありタオルも備えつけてあり、ヨルダンでは高級なホテルだと思われた。お客もプールサイドの寝椅子に寝ころがってまったりしている人が多い。

昼食をこのホテルのレストランでとった。ビュッフェ形式のアラブ料理で、これまで

ヨルダンのアラブ料理

食べてきたものとほぼ同じである。メザはヒヨコ豆のペースト、胡麻のペーストなど、パセリのサラダや、トマト、キュウリ、玉ネギ、ピーマンなど。素揚げした野菜料理や野菜コロッケもある。キャセロールのような料理も。

肉料理は様々な肉のケバブや、シチューもあった。シチューはライスといっしょに食べるのだそうだ。このホテルのレストランは味がよかったし、料理の品数も多かった。いったいに、ヨルダンのアラブ料理はシリアよりは洗練されているようだ。観光産業に力を入れていることが、そういうところに出るのではないだろうか。

現地ガイドに言わせると、ヨルダンの料理が典型的なアラブ料理なのだそうである。ムハンマドにまでさかのぼるハーシム家の王国だからそう言われるのかもしれない。

午後はマダバまで戻り、そこからデザートハイウェイでペトラに向かう。道路は有名なヒジャーズ鉄道に沿っているのだが、本数が少ないのか、列車と遭遇することはなかった。

途中、砂嵐というものに襲われた。十メートルぐらいしか視界が見えなくなり、バスはライトをつけて走る。窓の外の上を見たら、上天気なのに太陽が真っ白く、霞(かす)んだ月のように見えた。土産物屋で砂嵐を避けるついでに、トイレ休憩。世界の民芸風の土産が何でもある大きな店で、私たちは料理用の死海の塩を買った。料理用の塩とあえて言うのは、ミネラルを多く含んでいて美容によいからと、入浴剤としての塩をたくさん売っていたからである。

ハイウェイを降り丘陵地帯の山道をさんざん走り、やっとペトラに到着した。夕食はホテルでアラブ料理のビュッフェ。毎度同じで少しあきてきたが、このレストランの料理はその中でもちょっと落ちる味だった。

珍事は翌日の朝食の時におこった。妻が、エッグスタンドに立っているゆで玉子を取ってきたのだ。そして、こんなことを言う。

「こっちじゃ、どこも超固ゆで玉子なの」

妻の言うこっちとはシリアでのことだったのだが、彼女はシリアもヨルダンも同じだと決めこんでいた。

そこで、スプーンで玉子の横っ腹を思いきりひっぱたいたのだ。手でむくための糸口をつくるつもりで。

そうしたらそれは半熟の玉子で、反対側からゆるい黄身が飛び出し、一メートルぐらい飛んだ。アリャリャ、というところである。

よく見たら、ゆで玉子は、何分ゆでた、とゆで時間別に並んでいたのだ。そのきめ細かさは、ヨルダンが欧米の客をあてこんでいるということをよくあらわしているという気がした。

その日は一日かけてペトラの観光。馬に乗ってシーク（高い崖に挟まれた細い道）の入口まで行き、シークを歩き、エル・ハズネ、ローマ時代の街、エド・デイルなどを見物した。まさに隠された秘境といった感じのところである。

途中で、遺跡の中にあるレストランで昼食をとった。屋外の木陰にテーブルをしつらえたレストランで、肉を屋外で焼いているのでいい匂いがしている。メザやサラダ、野菜料理は室内に取りに行くスタイルだった。

遺跡内にはこのレストランのほか、何軒もの土産物屋やカフェもあった。ここが発見されて、観光地として開発される前から住んでいた人々だけがここで商売できるというルールなのだそうだ。

午後も遺跡を観光し、カフェでお茶したりしたあと、いったんホテルに戻る。

夕食は、見晴しのよい山の上のほうにある別のホテルでとった。古いアラブの建物風のホテルで、人気のあるところらしく外国人客がいっぱい来ていた。レストランは城塞風の作りで、生演奏もやっている。照明も落としてあって、ムードがあるのだが、それをぶちこわしにするような客の数である。アラブ料理のビュッフェなのだが、ビヤ樽（だる）のような外国人のおばちゃんたちでごった返していて、そこへ混じっていく気がしない。ほんの少しの料理とビールがあればいいや、という気分になっていて、食欲がわかなかった。

翌日は旅の最終日で、ワディ・ラムという、アラビアのロレンスが砂漠を横断した時に通った小さな村へ行った。村といっても民家はあまり見当らない。小学校があったから、道路から見えないところに民家があるのだろう。

4WDに乗り換えて砂漠の道を走る。砂はレンガを粉にしたかのように赤かった。岩山の間が砂漠になっているので、一面の大砂漠という景観ではなかった。映画『アラビアのロレンス』の撮影をしたところでもあるのだ。

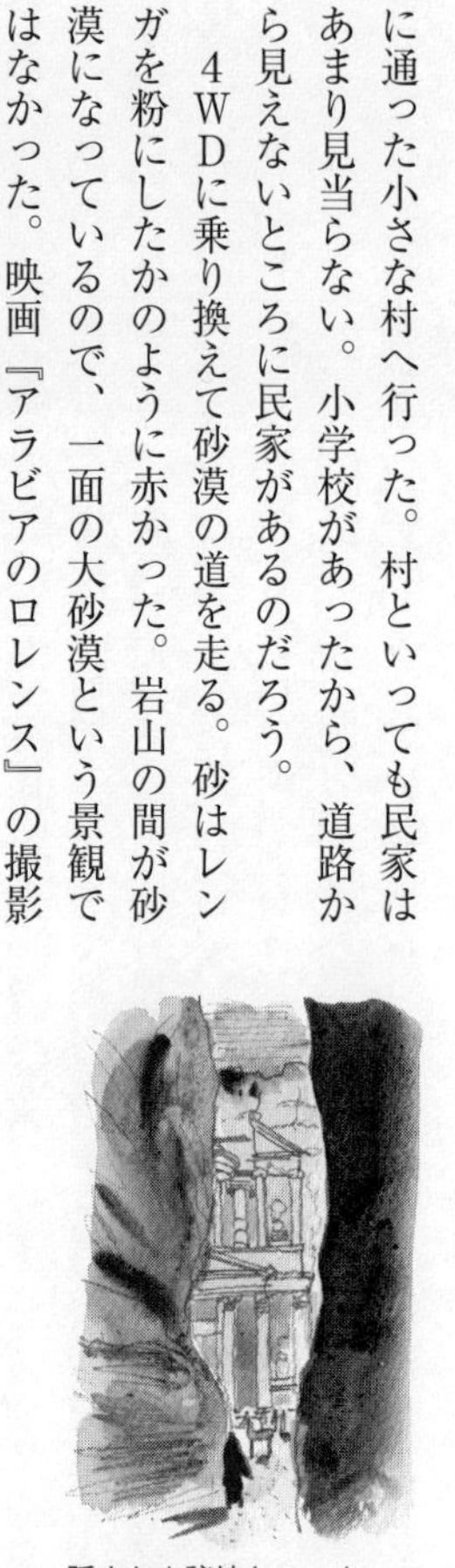
隠された秘境といった雰囲気のレストラン

昼食は、村の入口のレストハウスでとった。だだっ広い壁のないテントに長テーブルがずらずらと置いてある店で、またまたアラブ料理である。ここはメニューが少なく、味もまだまだという感じだった。ポテトフライばかり食べた。

そのあと、アンマンまでバスで一気に戻り、歩いて街中の観光をした。地元の人々が来る食品や日用品のスークを歩くのが楽しかった。丘の上から見るとモスク以外はヨーロッパ風の街並みだと思ったが、降りて見ればまぎれもなくアラブの街である。

最後の夕食は空港近くのレストランでまたしてもアラブ料理のビュッフェであった。そこは、金持ちの家を改装したところで、かなりお高いところらしく、客は金持ちそうな人や外国人が多かった。したがって料理の内容や味もよく、品数も多かった。なのに、アラブ料理はもういいなあ、という気分になっていて、あまり食べられなかった。

「ホンモス評論家になれるほど食べたわよね」

と妻が言う。

「店によって微妙に味や硬さが違うのよ」

レバノン、シリア、ヨルダンと三国をまわって、レバノンで魚が出た以外は、どこもよく似たアラブ料理であった。だんだんあきてきたのに、日本料理店や中華料理店へつれていかれるとそれはそれでムッとする私は、少し変り者なのかもしれない。

ホンモス（ヒヨコ豆のペースト）

材料（２人分）　所要10分

ヒヨコ豆　100ｇ
ニンニク　１片
胡麻ペースト　大さじ２
オリーブオイル　大さじ２
レモンのしぼり汁　大さじ１
パプリカパウダー、塩、こしょう　適量

①ヒヨコ豆に、ニンニク１片（みじん切り）、胡麻ペーストとオリーブオイル大さじ２、レモンのしぼり汁大さじ１、パプリカパウダー、塩、こしょう少々を加えて、フードプロセッサーを回して、ペーストにする。水を加えて硬さを調整する。
②ペースト状になったら、スプーンでとって皿に盛り、パプリカパウダーを少しふり、オリーブオイルを回しかける。

Point

ヒヨコ豆は、ガルバンゾともいい、その名でスーパーで売っていた。ヒヨコ豆の生を買ってしまうと、下ゆでする手間がかかるのだが、ゆでてあるものが袋入りで売られていたので、それを使う。

レタスとか、パンになすりつけて食べるのもよし、小スプーンで取ってじかに食べてもおいしい。このホンモスを作って出せば、トルコ人も、アラブ人も、エジプト人も、ギリシア人も、おお、なつかしの味だ、と言うであろう。そんなに広く食べられているメゼ（マッザ、メザ）なのだ。

妻はホンモス評論家になれるくらいだと自負しているので、ペーストの硬さについても一家言あるのだった。

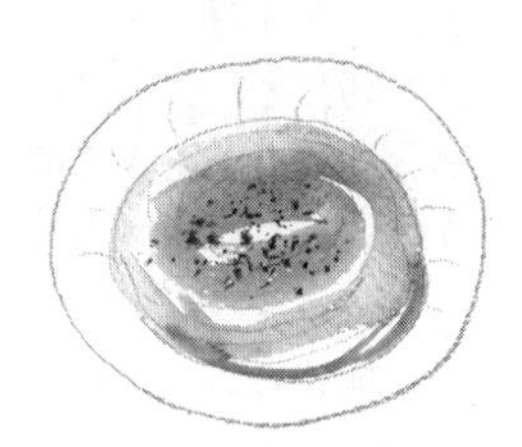

タブーリ（パセリのサラダ）

材料（２人分）　所要40分

トマト　１個
パセリ　適量
ブルゴル　大さじ３
ミント　大さじ１
レモンのしぼり汁　大さじ２
オリーブオイル　大さじ３
塩　小さじ１
こしょう　少々

①ブルゴル大さじ３を洗い、多めの熱湯につけ、ラップして、30分置く。30分たったら、湯を切ってさます。
②トマトを１個、ざっくりとさいの目に切る。パセリのみじん切りと、戻したブルゴルとトマトのさいの目切り１個分を混ぜる。そこにミントを大さじ１、レモンのしぼり汁大さじ２、オリーブオイル大さじ３、塩小さじ１、こしょう少々を加える。
③全て加えたら、スプーンで混ぜる。

Point

パセリのみじん切りにトマトなどが混ぜてあるだけの、シンプルなサラダだ。ただし、よく見ると白い小さな粒状のものも混じっている。それが何なのか妻にもわかっていなかったのだが、調べてみて、ブルゴルというものだとわかった。

ブルゴルとは、挽き割り小麦である。小麦が直径1ミリくらいに挽き割ってある。あるレシピでは、ブルゴルは手に入りにくいのでクスクスで代用してもいいです、と書いてあったのだが、クスクスがわからない人もいるはずだ。

ブルゴルが小麦を挽き割ったものであるのに対して、チュニジアなどで料理するクスクスは、粒状のパスタだ。見た目はよく似ているし、どちらも小麦であるところは同じなのだが、製法がちょっと違うわけだ。

できるのは、少しすっぱくて、塩味もきいたパセリのみじん切りサラダだ。そこに、ブルゴルが面白い舌ざわりを加えている。

これがタブーリで、レバノンの名物料理だというのだが、あのあたりの国ではよく食べるものだ。私は後日、イエメンでもこのタブーリを食べている。

緑のパセリに、赤いトマト、白いブルゴルが混じっていて、色が美しい料理である。

ブロッコリーとカリフラワーの焼き野菜

材料（２人分）　所要10分

カリフラワー　１個
ブロッコリー　１個
オリーブオイル　大さじ１
塩、こしょう　適量

①ちょっと大きめの１口サイズにカリフラワーとブロッコリーを切り分ける。まず、カリフラワーを水に入れて、火にかける。そしてその水がグラグラ沸いてきたところで、ブロッコリーを入れる。
②２～３分たったら①の湯を捨てざるに取る。フライパンにオリーブオイル大さじ１をひいて、両方の野菜をまんべんなく焼く。焼きながら、塩１つまみ、こしょう少々を振りかける。

Point

最後の焼き野菜はとても簡単である。ブロッコリーとカリフラワーをフライパンで焼きつけるだけなんだから。

しかし、シリアのレストランでそれを見るまで、私たちは、ブロッコリーやカリフラワーをただ焼きつけるだけの料理なんて、考えたこともなかったのだから、これも一応外国で知った料理ということになるであろう。

第六章

エジプトは歴史の味、イエメンは家庭の味

ヌビアンダンスのショー

1

エジプトへ旅行をしたのは二〇〇五年の一月のことで、まだアラブの春は始まっておらず、ムバラク政権の時代だった。

しかし、エジプトを旅行する外国人にとっては、その頃と政変後の今とで大した違いがあるわけではない。エジプト旅行とは、どんな政情の時であろうとも、ナイル川を見て、古代エジプトの遺跡を見るということだからだ。

初日はカイロまで着いただけで、翌日ものすごく早くおきてカイロのラムセス中央駅へ行く。鉄道でアレキサンドリアへまず行くのだ。ラムセス中央駅六時発、アレキサンドリア着八時三十分。

列車は古びたドイツ製のもので、ごつい車体だった。車内がひどく臭かった。

朝食は弁当だったが、パサパサのサンドイッチとフルーツとパック入りの飲物で、食欲が出ずほとんど残してしまった。

通勤ラッシュの時間帯で、カイロへ来る列車はすごくこんでいたが、逆方向のアレキサンドリアへ行く我々の列車はすいていた。真っ平らなナイル川のデルタ地帯を行く旅である。

窓の外ののどかな景色を見ているうちに、奇妙な形のものが所々にポッポッと見えた。紡錘形の土の塔で家より背の高いものもある。その塔にはいくつも穴があいていて、止まり木が突き出ていた。入口のない土のかまくらで上部が尖（とが）っているという感じのものだ。

「あれは何だろう」

と私が言うと、妻は考え考え言った。

「もしかしたら鳩小屋（はとごや）じゃないかしら。鳩料理がエジプトの名物で、結婚式には必ず出されるご馳走だってガイドブックに書いてあったから」

この件、エジプト在住の日本人女性ガイドに確かめてみたら、鳩小屋で正解だということだった。しかし、鳩をどうやって飼い、どう料理して食べるのかは、その鳩料理を私が食べたところで書こう。この時はただ、奇妙なものがあるなあと思っていただけなんだから。

さて、列車はアレキサンドリアに到着した。

ここで用意されていたバスに乗ると、現地ガイド、ドライバーのほかに、内務省のセキュリティの人が武装して乗り込んできた。私のこの旅行の頃、エジプトは観光客の安全にとても神経を使っていて、あちこちでセキュリティ・チェックを受けたし、セキュリティ・ポリスの護衛がついた。

まずは、グレコローマン博物館、一世紀から四世紀のカタコンベ（地下墓）、ポンペイの柱、アレキサンドリア図書館の別館の跡などを観光した。アレキサンドリアはアレクサンドロスにちなむ所だから、彼の死後のプトレマイオス朝や、それがクレオパトラの死で滅んでからの古代ローマにちなむ遺跡が多いわけだ。

昼食はフィッシュマーケットという名のシーフードレストランでとった。まずは、エジプト風の前菜（マッザという）がいろいろ出てくる。トルコ料理のメゼやアラブ料理のメッゼと似ているものが多く、同じ食文化圏だとわかる。ヒヨコ豆のペースト（ホンモス）、ナスのペースト（ババガヌーク）、胡麻のペースト（タヒーナ）、キュウリとヨーグルトのペーストなどがある。エイシという平たいパンがあり、空洞になっているところにペーストをはさんで食べるところもアラブ風だ。

ターメイヤという空豆のコロッケも出た。この料理は前菜としても出るし、ビュッフェの時には必ずあるし、朝食にも出されるというメジャーな料理だ。肉類は使わず、空豆にニンニクやスパイスをきかせて、胡麻をたっぷりとまぶして香ばしく揚げてある。とてもおいしくて、ビールによく合う。これは家でも作ってみたい料理だね、という感想を抱いた。

シーフードは鯛のグリルとイカのフライ。シーフードにはつきものだというピラフも出た。トルコでもイカのフライを食べたが、どうも地中海のイカはどこで食べてもおいしい。

さてその日の午後は、海辺にあるカイトベイの要塞を見物した。十五世紀にマムルーク朝のスルタンによって建てられた、三層構造の堅牢な要塞の遺跡だ。そして実はここに、紀元前三世紀に建てられた高さ百二十メートルもの灯台があり、古代の七不思議とされていたことを教わる。十四世紀の大地震で崩壊してしまったのだが。

この要塞から海の中を見ると、古い遺跡の残骸がごろごろと海の底に沈んでいた。

この日の泊りはアレキサンドリアで、夕食はホテルのビュッフェだった。ランチにも出たエジプト風前菜のほか、モロヘイヤのスープ、レンズ豆のスープ、生野菜、エジプトではコフタと呼ばれるケバブ料理（トルコのキョフテにあたる）、鶏のグリル、魚のグリル、煮込み料理などがあった。

エジプト料理はアラブ料理と似ていて、トルコの影響も受けているが、完成度はなかなかのもので、おおむねおいしい。

エジプトには国産のビールがあり、ステラ、サッカラ、マイスターなどの銘柄があったが、どれもラベルが派手で面白く、ピラミッドの絵の銘柄もあった。

エジプトコーヒーはトルココーヒーと同じで粉を漉さないもの。紅茶はシャーイという。

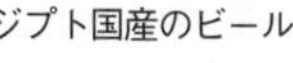
エジプト国産のビール

三日目は農村地帯を行く高速道路を走ってカイロに戻った。この時も政府のセキュリティ・カーがバスの前を先導するのだった。

途中に、ナツメヤシの専門店があって休憩した。ナツメヤシの実はデーツといい、味は上等の干し柿みたいで、かなり甘い。この店ではデーツを使った様々なお菓子を売っていた。

カイロに戻り、昼食をピラミッドの前のレストランでとった。タヒーナやターメイヤなどの前菜がいろいろあり、パンはエイシ。メインはコフタ(挽き肉のケバブ)だった。コフタはトルコ、アラブの国々、ギリシア、中央アジア、バルカンの国々などに、名前を変えて存在する、挽き肉を使ったハンバーグの炭火焼きのような料理だ。それぞれの国で使うスパイスが違ったり、形状や食べ方が違ったりする。かなり力強い味で、それを焼いているあたりに行くと匂いがたちこめていて、異国情緒が感じられる。エジプトのコフタは日本人にも食べやすい味であった。

その日の午後はギザ地区の観光だ。書き並べるだけでもすごいのだが、クフ王のピラミッドに入場し、三大ピラミッドを遠望し、太陽の船博物館、カフラー王のピラミッド・コンプレックス(複合体)、スフィンクスなどを見た。

どうでもよいことだが、スフィンクスが見つめている正面に、ケンタッキーフライドチキンの店があった。

夜はギザ地区にある高級ホテルに入る。部屋から大きくピラミッドが見えるのだが、その勾配の急なことに驚いた。

夕食はホテル内のレストランでとった。まず前菜としてクレープが出、チキンスープがついた。メインはラムの煮込みのクスクス添え。デザートはチョコレートムースとコーヒーであった。一流ホテルだけあって、料理は洗練されていておいしかった。

この食日記では、ホテルのレストランで食べる朝食のことはあまり書いていない。朝食は、パンとスクランブルエッグとハムとジュースとコーヒーなんていう、ホテルブレックファストにすることが多く、あまりその国らしさがないからだ。

だがエジプトのホテルの朝食で、私は白くて少ししょっぱいフェタチーズが大いに気に入り、そのおいしさに目覚めてしまった。フェタチーズというのはギリシアでの名だ、とギリシア人は言うのだが、とにかく、エジプトのフェタチーズはうまかった。特筆に値すると思ったなあ。

2

四日目はピラミッドづくしとでもいう日で、ギザの三大ピラミッド以外の様々なピラミッドを続けざまに見た。まずはメイドゥムの崩れピラミッド、次にダハシュールの屈折ピラミッドと赤のピラミッドを見て、メンフィスの野外博物館を見物。午後にはサッカラの階段ピラミッドとコンプレックスを見た。ここの入口の大きくて高い塀がメソポタミアの影響だという説明が興味深かった。

この日の昼食も夕食も、メインはコフタでアラブ料理風の前菜がいくつか、という布陣だった。おいしく食べられるのだが、ちょっとは変化がほしいな、という気がしてしまう。

五日目は早朝に空路でルクソールへ移動した。到着後カルナック神殿をじっくりと観光した。大きいし広いし、見ごたえ十分の立派な神殿だった。その後ルクソール博物館を見学。

昼食は市内のホテルのレストランでとった。まず野菜スープが出て、メインはミックスグリルで、鳩とチキンであった。ついに名物料理である鳩を食べることができたのだ。

アレキサンドリアへ行く列車の中で、鳩小屋を見つけた時にきいた話をまず紹介しておこう。土で造った紡錘形の小屋に、止まり木があり、穴が開いていると、野生の鳩が入って中に巣を作り、産卵する。ヒナがかえって巣の中で育ち、巣立ちをしようとした直前に、子鳩をとって料理するのだそうだ。つまり、まだ若い鳩を食べるのである。

だから、一人前に一羽分しかついてない鳩のグリルは、小さくて食べる肉がちょっぴりしかなかった。しかしその肉は柔らかく、香ばしく焼いてあって非常においしかった。

なるほど名物料理だと納得したが、ちょっと物足りなかった。たっぷりあるチキンのほうは、パサパサしていてあまりおいしくはなかった。おいしいものはいつもちょっとしかないのか、ちょっとしかないものはとりわけおいしいのか、さてどちらであろう。

この日は夕方、ライトアップされたルクソール神殿を見物した。実にムードがあって見惚(みと)れた。だが、この神殿の隣にモスクがあって、そこもネオンでイルミネーションをしているのが面白かった。

六日目はルクソールから少し離れたアビドスとデンデラへ行く。街から街への移動には許可が必要で、観光客は決められた場所に集まり、警察車両の先導で行かなければならないのだそうだ。

午前中はアビドスでセティ一世の葬祭殿を見て、午後はデンデラでハトホル女神の神殿を見た。ギザのあたりでいっぱい見たピラミッドは古王国時代の遺跡だが、ルクソール周辺で見る神殿は新王国時代の遺跡である。そう思うとエジプトの歴史の古さに圧倒されてしまう。

夕方、日が傾く時間帯、運河沿いの道をルクソールに戻った。運河沿いは人々の生活の場であるらしく、立ち話をする人、何かを焼いている煙、小さな屋台の駄菓子屋で買い物を

鳩とチキンのミックスグリル

する子供、背筋をのばして足早に家路につく男など、エジプトの地方都市郊外の人々の暮らしが垣間見(かいまみ)られて面白かった。

夕食はホテル内の西洋料理レストランで、トマトスープ、トマトソースのスパゲティ、仔牛(こうし)のピカタ、フルーツサラダのアイスクリーム添え、などを食べた。旅行会社がエジプト料理だけではあきてくると考え、配慮したのであろう。強引な和食や、中華よりはマシだったが、ここのイタリアンもどきも味はそこそこという感じだった。

七日目は早朝からナイル川の対岸へ行き、王家の谷その他を観光した。王家の谷では、ツタンカーメン王の墓をはじめいくつかの王や貴族の墓を見物。次に、ハトシェプスト女王の葬祭殿、ネフェルタリ王妃の墓、職人の墓、ラムセス二世の葬祭殿、クルナ村、メムノンの巨像と見て回った。

多くを回って遅くなってしまった昼食を街のレストランでとる。豆のスープ、マッザ、イカのタジンのバターライス添え、エジプトのスィーツ。

この日はそれでホテルに戻って休憩した。

八日目はまた警察の先導でエドフに向かう。ホルス神殿を見物したのだが、ナイル川クルーズの観光客と一緒になってしまい大変な人ごみだった。クルーズのグループは百人ぐらいが一斉に行動するからだ。

そこから少し移動して、コム・オンボ神殿を観光した。ここにはクルーズのグループがいなかったので人が少なく、ゆっくりと見ることができた。新王国時代の神殿は壁に王のレリーフがあったりして、実に見事なものである。

さて、昼食を街のレストランでとった。まずモロヘイヤのスープが出て、次に前菜あれこれ、サラダなどが出たが、メインのチキンのグリルがちっとも出てこない。その店には韓国人の旅行者団体などがどっと入っていて超満員だったのだ。なのに人手が少ないらしく、料理に時間がかかっているのだった。

やっとのことでチキンのグリルが出てきたら、半分くらいの人の分が、まだ生焼けである。妻の隣の席の若い奥さんのチキンなどはほとんど生で血がにじんでいた。これは食べられないわと、泣きそうな声で言っている。

そうしたら、私の妻がその人に声をかけた。

「私のお皿の肉は焼けているわ。ちょっとフォークで突ついただけで手をつけていないから、これと替えてあげましょう」

妻はあまり食欲がなくて、メインの肉料理はいらない、と思っていたらしく、その親切心が出たのだった。

それにしても不手際なレストランだったなあ。主人が旅行会社の人にペコペコ頭を下げてあやまっていた。あとになればそれも珍しい体験の思い出になるのだが。

さてこの日、私たちはアスワンまで来て、ナイル川に浮かぶ小島にあるホテルにチェックインした。だが夕刻までには間があるので、ヌビア人の操るファルーカという帆かけ舟に乗って川遊びをした。ヌビア人の船頭がヌビアの歌を歌い、ヌビアンダンスを教えてくれ、とても楽しかった。

そのあと、ヌビア人のスークを散策した。市場を見てうろつくのはどこでも楽しいものだ。

夕刻になってヌビア博物館を見学。一階のホールではヌビアンダンスのショーをやっていた。ヌビアとはエジプト南部からスーダン北部にかけてのナイル川流域の地名で、そこに住む人々は独自の文化を持っているのだ。

九日目は朝、船に乗りフィラエ島のイシス神殿を観光した。それから空港へ行き、アブシンベルまで二百キロ飛んだ。飛んでいる間中、眼下にはアスワンハイダムができたために生まれたナセル湖が見えている。

この日と、十日目の早朝に、アブシンベル神殿を観光した。その大神殿は雄大だが、ナセル湖に沈む運命だったものを六十メートル上の陸地に移築したという事実に圧倒される。ラムセス二世の巨大な石像は見ごたえ十分だった。

十日目の午前中の飛行機でカイロに戻る。カイロではまずハーン・ハリーリというバザール地区へ行き、老舗風のレストランで昼食をとった。スープとマッザと、メインにケバブのピラフ添え。そしてこの店では、コシャリというエジプトではとてもポピュラーな料理も出た。

コシャリは、米、マカロニ、豆などをまぜた上にトマトソースをかけた食べ物で、レストランでも出されるが街中にコシャリ専門店がいくつもあって、ファストフードのように食べられているものだ。肉が使われていないので、小腹がすいた時に軽食感覚で食べるもののようだ。

「これは我が家でも作れるわね」

と妻が言った。いくらおいしくても子鳩のグリルは日本では作れないわけで、どれなら再現できるか、ということを考えるわけである。

昼食後はフリータイムとなり、ハーン・ハリーリ・バザールを散策した。その後、メインストリートを歩いてズウェーラ門地区へ行き、門とミナレットに登り街を見下ろす。カイロには様々なミナレットがあり面白い。

この日の夜は、ナイル川のディナー・クルーズに出かけた。船上で歌と踊りのショーを見ながらの夕食だが、ショーを見ながらの食事はあまり大したものでないことが多く、この時もそのクチだった。

十一日目はカイロ市内の観光。「死者の街」という巨大墓地の横を通って、シタデル、モハメド・アリ・モスク、スルタン・ハサン・モスクを見物した。

この日は犠牲祭という祝日で、牛や羊をつぶして隣人に喜捨する家が多いので、あちこちで血だまりを見た。

昼食は船上のイタリアンレストランでとった。三種類のパスタ、プチパン、仔牛のスカロピーネ、チョコレートムースというコースであった。

旅行中、その国とは違う国の料理を出すレストランへ行くことがある。カイロでイタリアンレストランとかだ。その場合、東京やニューヨークというような大都市ならば、フレンチだろうがイタリアンだろうが一流のレストランがある。だが、カイロぐらいの都市だと、ちょっと水準が落ちるような気がする。ちょっと二流っぽいイタリアンレストランであった。

その日の夜は、エジプト考古学博物館を二時間貸切で見学した。すごく充実した時間だった。

十二日目は自由行動の日だったので、ガイドとドライバーと車を手配してもらい、カイロのイスラム地区でエル・アズハル・モスク、イブン・トゥルーン・モスクなど、オールド・カイロでアムル・モスク、聖ジョージ教会、シナゴーグ、聖セルギウス教会などを回ってもらった。

こうしてエジプト旅行は終了したのである。どこでも同じようなエジプト料理を食べることが多かったが、ターメイヤとか、鳩のグリルとか、コシャリなどは強く印象に残るおいしさだった。エジプトでは料理にも歴史があるという気がした。

イエメンはアラビア半島の中で一番貧しい国だ。だがあそこは、アラビア人のルーツのような地なのである。アラビア半島の南端にあって、隊商（キャラバン）時代の文化のようなものを今も守っている。

そのイエメンに二〇〇七年の九月に行った。一体どんなところだろう、と興味津々だった。

3

カタール航空でドーハで乗り継ぎ、イエメンの首都サナアに着いた。

まずはホテルにチェックインして、旧市街のはずれにある別のホテルのレストランで昼食をとった。そこはイエメン独自の日干し煉瓦造り（れんがづく）のホテルで、狭い入口から入ると中庭がありそこがレストランになっている。ブーゲンビリアなどの南国の花が多く植えられていてしゃれたレストランだった。

まずアラビアサラダというものが出た。この旅行中何度も出てきたものだが、トマト、キュウリ、ピーマン、玉ネギを刻んだ上に、揚げた餃子（ぎょうざ）の皮のようなものを散らし、粉のパプリカと唐辛子をかけたものだった。メインは羊やチキンのケバブで、ケバブは日本の焼き鳥くらいのサイズだった。それに、ポテトフライが添えてある。

コーヒーと紅茶は別に用意されていて自分でポットからお湯を注いで作れるようになっていた。イエメンは飲むコーヒーの発祥の地と言われているのに、現在のイエメン人はコーヒーをあまり飲まず、紅茶(シャーイ)をよく飲むのだそうだ。コーヒーを飲むなら、カルダモンと生姜(しょうが)と砂糖を入れることが多いのだとか。

食後はバブシャブ門からサナアの旧市街の観光をした。旧市街にある日干し煉瓦造りのホテルの屋上に上がらせてもらい、旧市街の眺めを楽しむ。五階建て六階建ての日干し煉瓦造りの家は、窓が白い漆喰(しっくい)で飾られ、最上階には飾り窓(カマリア窓)があって可愛(かわい)らしい。そんな家がずらりと並んでいて、童話の中の街のようである。

そのあと、スークの中をゆっくりと見物した。イエメン人の男性は腰にジャンビーアという短剣をつけているのだが、それを売っている店もあった。

夕食はホテルでアラブ料理のビュッフェだった。観光客以外のお客はすべて男性で、家族と一緒の女性が入ってきたなと思ったら奥の個室に消えていった。イエメンの女性は全身黒ずくめである。黒のスカートと上衣とスカーフかベールを身につけている。顔はまったく見えない。

二日目は4WD車六台に分乗して出発。イエメンにバスは一台もないのだそうだ。

カート畑で写真ストップをした。カートとは嗜好品で緑の若葉を噛むと覚醒効果があるのだそうだ。イエメンの男たちはほとんどがカートを楽しみ、片方のほっぺたがぷっくりふくらんでいる。ただしこの旅行の時はラマダン月だったので、日中はカートを噛んではいなかった。夜になると男たちのほっぺがふくらんでいた。

カートは換金性が高いため最もよい土地をカート畑にしてしまうのだそうだ。畑にはカートが盗まれないための見張り台まであった。

イッブという街、ジブラという街を見物して、タイズというやや大きな都市に着いた。

ホテルのレストランで夕食をとる。イエメンの食事は質素だということは前もってきいていた。観光客向けだから量はそこそこ出てくるが品数は少なめだ。基本は野菜料理で、肉や魚の料理は少ない。その代り、玉子で栄養をとるということなのか、玉子料理は昼食だけではなく夕食にも出るのだった。

食後スークに出かける。ラマダン中なのでスークは日没後に賑（にぎ）わってくるのだ。お菓子屋、チーズ屋、陶器屋、金物屋、ジャンビーアの店、日用品の店、仕立て屋を兼ねた生地屋、服屋、手織りのスカーフ屋、スパイス屋などがそれぞれかたまってある。人出が多くて、子供も駆け回っている。ラマダン中の夜はちょっとしたお祭りムードなのだ。私はきれいに装飾されたジャンビーアを土産に買った。

三日目はタイズの市内観光をしたあと、ひたすら南下して港町のアデンをめざした。

イエメンの女性は全身黒ずくめ

その途中、昼食となったのだが、その辺はラマダン中の昼に開いている店がないので、前日用意しておいたものでのピクニック・ランチとなった。玉ネギとトマトを切って缶詰のツナをあしらったサラダと、ゆで玉子と、チーズと、パンと、コーラと、オレンジとリンゴという食事だった。地面にシートを敷いて食べたのだが、なかなか楽しかった。ただ、野菜を切ったりしてランチを用意してくれたのが4WD車の運転手たちなのだが、彼らはラマダン中だからいっさい食べられないのだ。ちょっと申し訳ないような気がした。

アデンに着いて、市内をあちこち観光した。ホテルのレストランでとった夕食は、アラブ料理と西洋料理のビュッフェだった。ちょっと上等のホテルであり、料理の品数が多かった。

イエメンでは、ホテルや観光客向きのレストランでも酒を出さない。しかし、外国人が国内に酒を持ち込んで部屋で飲むことはできる。それもできないのはイランだ。だから私たちはブランデーを持って歩き、お湯割りを楽しんでいた。しかし、アデンのホテルにはビールの販売所があった。ハイネケンを買ってみたら、なにか悪いことをしているかのように不透明の袋に入れてこそこそと売ってくれた。そしてビールの冷えはいまいちだった。

四日目は、早朝の出発でアデンの空港からイエメン東部のハダラマウト地方のサユーンという都市へ飛んだ。そこに着いてから、これまでとは別の4WD車に分乗してホテルに到着した。そこでようやく朝食となる。

この朝食では、トマトやピーマンや玉ネギの入ったオムレツが、カリッとしていて、オムレツというより野菜入り玉子焼きという感じでおいしかった。

さて、ハダラマウト地方へ来た私たちの一番の旅の目的は、シバームという摩天楼の街を見物することなのである。半砂漠地帯に、周囲を城壁で囲まれた小さな街が忽然とある。その城壁の中に、五階建て六階建てといった日干し煉瓦造りの高層の家が、びっしりと建ち並んでいるのだ。なぜそこにだけ摩天楼が、と不思議な気のする光景である。三世紀頃に生まれた街だが、高層の家が建てられるようになったのは八世紀頃からだった。だから高層の家は五百年とか、古いものだと千年建ち続けているのだ。必要に応じて修理を繰り返しながら。

そのシバームの街を見るのが最大の目的なのに、まるでじらすようにそこへはなかなか行かないのだった。近郊の街へ行って王宮や博物館やスークを見物したりする。スークでは、古代にこのあたりが大いに栄えた原因の乳香を売っていた。ほかの店で見つけて、目を疑ったのは煮干だ。日本のものとほぼ同じ煮干が売られていた。きくと、砕いてスープに入れるのだとか。そのほか、鰹節や、サメの干物なども売っていた。このあたりは海のシルクロードの拠点でインドネシアあたりまで行っていたので、海産物があるのだ。

　シバームの中へはなかなか行かないのに、その近くまでは何度も行った。シバームの見えるところにあるレストランで昼食をとったのだ。そのレストランでは二日続けて昼食をとった。ラマダン中なので、そこでしか昼食がとれなかったのかもしれない。

　最初の日は、アラビアサラダ、珍しい山羊（やぎ）のスープ、メインは山羊のグリルで大量のポテトフライが添えてあった。この、ポテトフライが予想を上まわるうまさだった。メークインのような形の大きなジャガイモを縦に六つ割りくらいにして揚げているのだが、揚げ油が香ばしいのかとてもおいしい。粟（あわ）の油だとか、コーリャンの油だとかときいた。

　次の日の同じレストランでの昼食は、メインが骨つきチキンのグリルで、クミンやターメリックを使ったカレー風の味で、肉も柔らかくおいしかった。

　ハダラマウトにいること三日目にして、ようやくシバームの街の中を観光した。分厚い日干し煉瓦で造られた街並みは狭い路地や小さな広場でつながっている。城壁の中に約五百の建物があるのだそうで、すごく混み入っている。モスクもある。子供が多く、観光客につきまとう。動物も多い。羊、山羊、鶏が走りまわっていた。

シバームの街並み

その街はまるで現代ではなく、時が止まってしまっている世界に見えた。

シバームをゆっくりと見たらもう思い残すことはない。六日目は４ＷＤ車で一気に南下してアラビア海に面するムカッラの空港へ。途中、二度目のピクニック・ランチをしたのだが、食べたものは一度目の時とほぼ同じ。

飛行機でサナアに戻る。七日目はサナアの郊外を観光した。ツーリストホテルという民宿のようなホテルで昼食をとった。マフラージと呼ばれる応接間のような部屋で食べる。伝統的なイエメンの家庭料理を出す、というのだが、イエメンではレストランで食べたって、家庭料理のような素朴なものばかり出た。代表的な家庭料理として、サルタという名前の野菜と米のシチューが、専用の石鍋でぐらぐらと煮立った状態で出される。これにヒルバというスパイスと青唐辛子をすったものが添えられる。これは苦くて青臭くて口に合わなかった。食べられたのは、トマト、ピーマン、玉ネギを炒めて軽く煮込んだ上に玉子を割り入れた料理だ。これはそれまでにも何度も出されて食べていた。野菜を煮て玉子でとじてあるだけのとてもシンプルで庶民的なものである。でも、そういうものこそイエメン料理だという気がした。

八日目もサナアを少し観光し、夕刻には日本へ帰るための飛行機に乗った。

４ＷＤ車のキャラバン隊で回った旅、半砂漠の中にあった摩天楼の街シバーム。アラブの原形を見たような幻想的な旅だった。

ターメイヤ（空豆のコロッケ）

材料（２人分）　所要30分

空豆　約130ｇ
イタリアンパセリ　大さじ１
玉子　1/2個
パン粉　大さじ１
オリーブオイル　大さじ1/2
クミンパウダー　小さじ1/2
ニンニク　１片
白胡麻、サラダ油　適量

①空豆をゆでて、皮をむく。イタリアンパセリ大さじ１をみじん切りにする。
②①に溶き玉子1/2個分、パン粉大さじ１、オリーブオイル大さじ1/2、クミンパウダー小さじ1/2、ニンニク小さいもの１片を加え、フードプロセッサーで緑色の柔らかめのペースト状にする。
③②をゴルフボール大ずつとり、丸めて平らにつぶし、円盤状にする。深めの皿に炒り胡麻（白胡麻）をいれ、丸めたコロッケを転がして全体に胡麻をまぶしつける。
④サラダ油で、表面がキツネ色になるまでじっくりと揚げる。

Point

パン粉をつけて揚げるのではなく、中華菓子の胡麻団子のような具合で作る。

胡麻をつけて円盤状に形作るのが少し面倒だったが、揚がるとカリッとして形が安定する。表面はキツネ色、中は緑色のターメイヤが食欲をそそる。エイシというピタパンにはさんでサンドイッチにして食べてもとてもおいしい。

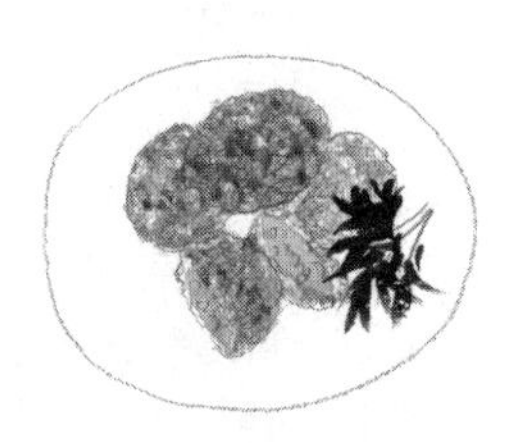

コシャリ

材料（２人分） 所要45分

長粒種の米　１合
ヒヨコ豆　1/2カップ
レンズ豆　30cc
マカロニ　50ｇ
玉ネギ　1/2個
ニンニク　１片
ザク切りトマト　１缶
固形スープの素　１個
オリーブオイル、バター、クミン　適量
カイエンペッパー（またはチリパウダー）　適量
塩、こしょう　適量
フライドオニオン　お好みで

①長粒種の米１合を洗い、ヒヨコ豆1/2カップと、レンズ豆30ccを合わせて、フライパンでオリーブオイルで炒める。下味をつけるために塩を少し加える。
②炊飯器に移し、１合を炊く時の水を加えて炊く。
③小さめのマカロニ50ｇを塩を加えた湯で柔らかめにゆでる。ゆであがったらざるにあけ、バターをからめる。
④トマトソースを作る。玉ネギ1/2個、ニンニク１片をみじん切りにして、オリーブオイル大さじ１で炒める。炒まったら、缶詰のザク切りトマトをジャッと音を立てて加えて中火で煮つめていく。
⑤固形スープの素を１個入れ、クミンを４ふりほど入れ、カイエンペッパー（またはチリパウダー）を２ふりほど、塩は小さじ1/2、こしょう少々を加え煮つめる。
⑥大皿に豆入りライスとマカロニを半々に盛り、両方にまたがるようにトマトソースをかける。仕上げに、ソースの上にカリカリに揚げた玉ネギをのせるとなお美味。

Point

コシャリは、エジプトのファストフードとも言うべきものだ。肉を使わない質素な料理だが、エジプトでは国民の味とでもいう感じにみんなが食べていた。

素朴な料理である。スプーンで、全体をかきまぜて、トマトソースをからませて食べる。野菜と米とマカロニなんだから、少しも重くなく、おいしく食べられる。クミンがいい風味をつけているのである。

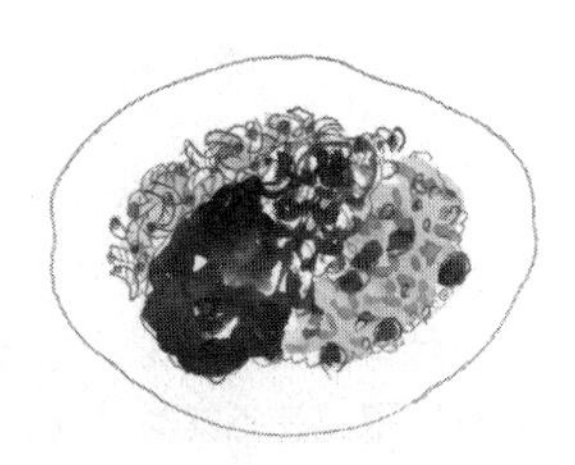

イエメンの野菜煮の玉子とじ

材料（２人分） 所要30分

玉ネギ 小１個	玉子 １個
ズッキーニ 1/2本	オリーブオイル 大さじ２
トマト 大１個	ニンニク １片
ジャガイモ １個	白ワイン 大さじ１
ニンジン 1/3本	塩、こしょう、パプリカパウダー 少々
ピーマン １個	

①玉ネギ小１個、ズッキーニ半分、トマト大１個の皮を湯むきし、ジャガイモ１個、ニンジン1/3本分、ピーマン１個を、１口大にコロコロに切る。
②フライパンにオリーブオイル大さじ２を入れ、ニンニク１片を薄切りにして焼きつけて味をつけ、茶色くなったら、取り出しておく。
③その油で最初に玉ネギをいため、少し火が通ったら他の野菜を入れる。トマトが入るとジャッと音がする。
④白ワインを入れ、塩、パプリカパウダー少々、こしょう少々を加えて、フライパンにふたをしてやや弱火で、ジャガイモとニンジンに火が通るまで15分ほど煮る。途中でふたをとって様子を見て、煮詰まりそうなら水を100ccぐらい加える。
⑤仕上げに、玉子を落としてまとめる。

Point

イエメンで食べた料理はどれもこれも家庭料理風で、さあれを再現するぞ、と意気込むほどのものはないのだが、何度も出てきた野菜煮の玉子とじをやってみよう。玉子がご馳走で夕食にも出てきてしまうのが、イエメンの貧しさであるかもしれない。しかし、食べやすい料理である。

玉子を崩して、全体にからめるようにして食べるのだが、実に簡単なお母さんの料理という感じである。でも、それがイエメンの料理の基本の味わいなのだ。やさしい気分で食べられるものである。食べていると、私には４WD車の揺れが思い出されてくるのであった。

第七章

チュニジアはクスクス、モロッコはタジン料理

フェズのミントティー

1

チュニジアへ行ったのは二〇〇二年の八月のことだ。エジプトをあとまわしにしたので、初のアフリカの国だった。

だが、アフリカの北辺の国々は、地中海に面したイスラム国で、アフリカ色があまり強くない。チュニジアの首都チュニスの郊外には、カルタゴの遺跡があるのであり、古代の地中海貿易の拠点なのだ。国内には古代ローマ時代の都市遺跡もあり、ここはローマ帝国だったのだ、と気づかせてくれる。それが、後にイスラム化したところなのだ。

エールフランスを使ったのでパリのシャルル・ド・ゴール空港を経由してチュニスに入り、一日目はそれだけでつぶれた。

二日目に、カルタゴの遺跡と、白い壁に青いドアの美しいシディ・ブ・サイドという街を見物。カルタゴは、カルタゴ人の街をローマが徹底的に破壊しているので、その後ローマ人の作った街の遺跡を見ることしかできないのだが、それもまた滅びの美を感じさせていた。

シディ・ブ・サイドは本当に絵のように美しい街並みである。扉のブルーが目に鮮やかだ。いわゆるアフリカのイメージではなく、イスラムの国という味わいが強い。チュニジアではアラビア語が使われているから、アラブ圏でもあるわけだ。

ところで、このチュニジア旅行の現地ガイドは、日本語のうまい四十代のチュニジア人男性だったのだが、その彼がお腹の突き出て、でっぷりとした肥満体型だったのである。それで、太っているということは食べることに熱心だということなわけで、かなりのグルメらしく食べる物の話をよくしてくれた。

たとえばチュニジアで採れる果物の話。春はイチゴ、ビワなど、夏は桃、アンズ、スイカ、イチジク、サボテンの実など、九月はブドウ、十月〜十一月はザクロで、ザクロを食べると女性の胸が大きくなると信じられているのだそうだ。十二月〜二月はオリーブの収穫期で、ミカンやオレンジが採れる。スイカは安くて一個二百円くらい、高いのはバナナで、一キロ三百円から五百円くらいする、なんてことを教えてくれた。それをきいて、南の内陸部はサハラ砂漠が広がっている国だが、北の方は豊かな農業国だということがよくわかった。

またこんな話も。チュニジア周辺の海はよい漁場だが、チュニジアの漁師はとれた魚のうち、よい魚や伊勢エビなどは市場に出さず、船上でイタリアの漁師に売ってしまうのだそうだ。その方が値がいいからだそうだが、でっぷりガイドはけしからんことだ、という口ぶりであった。面白い話であった。

現地ガイドがグルメだと、使うレストランが比較的おいしい、という利点もある。この日の昼食は、シディ・ブ・サイドから岬の先端に向かってかなり走ったところにある海の見えるレストランであった。

メニューは、まずスープが挽き割り小麦の入った少し濃厚な感じのもので、ショルバというらしい。チュニジアンサラダは、刻んだ野菜類（トマト、キュウリ、ピーマン、玉ネギなど）をオリーブオイルと塩で和えたもので、トルコのチョバン・サラタス（羊飼いのサラダ）と同じものだった。この店では上にツナがのっていた。

メインは鯛の炭火焼き。炭のよい香りがして、身もしまっていてとてもおいしかった。

そして、テーブルの上にはちょっと珍しい調味料がのっている。ハリッサというもので、赤唐辛子のペーストにコリアンダー、クミン、キャラウェイなどのスパイスとオリーブオイルを混ぜた辛い調味料だ。好みに応じて料理に加えて食べるもので、これはほとんどのレストランにあった。一口なめてみて妻は、

「私たちにはちょっと辛すぎるわね」

と言ったのだが。

昼食をとったあとは、少し内陸のケロアンという街にバスで向かった。ケロアンに着いたのは夕方で、ホテルにチェックインした。ホテルは旧市街の一角にあり、元カスバ（城塞建築）だったところだった。ケロアンは北アフリカがイスラム化した時の聖地なのである。

ホテルのレストランで夕食をとった。前菜としてブリックというものが出た。これは、薄くて丸い生地の中央に生玉子を割り入れて周りをふさいで油で揚げたもので、見た目は大きな揚げ餃子みたいだ。玉子を皮で包んで揚げただけなのだから、味はシンプルだが、揚げたパリパリ感が癖になる。この旅行中に何度も出てきたものだが、嫌う理由もないものだから、またこれか、と言いながら食べた。

次にチュニジアンサラダ。そしてメインはガルグレットという羊肉と野菜を壺で煮込んだ料理で、トマト味がベースになってよく煮込んであり、とてもおいしかった。羊肉をいやがらないのが私たち夫婦の強みである。

チュニジアには、ホブス・タブーナというアラブのパンもあるがバゲットもある。バゲットを食べるのは一九五六年までフランスの保護領だったからである。その関係で、保護領時代からワインも作られているのだが、味は当たり外れがあるようだ。ビールはセルティアという銘柄のものがあり、癖がなく飲みやすかったので、私と妻は毎食ビールを楽しんだ。

さて、三日目はケロアンの観光をした。イスラムが広がる時の拠点となったグラン・モスクを見たが、簡素で壮大で見ごたえがあった。ほかに、シディ・サハブ霊廟、アグラブ朝時代に作られた貯水池を見物した。シディ・サハブ霊廟には割礼される少年たちがいて憂鬱そうな顔をしていたが、その家族はお祭り騒ぎで賑わっていて、私たち観光客にもバラ水を振りかけたり、キャンデーやクッキーをふるまってくれた。

観光後、市内のレストランで昼食をとった。まず豆のスープとチュニジアンサラダが出て、メインはクスクスであった。チュニジア料理といえばクスクス、というぐらいに名高いものだが、どんなものなのか。その答えは、肉、ジャガイモ、ニンジン、オリーブなどの煮込みを、クスクスというデュラムセモリナ粉（スパゲティ小麦とも呼ばれるものの粉）で作られた一ミリぐらいの細かいパスタの一種にかけて食べる料理だ。つまり極小パスタに煮込みをかけたものだ。味はトマト味で、肉はチキンが使われていた。

「煮込みがさらっとしていて、重くないから食べやすいわ」

と妻が言った。我が家で再現するには何がポイントか、と考えているような顔つきになっている。

昼食後、更に内陸で砂漠の入口あたりにあるトズールという街をめざす。その途中に、古代ローマ時代のスベイトラ遺跡を見物した。ものすごく広い遺跡で、うだるような暑さだったので、私はフラフラになってしまい、帽子をどこかになくしてしまった。メッ、メッと妻に叱られた。

そして夕方まだ早いうちに、トズールに着きホテルに入った。このホテルはベイ（オスマン・トルコが支配していた時の代官）の館だったところで、古いのだがかなり豪華で贅沢な造りだった。ただし、電力事情が悪いらしく、灯りを消してあるところが多く薄暗い。

　このホテルのロビー階にバーがあったのを私たちは見逃さなかった。

「バーがあったね」

　と妻。

「うん。まだ早いから夕食までにはちょっと時間があるね」

　それだけで意見が一致した。二人でそそくさとバーに駆け込み、ビールを飲んでくつろいだ。イスラム国なのにビールの飲めるところは、チュニジアのよさであった。旅をしていて、ちょっと空いた時間にビールを飲むというのは、私たち夫婦の何よりのお楽しみなのである。

2

　その日の夕食はホテルのレストランでビュッフェ方式であった。スープ、いつものサラダのほか、焼き野菜のサラダ、ブリックと似たようなもので中にジャガイモやチーズなどを包んで揚げたものや、ムサカのようなものもあった。チーズをオムレツ風にしたもの、羊肉や鶏肉の煮込みもあり、グリルもあった。デザートはナツメヤシを使った甘いお菓子、蜜につかったパイ風の菓子、揚げ菓子など。

この街には設備のよいホテルが少ないせいか、たくさんの観光客がこのホテルのレストランを利用しており、欧米人でいっぱいだった。

四日目は山岳オアシスの観光で、観光列車「レザール・ルージュ」に乗って渓谷の観光後、４ＷＤ車に分乗していくつかのオアシスを巡った。

トズールの街は飾り煉瓦の質素だが可愛い家の並ぶところで、砂漠の中の街らしくとても乾燥している。ナツメヤシとラクダの取引きと砂漠の観光で成り立っている街なのだ。

太ったグルメのガイドが、ラクダの説明から脱線してまた食べ物の話をしてくれた。それによると、ラクダのミルクはカルシウムが多いので骨折した時に飲むとよいのだとか。また、地域によって味が違っていて、南のラクダのミルクはしょっぱい。ラクダの肉の値段は一キロ八百円ぐらいだ。また、猪（いのしし）が増えていて作物を食い荒らすので殺して食べているのだとか。羊の肉で最もおいしいのは山岳地方で自然のローズマリーを食べて育った少し痩せた羊だそうだ。砂漠では白トリュフがたくさん採れ、一キロ七百円という安さなのだそうである。グルメのガイドだからこそ、いろいろ面白い話をしてくれる。でも、妻は不思議そうにこう言った。

レザール・ルージュ

「イスラムでは豚を食べることを禁じているのに、豚が野生化したような猪を食べていいのかな」

まあ、その辺はいい加減なのであろう。

オアシス巡りの途中タメルザというオアシスにあるホテルのレストランで昼食をとった。

ここのレストランは眺めがよく、乾いた日干し煉瓦の村と川沿いの椰子の林が見晴せる大きなガラス窓があった。ほとんど砂漠の中といってよいところなのに、プールがあるという贅沢なリゾートホテルなのだ。

料理は挽き割り小麦の入った野菜スープのショルバ、サラダ、グリルチキンで、あとはデザートとシャーイ。

それから、宿泊しているホテルにいったん戻り、ホテル近くのナツメヤシの農園を馬車に乗って観光。砂漠の動物を集めた小さな動物園も見物した。その後夕日を見に砂漠に行き、ホテルに戻る。

夕食は昨日と同じでホテルのレストランでチュニジア料理のビュッフェ。メニューは昨日とほとんど同じであった。

五日目はジェリド湖という塩湖の間の道を通って、ドゥーズでサハラ砂漠の入口のほんの一部を見物し、ラクダにも乗った。この日は砂漠の蜃気楼（しんきろう）をいっぱい見た。

次にベルベル人の村マトマタで穴居住宅をいくつか見物した。ベルベル人とは北アフリカからサハラ砂漠に先史時代から住んでいる先住民である。アラビア人と共存しているのだが、独自の文化を守っている。

ところで、マトマタのあたりは映画『スター・ウォーズ』のロケ地となったところで、撮影に使われた穴居住宅もあった。

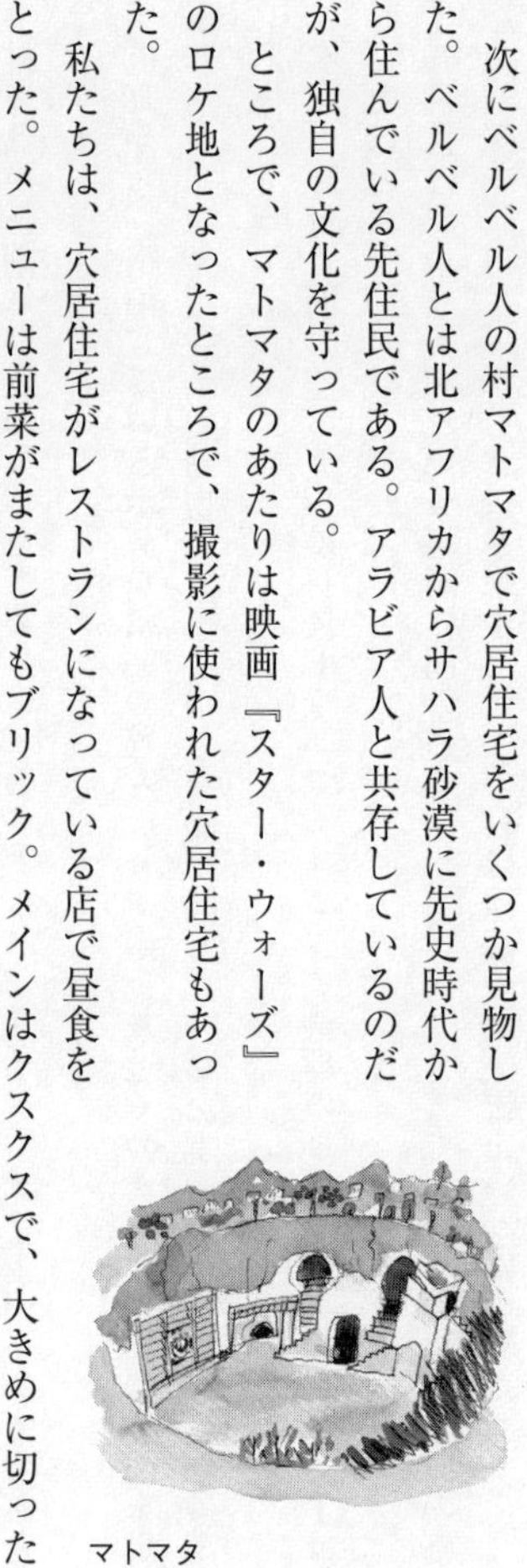
マトマタ

私たちは、穴居住宅がレストランになっている店で昼食をとった。メニューは前菜がまたしてもブリック。メインはクスクスで、大きめに切った羊肉、ジャガイモ、ニンジン、カボチャなどが入っていた。カボチャは日本のカボチャより水分が多く、カボチャとズッキーニの中間のような感じで、さっぱりした食感だった。あとはデザート（果物）とシャーイ。

その後、チュニジア中部の海沿いの街スファックスまで一気に戻り、ホテルに入った。そして夕食はチュニジア料理のビュッフェ。

六日目は北上してチュニスまで戻るのだが、その途中にあるエル・ジェムという古代ローマ時代の円形闘技場を見物した。ローマにあるコロッセオにも似た、巨大な闘技場だった。それから次に、スースという港町で旧市街（メディナ）を散策した。そして、港にあるシーフードレストランで昼食。

魚のスープが出て、メインはサバの塩焼きだった。サバは日本のものより小ぶりでスマートだ。

「トルコのイスタンブールでもサバを食べたけど、地中海のサバは脂っこくなくてさっぱりと食べられるね」

というのが妻の感想だった。

夕刻、ようやくチュニスに着きホテルに入った。チュニジアを一周して砂漠の方まで行き、また首都へ戻ってきたわけだ。

夕食はホテルのレストランでチュニジア料理のビュッフェ。首都のホテルのレストランだけあって、地方都市のレストランより品数も多いし味もいい。地中海料理に近いメニューもある。このレストランでは夕食だけではなく朝食も、玉子料理、チーズ、ハムやソーセージ、蜂蜜やフルーツ、シリアルやパンなど種類が豊富でおいしかった。

七日目はブラ・レジア遺跡とドゥッガ遺跡を見物した。どちらも、広大な古代ローマの都市遺跡である。神殿や舗装された道路などがあり、売春宿もあった。

チュニス郊外のこのあたりはローマ時代からの穀倉地帯だそうだが、小麦の刈り入れが終っていて、むき出しの地面が広がっていた。

この日の昼食はグルメのガイドが楽しみにしていたという、この地方でよく食べられている猪のシチューがメインだった。猪の肉はよく煮込まれていて臭みもないし柔らかくできていたが、味はかなり濃厚で力強い感じがした。ちょっと負けそうになる。ほかにはサラダとデザートとシャーイ。

夕刻チュニスに戻り、夜は旅行会社が気をきかしたつもりの中華料理だった。さしたる感銘はなし。

八日目はローマ時代のモザイクを展示したバルドー博物館を見物。展示されているモザイク画の多さに驚かされた。それから、再びシディ・ブ・サイドへ行きお土産にチュニジアの鳥籠などを買った。最後に旧市街の散策。

昼食は、シディ・ブ・サイドから戻る途中の旧ユダヤ人街のシーフードレストランでとった。前菜としてチュニジアンサラダが出たあと、エビとヒメジのグリルがたっぷりと出された。ヒメジはロジェと呼ぶそうだが、ウエイターは我々日本人には日本語で、これヒメジ、と説明する。赤い皮の上品な白身の魚で、身離れもよくとてもおいしかった。惜しむらくはちょっと小さい魚なので、四、五尾食べないと一人前にならない。でもその手間がいやでないほどに味のいい魚である。後日、日本で釣りをする友人にきいたところ、ヒメジは外道（釣る目的の魚ではないこと）だとして、釣れても捨ててしまうのだそうだ。もったいない話である。

ヒメジのグリル

午後は旧市街の散策をした。魚市場で、魚をテグスで生きがよさそうに、はねているような形にして売っているのが面白かった。また、様々な種類の白チーズがあってどれもおいしそうだった。

チュニジアは思いのほか魚料理が多く、そのどれもおいしいのが印象に残った。アフリカの国だと思うから忘れてしまいそうになるのだが、対岸がイタリアで、シチリア島などはすぐそばなのだ。だからイタリア料理の影響も受けている感じがした。そして、内陸の地方ではクスクスが多く食べられているのだ。なかなか食事の楽しい国である。

その日の夕方の飛行機で、私たちは帰国の途についた。

3

二〇〇四年の八月にモロッコを旅行した。メディナとカスバの国、モロッコである。

メディナは城壁で囲まれた旧市街で、モロッコのメディナの中はまさに迷路である。

カスバは、もともと街という意味だが、モロッコでは城塞居住区の意味であり、タイプが二つある。一つは城壁で囲まれた市街地に兵士やその家族が住む村のようなもの。もう一つは、四階とか五階建ての大きなマンションのような建物の中に何十世帯も住んでいて中が迷路のようになっているところ。

まず、それだけをわかってもらって話を進めよう。

旅の一日目はエールフランスでパリ経由でカサブランカに着いた。そしてすぐホテルへ。

二日目はカサブランカの観光は後日ということで、首都のラバトへ向かう。ラバトに着いて、ムハンマド五世の霊廟、王宮、ハッサンの塔、ウダイヤのカスバを観光した。このカスバは村のタイプである。カフェがあり、蜜のかかった甘いアラブ菓子を試食させてくれた。

昼食はあるホテルのレストランで、野菜のポタージュ、ブリワットという春巻きのような前菜、そしてメインはカラマール・タジン（イカのタジン）だった。

ここでタジンの説明をしておこう。近頃日本でもよく見かけるようになったが、陶器製の平たい鍋に、富士山のような形のふたがついているのがタジン鍋である。ふたが重いので略式の圧力鍋のような働きをし、水なしで高温で調理できる鍋だ。そして、そのタジン鍋で作った料理のこともタジンというのだ。

さて、ここで食べたイカのタジンであるが、イカそのものはまずくはないのだが、下処理がなっていなくて、わたも墨もいっしょくたできれいに洗われていなくて生臭かった。皆がっかりしたような顔をしていた。

ラバトの観光をすませて、午後は東へ約二百キロのフェズまでバスで行く。途中、メクネスという街と、ムーレイ・イドリスの街の横をすり抜けた。夕刻フェズに着き、ホテルに入った。

その日の夕食は、ホテルのレストランでモロッコ料理のビュッフェ。野菜スープとポタージュ。モロッコ風サラダはトマト、キュウリ、ピーマン、玉ネギをさいの目に刻み、クミン味のドレッシングで和えたもの。豆のサラダもクスクスもあった。鶏と野菜の煮込みはクスクスを添えて食べるらしい。蒸し焼き風の羊肉、ケバブ、肉と野菜を包んで焼いたパイのようなものもあった。

味のベースはトマトであり、クミンやパプリカが多く使われているようであまり辛くはない。

デザートはタルトのようなものや砂糖菓子などがあり、フルーツやケーキもあった。この旅行では、ランチはレストランのコース料理、ディナーはホテルのレストランでビュッフェというスタイルが多かった。

三日目はフェズの市内観光をした。フェズの最も古い地域フェズ・エル・バリと、十三〜十四世紀に作られたフェズ・エル・ジェディドを徒歩で散策する。フェズのメディナは細い道が迷路のように入り組んでいて、人は多いし、おまけに荷物を積んだ馬やロバ、荷車などが通るのでごった返していて、迷子にならないことに必死になった。しかし、その雑然とした迷路を歩くのが、モロッコ観光のハイライトなのである。同じ業種の店が並んでいるところを、わくわくして見て歩いた。

アッタリーン神学校、ザウィア・ムーレイ・イドリス廟(中には入れない)、カラウィン・モスク、なめし皮染色所、絨毯屋、陶器工場、機織り工場などを見物した。

途中で古い民家にお邪魔してミントティーをご馳走になる。ミントティーを入れるのは一家の主人である男の仕事なのだそうだ。ポットに、茶葉と、砂糖と、生のミントの葉を入れて、湯を注いで煮立てる。ポットを高々とかかげてカップに注ぎ、一度はポットに戻す。そして、二度目にカップに注いだものを飲む。ミントの爽やかな香りがしておいしいお茶であった。

さて、メディナの中の古いモロッコ料理の店で昼食をとった。まず野菜スープが出され、メインは骨つきチキンとピンク色のオリーブのタジン。これがことのほか気に入ったのが妻だった。

「鶏の味つけがよくて、肉の骨離れもいいわ。ピンクのオリーブも風味があって柔らかくて、これ大好きかも」

タジン鍋のしくみで圧力がかかるから肉が柔らかく煮えるということらしい。昼時の街道沿いの食堂などでは、一人前のタジン鍋を長いコンロの上にいくつも並べて、ぐつぐつと煮ている風景を見ることができる。

四日目は丸一日かけて南下し、サハラ砂漠の入口の街エルフードまで行く。そのあたりのアトラス山脈はなだらかで、森、草原、渓谷など変化に富んだ美しい景色が見られた。

途中、カスバスタイルのホテルのレストランで昼食をとる。野菜ポタージュ、チーズオムレツ、鱒のグリル、リンゴのタルトというメニューだった。山の中だが、渓流で鱒の養殖をしているのだそうだ。そして高山なのでリンゴが採れるのだとか。

エルフードに到着してホテルに入る。夕食はここもモロッコ料理のビュッフェだが、田舎に来たので料理の品数が少なくなってきた。羊肉と野菜の煮込みなどのシンプルな料理である。デザートもスイカなどのフルーツが少々。しかしまあ、サハラ砂漠に来てしまったというところに旅情があるわけだ。

五日目、まだ暗いうちに出発して４ＷＤ車に分乗し、サハラ砂漠の日の出を見に行く。ラクダに乗り換え砂丘を登り、よきところに陣取って朝日の昇るのを待つ。刻々と変化する砂漠の朝日を眺めたあとは、ベルベル人のテントに寄ってミントティーをご馳走になり、それからホテルに戻った。

朝食後あらためてバスで出発し、丸一日かけてワルザザートに向かう。途中、化石を加工している工場を見物したり、トドラ渓谷という名勝を観光したりした。

途中のホテルのレストランで昼食をとった。野菜ポタージュ、ビーフのケバブ、チキンと野菜のクスクス、フルーツ。同じようなものばかりなのであまり食欲がわかない。

夕刻、ワルザザートのホテルに入る。夕食はホテルのレストランでビュッフェだったが、品数も少なく、変りばえしなかった。

六日目は再びアトラス山脈を越えてマラケシュに向かう。

ワルザザートの街とその周辺は映画のロケによく使われるのだそうだが、そのひとつ『アラビアのロレンス』のロケに使われたアイト・ベン・ハッドゥというクサール（カスバの集合体）を観光した。一軒の民家の中を見せてもらったのだが、太陽光発電のパネルがありテレビがついていた。

その村の入口にあるレストランで昼食。モロッコ風ラタトイユ、ベルベルオムレツ、グリルチキンにライスと野菜添え。デザートはプディングだった。

ベルベルオムレツはイエメン風玉子とじに似ていて、玉ネギを炒めトマトを入れて煮込んだ中にクミンとパプリカを加え、溶き玉子を入れたものだ。パセリなどの青味が散らしてあって、素朴な味だがなかなかおいしい。

このあたりのアトラス山脈はかなり標高が高く、一気に登って一気に下るという道なので妻は高山病のようになってしまった。

マラケシュのホテルに到着後、ホテルの近くのメナラ庭園とクトゥビアの塔を観光した。

ベルベルオムレツ

夕食はまたホテルのレストランでビュッフェ。アトラス山脈を越えて都市部に戻ってきたという感じで、料理の品数が増えてバラエティも豊かになってきた。デザートも充実していた。

七日目はマラケシュの観光。クトゥビア・モスク、サアード朝の墓地、メナラ庭園を見てまわった。新市街へ戻り中華料理のランチ。

午後はメディナの散策をしたが、マラケシュは土地が平らなので、フェズの坂道のある入り組んだメディナほどの趣きはなかった。

夕方、ジャマ・エル・フナ広場へ行く。大道芸人や観光客目当ての派手な格好をした水売りがたくさんいるのを見てまわった。

広場全体が見渡せる二階建てのカフェのテラス席でお茶を飲んだ。広場がだんだんと大屋台街に変身していくのを見ることができた。中央部分はスープの屋台、ケバブの屋台、揚げ物屋の屋台、ソーセージ屋の屋台などが並ぶ。端の方にはゆでエスカルゴの屋台やフレッシュオレンジジュースの屋台がある。案外清潔な感じで、料理人はみな白衣を着ているし、テーブルには白いテーブルクロスがかけてある。とにかく、このジャマ・エル・フナ広場はモロッコ観光のもうひとつのハイライトなのだ。

広場に下りてぶらぶらしていたら、ゆでエスカルゴの店の男が試食しろと言ってきた。妻がひとつ食べてみて、「薄く塩味がついていておいしいよ」と言った。

徐々に観光客が屋台で早い夕食を食べ始める頃、ホテルに戻る。ツアーメンバーの中にはジャマ・エル・フナ広場で夕食をとるという人たちもいたが、飲み物に酒がなく、コーラやファンタで夕食をするらしかったので私たちはホテルのビュッフェとビールの方を選んだのだ。

八日目はバスでカサブランカへ行く。着いてすぐ高級住宅街にあるホテルのシーフードレストランでランチ。メニューは魚のスープ、シーフードグラタン、鯛のソテー、フルーツ。

「まあまあいけるね」と私が言ったら、妻の返事はこうだった。

「そうなんだけど、カサブランカだと大西洋の魚よね。私は地中海の魚がご贔屓(ひいき)になっちゃっているので、どうしてもそれとくらべてしまうわ」

面白いこだわり方だと思った。

午後は一九九三年完成のハッサン二世モスクという巨大モスク、ムハンマド五世広場、国連広場、メディナなどを観光。ここのメディナは上野か浅草かという感じであまりイスラミックな薫りはなかった。カサブランカは大都市だからであろう。

夕食はホテルのレストランでビュッフェ。一流ホテルだったので、なかなか豪華な品揃えだった。モロッコ料理だけではなく、ヨーロッパの料理も充実していた。ただし、旅の疲れで食欲があまりなく、ビールがいちばん嬉しかった。

食後、ホテル内に「リックのバー」があったのでそこで一杯飲む。リックとは、映画『カサブランカ』でハンフリー・ボガートが演じた主人公の名前だ。あの映画にちなんで、カサブランカにはリックのバーとか、カフェという店が何軒かあるのだそうだ。

バーで一杯やりながら、モロッコは迷路の国だったな、なんて考えた。そして料理では、なんといってもタジンの国であろう。妻は、タジン鍋を買ってみようか、なんてことを言った。日本でタジンに挑戦する気になっているのだ。そういうことこそ、旅の楽しさというべきかもしれない。

その次の日、私たちは丸一日かけて帰国した。

ブリック

材料（２人分）　所要15分

春巻きの皮　４枚
玉子　４個
サラダ油　適量
小麦粉　適量

①少し深みのある皿の上に春巻きの皮を１枚ずつ広げ、中心に卵を割り落とす。そして、小麦粉を水でねったものを糊として４隅につけ、玉子を包んで丁寧に三角形にはりつける。
②フライパンに、深さ１センチほどサラダ油を入れて加熱し、慎重に①を入れて揚げる。ほどよく焼き色がついたら、フライ返しで返して、両面揚げ焼きにする。

Point

皮には、春巻きの皮を使ってみた。だから、チュニジアで食べたブリックは半円形だったのに、再現版は三角形になった。皿にとって、塩を少々ふって食べると、玉子焼きに皮をつけただけのものが、不思議と香ばしくておいしいのである。

あの味を再現してみる

骨付きチキンのタジン

材料（２人分）　所要25分

骨付き鶏もも肉　350ｇ
ニンニク　１片
オリーブオイル　大さじ２
塩、こしょう　少々
クミン　小さじ1/2
パプリカパウダー　少々
オリーブ（塩漬け）　10粒

①ニンニク１片をボウルにすりおろし、塩、こしょう少々、クミン小さじ1/2、パプリカパウダー少々を加えて、鶏肉を入れる。
②鶏肉は骨付きもも肉のブツ切りで、２人前で８片、350ｇくらい。肉をボウルの中でよくこねて、味をまぶす。
③タジン鍋にオリーブオイル大さじ２を入れて熱し、鶏肉を並べ、皮目に焼き色をつける。何度もころがしてまんべんなく焼こう。
④焼き色がついたら、塩漬けのオリーブを10粒入れ、鍋にふたをして、中火で12分焼く。

Point

火を止めてふたをとってみると、チキンが実にうまそうに焼けている。タジン鍋の威力で、火はよく通っているのに肉はジューシィで柔らかい。ナイフとフォークで食べればよいが、骨を持ってかぶりつくのもありだ。

ミートボール入りクスクス

材料（２人分）　所要40分

クスクス　100cc	ニンニク　１片
ズッキーニ　１本	牛挽き肉　150ｇ
ナス　１本	玉子　１個
パプリカ　1/2個	オリーブオイル　適量
ピーマン　２個	パン粉　大さじ３
玉ネギ　１個	塩、こしょう適量
トマト　２個	ハリッサ　小さじ１

①100ccの熱湯に、塩とオリーブオイルを少し入れて、そこに湯と同量のクスクスを入れ、火を止めて７分置いておく。それだけでクスクスは出来上がりだ。

②ズッキーニ１本を５センチくらいの長さに切り、さらに４つ割りにする。ナスもズッキーニと長さを揃えて切る。パプリカ1/2個とピーマン２個は、上下を切って種をとり細長く切り、玉ネギ1/2個をくし切りにする。トマト２個は湯むきをして、ざく切りにしておく。

③ニンニク１片をスライスして、オリーブオイルを入れたフライパンに加え加熱して香りをつけたら、ニンニクは取り出す。そのフライパンに②の野菜を玉ネギから順に入れていき炒め、最後にトマトをジャッと入れて、塩を小さじ１加え、こしょうをガリガリと挽いて入れる。

④ミートボールを作るため、牛挽き肉150ｇに玉ネギ1/2個をすりおろして加える。さらに玉子１個、パン粉大さじ３、塩小さじ1/2、こしょうをやや多めに加えて、よ

くねって団子にする。ゴルフボールを平たくつぶしたような形にする。
⑤フライパンに油をひいて、④をほどよく焼き色がつくまで焼く。③のラタトイユ風の野菜の方が水気を持って煮えてきているところに、ミートボールを加える。この時、ハリッサというチュニジアの調味料を小さじ１加える。

Point

ネットで調べてみると、クスクスにもいろんな種類がある。蒸して食べるものが多いが、フランス製の、既に加熱ずみで、熱湯につけるだけでいいものがあったので、それを買った。クスクスは食べやすく、腹もちがする。ミートボールがいいアクセントになっていておいしいのである。１皿で２人分の前菜になるが、メインとして食べるなら分量を増やして作るといい。

第八章

南バルカンの国々は
トルコ料理の影響

メテオラの修道院

1

バルカン半島の国々を四回の旅行に分けて巡ったことがある。そして、ハンガリーは普通バルカンには含まないのだが、隣のルーマニアには多くのハンガリー人がいて、深く交流しているし、料理の面でも影響しあっているので、ここではバルカンの国に含めて語ることにした。そのバルカンの国々の食日記を三回に分けて語る。一回目は、南バルカンの国で、ギリシアとマケドニアとアルバニアの記録だ。

ギリシアを旅行したのは二〇一二年の十月のことだった。

首都アテネで入国したのだが、その日はホテルで休むだけ。そして二日目からは、アテネの観光は後まわしにしてペロポネソス半島を観光していくのだった。大きな半島だが、そのつけ根部分は非常に狭く、コリントス運河が作られている。それを見て、次にエピダウロスの遺跡を見物した。古代に医療施設だった遺跡である。

ギリシアでは古代遺跡をいっぱい見る。そして、そこにある博物館を見ることも多い。ところが、遺跡と博物館の価値がどれもこれもすごいのだ。見ごたえ十分である。

ただし、これは食日記なのだから、遺跡のことを詳しく説明するのはよそう。それよりも食事である。

午後ミケーネ遺跡に向かう途中のレストランで昼食をとった。前菜が出たが、トルコと同じくメゼという。メゼに、ギリシアパイというものが二種類出た。ひとつは、ハムとベシャメルソースをフィロという生地（トルコ周辺が発祥の薄いパイ生地の一種）で包んでチーズをかけオーブンで焼いたもので、もうひとつはフェタチーズとコリアンダーを大きめのフィロで包み、揚げてチーズをかけたものだった。これはどちらも、表面がパリッとして中はトロリと柔らかく、なかなかおいしかった。

メインの料理はギリシア料理の大定番であるムサカだった。ナスとジャガイモと挽き肉を層を作るように重ねた上に、ベシャメルソースをかけてオーブンで焼いたものである。おいしかったのだが、挽き肉が粗挽きで、量も多く味付けも濃厚で、ちょっとボリュームに負けてしまった。

ムサカはギリシアの定番料理、と言ったことと矛盾するようだが、ほとんど同じ料理を私はトルコでも、アラブの国でも食べたことがある。実をいうとムサカは、作り方は地方によって多少違いがあるものの、アラブ、トルコ、バルカンなど東地中海一帯で食べられているのである。そしてその本場はアラブかトルコかもしれない。

ギリシア料理というのは、実はトルコ料理によく似ている。サラダも同様のものだし、ブドウの葉で包んだドルマも共通だし、トルコのドネルケバブとそっくりな肉料理をギリシアではギロスという。

そして、そういう料理がトルコ料理に似ているというと、ギリシア人は必ず、こっちが本家で、トルコが真似したんだと言う。

だがそれはどうも嘘くさい。ギリシアは長らくオスマン・トルコに支配されていて、トルコ人も多く住んでいたのだ。だからトルコ料理の影響を強く受けている、というのがおそらく真相であろう。

しかし、ギリシア料理もそれなりに進化はしてきているのだから、あれはトルコ料理の真似ばっかり、なんておとしめて言うことはない。ギリシア料理もそれはそれで楽しんだほうがいいのである。

さて、昼食後はミケーネの遺跡、考古学博物館、ミケーネ時代の墳墓を見物し、その後、ペロポネソス半島を横切り海岸道路に出てオリンピアまで行った。古代オリンピックの開かれたオリンピアだが、今のそこはとても田舎びたところだった。

オリンピアの近くの民芸風な味わいのホテルに入った。夕食はそのレストランで食べたが、ギリシア料理のビュッフェだった。田舎のホテルのことで、料理の品数も少なく、内容をあまり覚えていない。だがワインを飲んだことは記憶している。そのギリシア産ワインはあまりコクがなかったが、飲みやすいものだった。

三日目はオリンピア遺跡と、そこから出土した物が展示してある考古学博物館を観光した。

そのあと、博物館の近くのレストランで昼食をとった。前菜にブリアムというものが出た。これは、ジャガイモ、ズッキーニ、パプリカ、玉ネギなどの野菜のオリーブオイル煮込みで、ラタトイユに似た味だった。

メインはタコと小さなマカロニのトマト煮込み。これは、よく煮込まれて柔らかいタコがぶつ切りでごろごろ入っていてとてもおいしいものだった。ただし、問題がないわけではない。

「パスタがゆですぎでぶにゃぶにゃね」

と妻が言う。

「トルコは料理のおいしいところなのに、パスタだけはゆですぎでダメじゃない。ところがギリシアはもっとゆですぎなんだって」

ということだそうである。アルデンテのパスタが食べたければイタリア料理店に行かなければならないのだそうだ。

このレストランでミソスという銘柄のビールを飲んだ。ギリシアで最もポピュラーなビールで、この旅行中はミソスをよく飲んだ。飲みやすいビールで大抵よく冷えたものが出され、昼に飲むにはぴったりだった。

デザートはアイスクリームとコーヒーか紅茶。

食後は海岸道路を北上し、トリコピス橋を渡ってペロポネソス半島を出てイテアの街のホテルに入った。だがまだ日が落ちるには時間があるので、リゾート地として発展中のこの街の海岸沿いを妻と二人で散歩した。海岸にはたくさんのカフェが並んでいた。その中の一軒に入り、ビールを注文した。メニューの中のギリシアビールの欄の一番上にあったアムステルという銘柄を指定してみた。そのビールは軽くて泡が少し荒い感じがしたが、よく冷えていたのでうまかった。ただ、ビールを注文して驚いたのは、一緒に一リットルの水のボトルが出されたことと、小さな籠二つにポテトチップスをいっぱい盛って出してくれたことだ。水のほうは、ちょっと謎である。ビールの注文に対してなぜ水を出すのだろう。ポテトチップスは嬉しいサービスであった。塩味とチーズ味のチップスで、ビールとよく合っていた。

ブリアム＆ミソス

いい気分になってホテルに戻って、少し休んだら夕食の時間になった。

前菜は野菜たっぷりのスープで、ミネストローネみたいな感じだった。メインはミートボールのトマト煮込みだったが、トマトが濃くて濃厚だった。ミートボールがたっぷりあって、ついさっきポテトチップスを食べた胃には重かった。

デザートはブドウだった。十月なのでブドウが出てくるのだ。粒は小さいが甘かった。

夕食の時にはギリシアワインを飲む。昼はビールで夜はワインという習慣になっていた。料理によって赤か白かを決めるわけである。イスラムの国ではないので自由に酒が飲めてそれが旅の楽しみのひとつになっているのだ。

四日目はまずオシオス・ルカス修道院を観光した。海岸通りからかなり内陸に入った人里離れた修道院というたたずまいのところだが、ミサをやっていて信者の人々でいっぱいだった。

次にデルフィまで行き観光。デルフォイの神託で有名な遺跡だ。アテネの聖域、デルフィ博物館、アポロンの聖域を見て回った。

そのあとは長距離バス移動をしてメテオラに向かう。巨大な奇岩がニョキニョキとそびえていて、どう登ったらいいかもわからないようなその奇岩のてっぺんに修道院があるという絶景の地だ。

その移動の途中、小さな可愛い集落の中にある眺めのいいレストランで昼食。

前菜はメゼの盛り合わせで、フェタチーズとパセリを生地で細長く巻いて揚げたものがあった。これはトルコのシガラボレイ（たばこ巻き）と同じものである。ほかに、ブドウの葉で米を巻いて煮込んだドルマ、ほうれん草のパイ、ザジキという濃いヨーグルトとキュウリとニンニクのペースト、焼きナスとパプリカのペーストが盛られていた。どれもトルコ料理の影響を強く感じさせる味だった。

夕方になって、ようやくメテオラに到着。ホテルの部屋のベランダから夕日を浴びたメテオラの奇岩の景色が真正面に見えるのだった。

2

その日の夕食をホテルのレストランでとった。ごく普通のギリシア料理で、スープから始まり、前菜に野菜の煮込み、メインはタラのような食感の白身魚のオイル焼きと、焼き野菜の付け合わせ。デザートはフルーツの盛り合わせで、コーヒーか紅茶がついた。このレストランの料理人は腕がよく、どの料理もいい味付けだった。

五日目はメテオラの修道院巡りをした。アギオス・ニコラオス修道院、メガロ・メテオロン修道院、アギア・トリアダ修道院、アギア・ステファノス修道院、ルサヌ修道院といったところをまわった。それぞれ別の奇岩の上にあるのだから、まわるのも大変であった。

岩山の麓に張りつくようにあるレストランで昼食をとった。前菜はイェミスタという料理で、これはトマトとピーマンにディル風味のリゾットを詰めてオーブンで焼いたものだった。トルコ風にいえば、トマトのドルマとピーマンのドルマということである。特にトマトのイェミスタがさわやかな味でおいしかった。

メインはスブラキという、鉄串に刺して焼いた肉や魚の料理であるが、この日はポークと黄パプリカの串焼きだった。

「ギリシアも北のほうへ来るとますますトルコ料理に似てくるのね」

と妻が言ったが、まさしくそうであった。

午後の観光はヴァルラーム修道院の見物だけで終わりだった。その後、メテオラの奇岩群の麓にあるカランバカという街で自由時間となり、家々や道路の背後に奇岩のそびえ立つ不思議な景色の街をぶらついた。そして、集合場所に近い広場にあったカフェに入って、私と妻はミソスを飲んだ。自由時間はカフェでビール、というのがこのギリシア旅行での習慣になっていたのだ。この時も、ビールにはポテトチップスがついていた。ギリシアのカフェではそのサービスが普通なのかもしれない。

「清水さんの満足そうな顔を写真に撮っておくわ」

と妻が言ったほど、私はくつろいで楽しんでいた。

その日の夕食は昨日と同じホテルのレストランで。キノコのリゾットから始まり、ズッキーニとナスのソテー、メインはチキンパスタ、デザートはフルーツ盛り合わせで、コーヒーか紅茶がつく。ズッキーニとナスのソテーが特においしかった。太陽のあふれている国ギリシアの野菜は大変おいしいのだ。

六日目の午前中はヴェルギナの街まで行きそこを観光。フィリッポス二世とその妃と、孫にあたるアレクサンドロス四世（アレクサンドロス大王の子）の墳墓がまるまる博物館になっている。多くの出土品も見ることができた。

博物館の近くのロカンタ風のレストランで昼食をとった。店に入るとガラスケースの中にお惣菜(そうざい)がずらりと並んでいるような店であった。

午後は古代マケドニアの都市遺跡ペラへ行く。ペラの博物館はまだ新しくてエントランスは工事中だった。次にすぐ隣にある都市遺跡を見物した。ペラはその昔マケドニアの首都だったところで、アレクサンドロス大王が生まれたところでもあるのだ。

見物すべきものを見たところで、次に向かったのはギリシア第二の都市、テッサロニキだ。北ギリシアの中心都市である。テッサロニキのホテルは名高いエグナティア街道沿いにあり、大変に交通量が多かった。この日の夕食はホテルのレストランでビュッフェであった。

七日目に、そのテッサロニキの市内観光をした。この街は一九一七年に大火があって焼けた街なので、古い教会などは修復されたものを見ることになる。

アギオス・デミトリオス教会、ローマ時代の遺跡、聖ソフィア教会、テッサロニキ考古学博物館、ガレリウスの凱旋門(がいせんもん)、ロトンダなどを観光した。

市内のレストランで昼食をとった。まずグリークサラダ、次に挽き肉と米を詰めてオーブンで焼いたズッキーニ、メインはポークソテーのライス添えで、デザートはスライスしたフルーツの盛り合わせだった。

午後はホワイトタワーと呼ばれる十五世紀にヴェネツィア人が築いた防壁の一部のタワーを見物した。テッサロニキのランドマークとなっている。アレクサンドロス大王の銅像があったが、工事中でフェンスがあり近くからは見られなかった。

さて、テッサロニキを見たあとは、飛行機でエーゲ海にあるロードス島まで行くのだ。直行便がないのでアテネで乗り継がなければならず時間がかかる。エーゲ海の東の外れの、すぐ近くにトルコ領が見えるというロードス島まで着いて、ホテルに入ったのは夜の九時半近くだった。レストランの閉まる時間が迫っていたのであわてて入店したが、ビュッフェ形式でもうあまり料理が残っていない。ケバブとサラダとパンで簡単にすましたが、私と妻はギリシアワインを注文することは省略しなかった。

八日目はロードス島の観光だ。まずリンドスという古代都市遺跡へ行く。小さな広場から、徒歩でアクロポリスの遺跡に登って行く。小道の両側は参道で、土産物屋が並んでいて楽しい道だった。頂上の遺跡を見たあとは、自由に下の広場まで歩いて戻れということなので、土産物屋をのぞき、ギリシア風の壺を買ったりした。

広場に面したオープンエアのレストランで昼食。前菜としてグリークサラダが出る。ここのものはフェタチーズのでっかい塊がどかんとのっていて迫力満点。次にイカのリングフライ。地中海のイカはどの国で食べても柔らかくておいしい。メインはカジキマグロのグリル。カジキマグロの切り身は日本人用に小さくしてあるようで、現地の人のお皿を見たら巨大な切り身がのっていた。

午後は中心部のロードスタウンに戻り市内観光だった。騎士団長の宮殿、騎士団通りを見て、この島にはロードス騎士団がいたのだ、と知る。ほかに、考古学博物館を見て、あとは自由行動。

妻と二人で旧市街地をぶらぶらと散歩した。スレイマン・モスクやムスリムの図書館があるかと思えば、ヨーロッパ風の時計塔があるという雑然とした印象の街である。広場に面してヴェネツィア風の建築とイスラム風の建築が並んでいるのも面白い。

さて、ロードス島を満喫したあとは、その日のうちにクレタ島へ行くのである。またしても直行便がなく、一度アテネへ戻ってそこからクレタ島へ飛ぶのだ。そのため、早めの夕食をとろうということで、空港近くのファミレスのようなレストランへ行った。そこで食べたのはハンバーグのライス添えだった。

そして飛行機を乗り継いで、クレタ島のイラクリオンに着いた。

九日目は午前中いっぱいミノア文明のクノッソス宮殿の観光をした。

お昼にイラクリオンに戻り、海の近くのレストランに入った。ここではメゼが数種類出された。まずはザジキ（キュウリとヨーグルトを混ぜたもの）。それからタラモサラダと焼きナスのペースト。

タラモサラダについて、多くの日本人が誤解しているようだ。マッシュポテトとタラコを混ぜたものがタラモサラダだと思っている人が多い。タラモから鱈（たら）を連想するのだろう。

しかし、タラモとは魚卵という意味で、鯉（こい）や鱈やボラの卵を使うのだ。そして、パンを水もしくはミルクに浸して、しぼってほぐしたものを魚卵と混ぜる。玉ネギ、ニンニク、レモン汁なども混ぜる。それがタラモサラダなのである。

このレストランのメインはグリルチキンのポテト添えだった。海が目の前なのになぜチキンなのか、と思ったなあ。

午後は考古学博物館を見たあと、自由行動となり、オリーブの専門店でオリーブのペーストを買ったりし、カフェにすわってミソス（ビール）を飲んだりした。少し歩いて聖ミナス大聖堂も見た。

その日の夜は現地ガイドが教えてくれたシーフードレストランで食べた。道つきが複雑で道に迷いそうになったが。

十日目はクレタ島からサントリーニ島まで高速艇で行った。このサントリーニ島というのは、真っ白な壁に青い屋根の家々や教会が海に面した崖にズラリと並んでいるという、若い女性なら、素敵、かわいーい、と叫んでしまうような美しいところなのだ。そのせいで、博物館をじっくり見たり、夕日の美しいポイントで日没を見たりしても観光

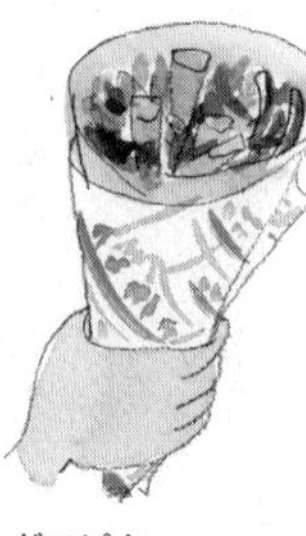

ギロピタ

は一日で十分なのに、この島に二日いて、二日目はまるまる自由行動だというのだ。

「いくら美しい島でも一日見れば十分だよなあ」

と私が言うと、妻がこう提案した。

「ゆっくり朝寝坊をしてくつろぎましょう。それで、お昼にはギロピタを食べに行くの」

そういうおいしいファストフードのようなものがあると調べてあったのだ。二人で、ガイドブックの地図を頼りにぶらぶらしてみた。ガイドブックにあった店はなくなっていたが、その近くにギロピタの店を見つけて入ってみた。

ギロピタとは、ギロスをピタパンで挟んでサンドにしたものである。ギロスとは、トルコでいうドネルケバブのことだ。味つけした肉を円柱形に成形して周囲からあぶり焼きにし、焼けたところを剣でこそげ落としたものである。

ラムとチキンのギロピタを注文し、ミソスも頼む。そのギロピタはギリシアで食べたもののうち一番うまかった。ラムはラムらしく、チキンはチキンらしく新鮮でおいしい味で、焼き加減も香ばしくジューシーだった。揚げたてのポテトフライと野菜とザジキが一緒に挟んであるのだがそのコンビネーションがよかったし、焼きたてのピタパンもおいしかった。ビールがすすむ味でお代りをしてしまった。

私たちのサントリーニ島観光はギロピタを楽しむことにつきた。もちろん、時間があったので商店街をうろついたり、カフェで休んだりもしたのだが、ギロピタとビールの幸せ感が何よりのものだったのだ。

この日の夜、皆さんに誘われてイタリアンレストランへ行き、マルゲリータやスパゲティペスカトーレなどを食べ、それはそれでおいしかったのだが、それはイタリアのおいしさであり、ちょっと違うよな、という気がした。

十二日目は飛行機でアテネに戻る。そしてようやくアテネの観光であった。それからの一日半で見物したところをまとめておくと、アクロポリスの丘、パルテノン神殿、エレクテイオン神殿、国立考古学博物館、オリンピック競技場、古代アゴラの遺跡、アクロポリス博物館などだが、そのどれもがもっと時間をかけて見たい、と思うほどすごかった。古代ギリシアの底力に圧倒されたという感じだった。

歩いて楽しかったのはレストランやカフェ、土産物屋などが密集しているプラカ地区だった。さんざんうろつき、小さなソクラテスの胸像を買ったりした。

自由行動の時の昼食に、歩行者天国の通りにテーブルを出していたレストランに入った。ギロピタはないか、と聞くと、ギロスとピタパンがある、と言う。それを注文し、自分でサンドにして食べた。

そして、ギリシアで最後の夕食の時、これもめいめい自由に食べろということだったので、私と妻はプラカ地

小さなソクラテス

区のタベルナに入った。そして私はこう言ったのだ。

「スパゲティを食べよう」

「ギリシアのスパゲティはゆですぎよ」

「だから、一度食べてどのくらいのものか知っておきたいんだよ」

私はあえて、トマトスパゲティを食べてみたのだが、本当にゆですぎでぶにゃぶにゃであった。しかしまあ、ワインも飲めたし、その店ではタバコも吸えたし、それなりに満足したのである。

トルコ料理によく似ているのだが、それを少し素朴にした味わいがギリシア料理にはあった。どれもまずまずおいしく食べられた。

そして、昼間のちょっとした空き時間に、カフェのテーブルにすわって飲んだビール（ミソス）が、何より楽しい旅であった。こうして十四日間のギリシア旅行は終った。

3

二〇一〇年の六月、西バルカン周遊という旅行をして、その時の最初の国がマケドニア、二番目の国がアルバニアだったのだが、その二国はどちらかといえば南バルカンとも考えられるところなので、ここにまとめておこう。

マケドニアには、ブルガリアからバスで入国して、首都スコピエに入った。まず、スコピエの中心部を徒歩で観光した。マケドニア広場、マザー・テレサの生家跡、フェウダルの塔、旧スコピエ駅（今は博物館になっている）、旧市街地などを見物。

この日の夕食はホテルのレストランでとった。

オードブルはハムとチーズの盛り合わせと、ショプスカ・サラダ。ショプスカ・サラダはマケドニアにいる間、毎食出されたサラダで、トマト、キュウリ、玉ネギ、ピーマンなどの野菜の上にすりおろした白いチーズをふんだんにかけたものだ。ショプスカとはブルガリアにある地方の名前なのだが、マケドニアはブルガリアに支配されていた時代があるので、その名が残っているのだ。

メインはグリルチキンの野菜添え。デザートはチョコレートケーキ。スコープスカというマケドニアのビールは飲みやすかった。

マケドニアの料理はギリシアとトルコの影響が強いのだそうだ。ムサカ、ギリシアパイに似たブレク、ケバブ、タラトールというキュウリの入ったヨーグルトのスープ、白インゲン豆のトマト味の煮込み、フェタチーズ、焼きチーズ、すりおろしたチーズなどがよく食べられている。

二日目は城塞とムスタファ・パシャ・ジャーミアを観光後、バスで移動。

ストビ遺跡を見物、古代ローマからビザンチンの時代にかけての遺跡である。

ビトラという街まで移動して昼食をとった。

前菜の盛り合わせはハム、チーズ、サルマという名前の米と挽き肉をブドウの葉で包んだもので、つまりトルコでいうドルマと同じもの、野菜のオムレツなど。

サラダは昨日と同じショプスカ・サラダでまた大量のチーズがのっている。

チェバピは、キョフテ（挽き肉の団子）と同じものでアイヴァルという赤いパプリカのソースが添えてある。デザートはアイスクリームとフルーツのパフェ。

食後、ビトラを散策し、イェニ・モスク、聖デメトリアス教会などを見る。ビトラはオスマン・トルコが作った街なので、今もトルコっぽい雰囲気が感じられるのだ。

その後、ビトラの街からほど近いヘラクレアの遺跡を観光した。ヘレニズムの要素の強い遺跡だそうだ。

遺跡の後は、エグナティア街道を走って、オフリド湖畔のオフリドに到着。湖のすぐ前のホテルに入った。

夕食はホテルのレストランで、ショプスカ・サラダ、ポークソテーの野菜添え、デザートはトゥルンバという、蜜をかけた甘い揚げ菓子だった。

三日目はオフリドの旧市街を徒歩で観光した。オフリド名物の淡水パールの店や、土産物屋やレストランが軒を連ねる街の中心部から、聖ソフィア大聖堂、ローマ劇場、聖クリメント教会、イコン博物館、サミュエル要塞、聖パンテレモン教会、聖ヨハネ・カネヨ教会とまわって、小舟に乗り街の中心に近い船着き場で降りた。

中心部にあるレストランで昼食をとる。魚のだしのスープ。サラダはいつものショプスカ・サラダ。メインはコランという古代鱒のグリル。三十センチ近い魚でかなり大きい。身は薄いピンク色をしていて、脂がのっていて柔らかく、レモンを絞って食べたら大変おいしかった。

デザートはカダイフという、細麺のような生地でナッツを包み甘いシロップをかけたお菓子だった。

午後は湧水の美しい国立公園内にある聖ナウム修道院に立ち寄り、そこから南下して国境を越えてアルバニアに入った。

で、ここからはアルバニアの食日記となる。

コルチャという内陸の街のホテルに入ったのだが、人が少なくて寂しい街である。ハリストス復活大聖堂という、割に最近再建された教会を見物に行ったのだが、ほとんど人と出会わなかった。

ホテルのレストランで夕食。野菜スープ、おかずクレープ、牛肉のグリル、フルーツというコースだった。この街の名がついたコルチャというビールを飲んでみたが、飲みやすいものだった。

アルバニアの二日目は、シルバータウンと称されるジロカスタルの街へ向かう。アルバニアは今は民主国家だが、一九四四年から一九九一年まで共産主義国で、その時の独裁者だったエンヴェル・ホッジャの生まれたのがジロカスタルだ。この街の家々はすべて白っぽい石で作られ屋根は灰色に統一されている。それでシルバータウンと呼ばれるのだが、オスマン時代の景観がそのまま残っているところだ。

街に着く前に郊外の丘の上にあるレストランで昼食をとった。白いチーズのかかったサラダ（マケドニアのショプスカ・サラダと同じもの）、仔牛のフライ、オシャフというイチジクのプディングを食べた。

ジロカスタルに着き、城塞に登り街の全景を見た。城塞の中は今は武器博物館になっていた。

その後、海岸部のサランダの街に向かう。ビーチリゾートの街で、近年人気が高まっているところだそうだ。

海に面したサランダのホテルに入る。夕食はホテルのレストランでとった。

まず出たのがクリームスープ。メインは、「アリ・パシャのリゾット」という名物料理で、松の実が入ったビーフ味のリゾットである。アリ・パシャというのは、オスマンの時代に自治集団の領主として君臨した人で、アルバニア人にしてみれば気持ちのいい反オスマンの英雄であり、尊敬されているのだ。ミネラルウォーターにもアリ・パシャの名がついた銘柄があるくらいである。

ただし、アリ・パシャのリゾットはかなり濃厚な味で脂っぽかった。量も多く、とても全部は食べきれない。ビールはティラナという銘柄のものを飲んだ。ティラナはアルバニアの首都の名である。

三日目はサランダに近いブトリント半島にあるブトリント古代都市遺跡の観光をした。三世紀から十六世紀までの様々な時代の建造物の遺跡が見られるのは、この土地が重要な場所だったからだ。

遺跡見物のあと、サランダに戻り海に張り出したレストランで昼食。

魚のスープは様々な魚の味が濃厚で、ブイヤベースのスープのような感じでおいしかった。メインは一匹まるごとの魚の炭火焼きで、ちょっと鯉に似た感じだったが海の魚だそうだ。ポテトフライ添え。

で、午後は自由行動の時間で、海岸を散歩したり、アルバニア正教会でミサに参加したり、シナゴーグ、モスクなどを見たりした。

夕食は昨日と同じホテルのレストランで。野菜スープ、トマトスパゲティ、グリルチキン、ケーキというコース。

スパゲティがかなり柔らかかったので、妻がこう言った。

「サランダはアルバニアの中では南で、ギリシアに近いから、その影響でスパゲティが柔らかいのね」

スパゲティのゆで加減だけでそう決めつけるのが我が妻のこわいところである。でも、いい線をついているかもしれない。

四日目は美しい海岸沿いの道を走りブローラへ向かう。道路沿いには野の花が咲き乱れミツバチの巣箱がたくさんあり、道端に露店を出して蜂蜜やプロポリスを売っていた。アルバニアの道路にはトンネルというものがない。峠を越えるとなると道をどんどん登っていき、てっぺんまで達してまた下ってくるという行き方しかないのだ。そんな峠をいくつも越えた。だからアルバニアでは、それほどでもない距離を行くのにもたっぷりと時間がかかるのだ。そういうところに、バルカンの最貧国ということを感じてしまう。

ブローラに着く少し手前の街のリゾートホテルのレストランで昼食をとる。

まず白チーズのかかったサラダが出て、イカとエビのグリルが出された。これは新鮮で柔らかく、塩味もちょうどよくて絶品だった。メインはシーフードスパゲティで、ムール貝、アサリ、エビ、イカなどの魚介類がこれでもかというぐらい入っていて、イタリアのペスカトーレにそっくりだった。

北にだんだん上ってくると、アドリア海沿いのリゾート地ではシーフード類の料理がイタリア料理の影響を受けているようで、このレストランのスパゲティはアルデンテだった。

カフェではエスプレッソがよく飲まれているが、それもイタリア風である。

考えてみれば、西バルカンの海岸部はかつてヴェネツィア帝国の支配する土地だったのだし、第二次世界大戦の時には、アルバニアはムッソリーニのイタリアに侵攻され、支配されているのだ。イタリアの影響が大きいのは当然なのだ。

ただし、ヴェネツィアなどが支配したのは海岸に近い都市だけであり、アルバニア人は内陸部に逃げて自分たちの文化を守った。だからアルバニアの内陸部ではオスマン・トルコの影響が残っているのである。

なんてことを考えながら、午後はアポロニアの遺跡へ行った。エグナティア街道の拠点として栄えた遺跡だが、川の流れが変って捨てられたのだという。発掘はほとんど手付かずで、草に覆われた広大な遺跡だった。

その後、内陸に進んでベラットの街をめざす。夕方にようやくベラットに着き、ホテルに入り、ライトアップされたベラットを散策した。オスマン時代の街の景観がそのまま残っている街で、真ん中を流れる川の近くの斜面に家が建ち並んでいるので、千の窓を持つ街、と呼ばれているところだ。

ホテルのレストランで夕食。白チーズ入りサラダ、野菜スー

ベラット

プ、仔牛のグリル、スペという名前のプディング。
五日目の午前中はベラットの街を観光した。川の両岸にイスラム教徒の街とキリスト教徒の街があり、山の上に城塞があってその中にも街がある。雨が降っていて静かだった。

ベラットを見たあとは、ロングドライブをしてアドリア海に面した港町、ドゥラスへと進む。ドゥラスの近くまできたところで、レストランでランチ。アルバニア料理とイタリア料理の店だった。

メニューは野菜スープ、ピザ、ポークグリル、デザートはスイカだった。ピザは具だくさんで思いのほかおいしかった。

港町ドゥラスの観光をした。住宅街の中に埋もれたローマ劇場、街を囲む堅牢で分厚い城壁、鉄道駅、港などを見る。

夕食は海辺のレストランでとった。白チーズ入りサラダ、ブロッコリーとエビのペンネ、魚の蒸し煮と温野菜、フルーツ。地中海の魚介の料理はどれもおいしかった。港なのでイタリア料理に近いのである。

六日目の午前中はまず考古学博物館へ行く。豊穣の女神ガイアの像はすわっている下半身しかないのだが、豊かな感じで印象的だった。

その後、内陸のクルヤに向かう。クルヤはアルバニアの英雄スカンデルベグがオスマン・トルコと戦って勝ち取った土地だ。

クルヤに着いて、クルヤ城、スカンデルベグ博物館、ベクタシというイスラムの異端の神秘教の霊廟、ハマムの跡などを観光した。

城塞の中にはトルコ時代からあるバザールが見られ、雑多な店をひやかして歩いた。

城塞のすぐ外にあるレストランで昼食をとった。そこは様々な国からの観光客でほぼ満席だった。

野菜スープ、白チーズ入りサラダ、ケバブのポテトフライ添え、アイスクリーム。

ほら、内陸に来ると料理がトルコ料理っぽくなるのだ。

その日の午後は、首都ティラナをめざして進んだ。そして夕方に着く。ホテルは街の中心のスカンデルベグ広場に面していて、広場の周辺はオペラハウスや博物館など大きくて殺風景な建物が並んでおり、この国がかつて共産国だったことを思い出させる。広場は工事中で埃っぽかった。

ホテル周辺を散歩した。エザム・ベイ・モスク、時計塔、スカンデルベグの騎馬像、下町などをまわる。

夕食はイタリアンレストランだった。

七日目はティラナの市内観光。ティラナ駅、ラナ川、タバク橋、文化宮殿、大統領官邸、マザー・テレサ広場などを見た。

ジャの時代までの展示があった。

その後、国立歴史博物館へ行った。大きな博物館で、先史時代からエンヴェル・ホッジャの時代までの展示があった。

昼食は、当時ティラナで一番高い建物の最上階にあるアルバニア料理のレストランでとった。伝統的なアルバニア料理だとして出てくるものが、どれもトルコ料理風である。フォルゲスというトマトとパプリカとチーズを玉子でとじたものは、トルコのメネメンとそっくりだった。コフテというミートボールの揚げたものはキョフテみたいだし、チキンの煮込みもトルコのものと味が似ていた。

要するにアルバニアの料理は、トルコ料理から大きな影響を受けているのだ。そして、アドリア海に面する海岸地方は、イタリア料理の影響を受けている（南アルバニアはギリシア料理に似ているが、ギリシア料理がそもそもトルコ料理に似ているわけだ）。

南バルカンの三国は、料理の面ではトルコの影響を強く受けている、とまとめてもいいだろう。ちょっと素朴ではあるが、おいしいものも多々あった。

さてそれで、西バルカン周遊の旅をしている私たちはアルバニアを見終えて、次にモンテネグロへ進むのであるが、南バルカンをまとめたこの食日記では、ここでしめくくりとすることにしよう。

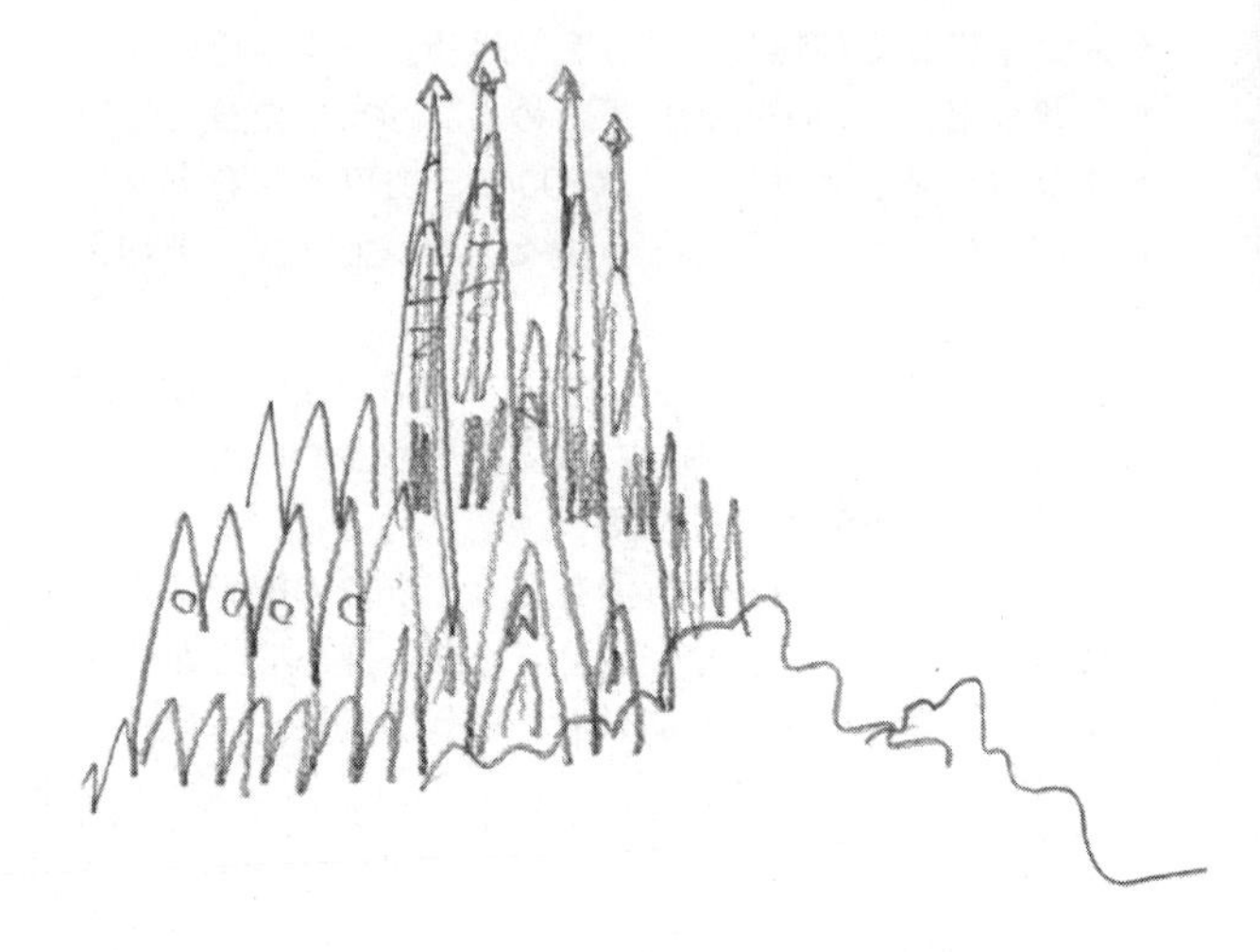

タコとマカロニのトマト煮

材料（２人分） 所要25分

タコの足 ４本
玉ネギ 1/2個
マカロニ １袋
オリーブオイル 大さじ２
ニンニク １片
トマトペースト 大さじ３
白ワイン 適量
塩、こしょう 適量
オレガノ 適量
イタリアンパセリ 適量
水 200cc

①ゆでダコの足４本ほどを直径1.5センチくらいにぶつ切りにする。
②玉ネギ1/2個分をみじん切りにしておく。
③鍋にオリーブオイル大さじ２を入れ、ニンニク１片を薄くスライスして加熱し、香りをつける。キツネ色になったら取り出して、②を入れて炒める。炒まったらそこに、トマトペースト大さじ３、水200cc、白ワインを少々入れ、塩は小さじ１、こしょう少々、オレガノ少々を加える。①を加え、弱火で15分煮る。
④頃合いを見はからって、小ぶりのマカロニをゆでる。別の鍋に水を入れ、湯が沸いたら塩をやや多めに入れよう。袋に書いてある分数だけゆでる。
⑤マカロニがゆであがったら湯を切り、タコの鍋のほうに入れてまぜ、１～２分なじませる。皿に盛って上からイタリアンパセリのみじん切りをかければ出来上がり。

Point

ギリシアの料理から、タコとマカロニのトマト煮を作ってみよう。本当はギリシアで一番うまかったのはギロピタなのだが、ギロス（ドネルケバブ）を家庭で作ることは不可能なので。スプーンで食べると、タコの歯ごたえとマカロニの食感がとてもおいしいのである。

アリ・パシャのリゾット

材料（２人分） 所要30分

松の実　大さじ２
玉ネギ　1/4個
米　150cc
サラダ油　大さじ１
バター　10ｇ
ビーフコンソメスープ　400cc
ローズマリー　適量
セージ　適量
パルミジャーノ・レッジャーノ　20ｇ

①松の実大さじたっぷり２を、フライパンで乾煎りして、香りがしてきたら火を止めておく。玉ネギ1/4個はみじん切りにしておく。
②別のフライパンで、サラダ油大さじ１と、バター１かけ（10ｇ）を熱して玉ネギのみじん切りを炒めたら、150ccの米を洗わずに入れて、ざっと火が通るまで炒める。
③缶詰などを利用して、薄めのビーフコンソメスープ400ccを用意しておく。
④②の鍋に③を1/3ずつ入れて弱火で煮ていく。この時、ローズマリーとセージをひとつまみずつ加える。
⑤煎ってある松の実を途中で入れ、ゆっくり煮つめていく。
⑥米が柔らかくなったリゾットに、パルミジャーノ・レッジャーノ20ｇ分をすりおろしてかけ、よくまぜる。

Point

ビーフの味が確かにして、チーズの風味と松の実の食感が面白く、自画自賛ではあるが、アルバニアで食べたものよりかなりおいしいものになっておりました。

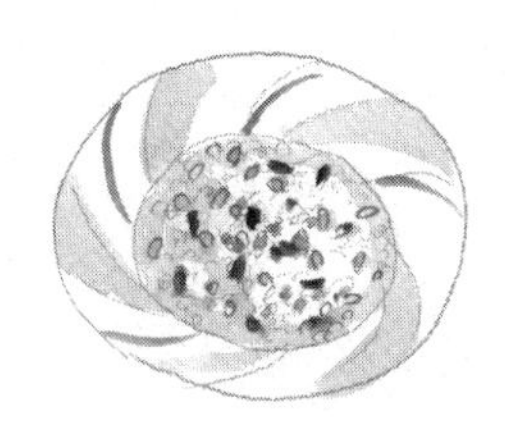

ショプスカ・サラダ

材料（２人分）　所要10分

キュウリ　１本
ピーマン　２個
玉ネギ　1/2個
トマト　１個
レタス　少々
塩　小さじ1/2
こしょう　適量
オリーブオイル　大さじ２
フェタチーズ　お好みで

①キュウリ１本、ピーマン２個、玉ネギ（あれば新玉ネギ）1/2個、トマト１個を、すべて１センチ四方の角切りにしておく。
②①をボウルに入れ、塩小さじ1/2、こしょうはガリガリと少量、オリーブオイル大さじ２をかけ、サラダサーバーで混ぜる。
③皿にレタスを敷いてのせ、仕上げにフェタチーズをチーズおろしでおろしてかける。

Point

マケドニアの料理。白くて柔らかいチーズが、高山の頂上に雪のように積もっている形になって出来上がりである。サラダサーバーでかきまわして食べるようにしよう。

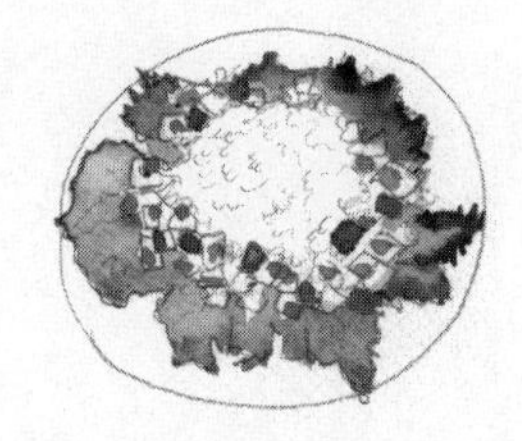

第九章

西バルカンの味は三方からのせめぎあい

ドゥブロヴニクの出店

1

　さて、前回の南バルカンの料理の章では、西バルカン周遊というツアーで行った国のうち、マケドニアと、アルバニアを南バルカンということにしてまとめた。それで、ここに西バルカンの料理を書くことになり、周遊の旅の三カ国目、モンテネグロから話を始める。二〇一〇年六月の旅だった。

　アルバニアを北上して、細い田舎道をたどり国境を越えてモンテネグロに入国した。黒い山、という意味の国名を持つ素朴な国である。しかし、私にはモンテネグロの料理について語る材料がない。この国では一泊しただけで、この国らしい料理を食べることはなかったのだ。

　少し内陸の、ツェティニェという、一九四六年まで首都だった高原の街を観光した。パステルカラーに塗られた旧大使館などが美しいゆったりとした街だったが、そこでは何も食べなかった。

　そして、ブドヴァというリゾートビーチと、城壁に囲まれた旧市街のある街に来て、そこでホテルに入った。旧市街のすぐ近くにあるホテルは比較的新しくて、豪華だった。そのホテルのレストランで夕食をとったのだが、品数も多い贅沢なビュッフェだった。

シーフードはイタリア料理風で、そのほかの料理もヨーロッパの名のある料理ばかり。だから、モンテネグロの料理を食べたとは言えないのだ。ついつい奮発して、四十八ユーロのイタリアワインを注文してしまったのも、料理が豪華だったせいだ。

そして、翌日の朝食もそのレストランだったのだが、今度はアメリカンスタイルで、シリアル、ヨーグルト、玉子料理やハム、チーズ、サラダなど充実した内容だった。またしてもモンテネグロらしさはなし。

というわけで、モンテネグロ料理について語ることができないのだが、国の歴史から考えて、アドリア海に面した海岸地方はかつてヴェネツィア王国に支配されていたこともあるからイタリア料理の影響を受けていて、山深い内陸部はオスマンが支配したこともあるから、トルコ料理の影響を受けているのだろうなと推測できる。

さて私たちはバスで出発し、三十分ほど走ってコトルに着いた。アドリア海に面して、複雑に入り組んだコトル湾というものがあり、その一番奥に隠れるようにあるのがコトルの街である。背後を険しい山でふさがれた三角形の街で、天然の要害の地だから、オスマンに支配されることがなかった。ヴェネツィアやハプスブルク家の支配を受け、貿易の拠点と

コトルの街並み

して栄えた街並みの美しいところだ。

城壁で守られた街の中へ入り、ゆったりと観光をした。聖トリフォン大聖堂は二つの四角いバロック様式の塔を持つロマネスク様式のカトリック教会だ。ほかに、聖ルカ教会と聖ニコラ教会も見物した。

三十分のフリータイムがあってぶらぶらと歩きまわったあと、バスで出発。コトル湾が深く入り組んでいるので、外海へ出るまでに時間がかかった。そしてアドリア海に出たら、北上して国境を越える。入ったのはクロアチアの飛び地だ。このツアーでは、クロアチアは訪れないのだが、唯一例外として、飛び地にあるドゥブロヴニクだけは半日観光をするのだ。そこが、「アドリア海の真珠」と呼ばれるほど美しく、人気のあるところだからである。

旧市街は海に突き出た半島状になっていて周囲をぐるりと城壁が囲んでいる。城壁の中にオレンジ色の屋根を持つ修道院や教会、そして民家がずらりと並んでいて思わず声がもれるほど美しい。

ピレ門から旧市街に入り、オノフリオの大噴水、フランシスコ会修道院、大聖堂、総督邸などを外から見て観光した。ルジャ広場というところに出店が十店ほどあり、そのひとつで手作りのオレンジピールを買った。これが夜毎の寝酒のつまみにぴったりのおいしさだった。

どこをどううろついても雰囲気のいい、奇跡のような街だった。

昼食を、アルセナルという、旧港に面した、元は船のドックだったレストランで、港を眺めながらとった。そしてこの時の食事が、一生忘れられないような大当たりだったのだ。

まずはアンチョビの入ったサラダが出た。日本に輸入されているアンチョビは、しょっぱすぎるものが多いが、ここのアンチョビは塩味がこなれていて魚の鮮度を感じさせる非常においしいものだった。

次にムール貝のトマト蒸しが出された。大きなバケツに山盛りに入ったものが二人前だという、豪気な料理だった。貝は新鮮でトマトの酸味がきいていてすこぶるうまい。日本で出されるムール貝のワイン蒸しとくらべると火がしっかりと入っていて、グニャリとした感じがなく、貝の奥ゆきを感じさせる味だった。

正直なところ、私は何度もムール貝を食べたことがあるが、今ひとつ好きではなかった。ところが、このドゥブロヴニクのムール貝で初めてそのうまさを知ったのだ。これならいくらでも食べられる、と思ったほどだ。

さわやかな風味の冷えた白ワインとムール貝の相性は抜群だった。ムール貝はアドリア海の湾などで盛んに養殖されているから、新鮮でおいしいものが手に入るのだろう。トマト蒸しにしてその酸味がほどよくきいているところが特にいいのだ。

ゆっくりと食事を楽しんでいたら、隣の席の客が帰ってテーブルが空いた。そして、そのテーブルの上には灰皿がのっていたのだ。

そこなら同行メンバーに迷惑をかけることもなかろうと、私は小皿にムール貝を四、五個盛って、ワインを持ってその席に移り、貝と白ワインとタバコを楽しんだ。至福のひとときでありました。

デザートが出てきたので、タバコは一本だけにして元の席に戻る。出たデザートは、アップル・ストルーデルという、極薄のパイ生地で煮たリンゴを包んで焼いたオーストリアのお菓子だった。私はデザートを無視して、まだチビチビとワインを飲んでいた。

この時のツアーで、クロアチアではこの一回食事をしただけである。だからまだクロアチア料理の感想は書けない。この次の年、私と妻はスロベニアとクロアチアの旅をするのだ。だからこの段階では、ただただドゥブロヴニクのムール貝は絶品だ、と思っているばかりであった。

2

ドゥブロヴニクの半日観光を楽しんだあとボスニア・ヘルツェゴビナに入国した。バスはネレトヴァ川に沿って北上し、やがてモスタルという街に着いた。着いたのが夕刻なので、まだ街の雰囲気はわからない。まずはホテルのレストランで夕食をとった。

この日は昼食のムール貝のトマト煮にいたく感動していたので、夕食に何を食べたのか記憶がない。妻のメモによれば、ビーフコンソメスープと、サラダと、グリルチキンが出て、デザートはチョコレートケーキだったそうだ。だが、さほどの特徴を持った料理ではなかったのだろう。

さて翌日になって、モスタルの市内を観光した。そしてまず、私は予想外のものを見てガツンとショックを受けたのである。それは何百もの銃弾の痕がある家々だった。一九九二年から九五年にかけて、ボスニア内戦というものがあったのだが、モスタルはその激戦地だったのである。このあたりには、セルビア人とクロアチア人とムスリム人（本当は民族名ではないが、スラブ系でイスラムの信者をこう呼ぶ）が交じって住んでいたのだ。それで平和にやってきたのに、ユーゴスラヴィアが分裂していく時に、独立するか否かで対立し、隣人同士が三つ巴（みどもえ）で戦うという内戦になったのだ。

モスタルで最大の見処はスタリ・モストという石造りの単一アーチの橋である。ところがその、他民族との仲をつなぐような意味あいの橋が、一九九三年十一月九日、クロアチア軍に砲撃されて壊されてしまった。

私が行った二〇一〇年は、内戦後十五年もたっているのだから、平和が取り戻されていた。スタリ・モストも二〇〇四年に再建されていて、歩いて渡ることができた。

だが、割に最近そういう暗い内戦があったところだというのを感じずにはいられなかった。人々はとりあえず陽気に生活していたが、まだ心のどこかに傷痕があるような感じであった。

私たちは、スタリ・モストのほかに、カラジョズ・ベゴヴァ・モスクという大きなモスクや、トルコ人の家などを観光した。そして旧市街の民家風のレストランで昼食をとった。

メニューは、白チーズのかかったショプスカ・サラダ。メインはムサカで、ポテト、羊の挽き肉、チーズが使われていた。デザートはフルーツパフェ。

「ショプスカ・サラダとかムサカとか、南バルカンに共通するわね」

と妻が言ったのでこう答えた。

「そう。つまりトルコとかアラブの影響があるわけだ」

昼食後はモスタルに別れを告げ首都サラエボに向かってドライブ。途中のヤブラニッツァ湖で休憩をとる。眺めのいい場所にレストランがあり、羊の姿焼きを何頭も焼いていた。

夕刻、サラエボに着き、陽があったのでスナイパー通りや、ラテン橋のあたりをうろつく。スナイパー通りというのはボスニア内戦の時にこの街はセルビア軍に包囲され、道を歩く民間人がセルビア人狙撃兵に狙い撃ちされたことからついた名だ。ここはそんな包囲を三年以上もされていた地獄のような街だったのだ。

ラテン橋のほうは、第一次世界大戦のきっかけとなった、オーストリア皇太子夫妻がセルビアの青年に殺された事件のあった橋である。今は平穏だが、歴史的苦難を味わってきた街なのだ。

ホテルのレストランで夕食。ほうれん草のパイ包み、サラダ、七面鳥のフリット、アップル・ストルーデル。この食事は、オーストリアの影響があってヨーロッパ的だった。だが、昼食を旧市街のレストランなどでとると大いにトルコ風の料理なのである。どっちの影響も受けているという、複雑なところなのだ。

翌日は、トンネル博物館、墓地になってしまったオリンピック・スタジアム、ラテン橋のたもとにあるサラエボ博物館などを見物した。トンネル博物館というのは、セルビア軍に街が包囲された時、ある民家の地下から空港までトンネルを作り、そこを通って人々が外国に脱出したり、物資を運び入れたという史実があり、そのトンネルの一部を公開しているところだ。オリンピック・スタジアムのほうは、一九八四年にサラエボで開かれた冬季オリンピックの会場跡地で、現在は紛争の時に亡くなった人の墓地になっていて、同じ古さの白い墓標が何千も集まっているのだ。これもつらい歴史を今に伝えているのである。

しかし、今のサラエボに楽しげで賑やかなところがないではない。ラテン橋のあたりから一本奥に入ったところにあるバシチャルシァは旧市街の中心で、職人街であり、土産物屋も立ち並ぶトルコ風な繁華街だ。モスクや旧キャラバンサライ、旧ハマムなどを見てぶらぶら歩いた。キャラバンサライやハマムは市場、カフェ、ホテル、土産物屋などに改装されていて、観光客だけでなく地元の人も買い物をしていて楽しいところだ。そして、あたり一帯にケバブの匂いがたちこめている。

その旧市街の中のケバブ屋で昼食をとった。店の前に焼き場があってケバブやエビなどを盛んに焼いている。

前菜はトルコ風のサラダ。メインはケバブチチといって、炭火の上に網をのせ、親指位にまとめた羊の挽き肉のケバブをころがしながら焼いたものである。薄くて平たいパンの上に刻んだ玉ネギといっしょにのせてある。パンで包んで食べるとスパイスの香りと炭火焼きの香ばしさが一体となってとてもおいしく、つい食べすぎてしまう。ビールにもよく合った。デザートもトルコ風のお菓子。

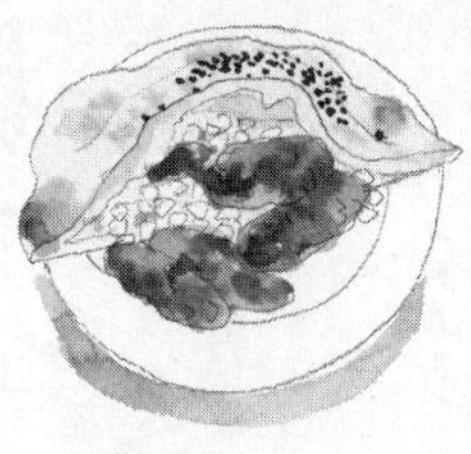
ケバブチチ

昼食のあとはサラエボをあとにして、セルビアをめざして進む。国境に近いヴィシェグラードの街で、メフメド・パシャ・ソコロヴィッチ橋を見物した。ミマール・スィナンの設計した十一のアーチからなる石のアーチ橋で、『ドリナの橋』という有名な小説の舞台にもなっている橋だそうだ。橋のたもとのカフェでチャイを飲んだ。海岸部ではよくエスプレッソが飲まれていたが、内陸部ではトルコ風のチャイが飲まれるのだ。

ボスニア・ヘルツェゴビナの料理の印象をまとめると、トルコ料理の影響を受けた南バルカン風のものが多かった、というところ。特に旧市街のレストランではその感じが顕著だった。そして私たちは国境を越えてセルビアに入る。

セルビアの山間部に入り、ズラティボールという避暑地の村に着き、山小屋風の家族経営みたいなホテルにチェックインした。

ホテルのレストランで夕食。サラダ、鱒のグリルのポテト添え、ケーキというコースだった。

翌日はモクラ・ゴーラという可愛い駅からシャルガン8(エイト)という観光列車に乗った。ビタシ駅まで行って折り返すのだが途中にも味わいある駅がいくつかあった。

モクラ・ゴーラまで戻ってきたところで、駅舎の中にあるアンティークな雰囲気のレストランで昼食をとった。ビーフスープ、サラダ、ポークソテーのブラウンソース、パクラヴァというトルコのお菓子を食べた。

午後はドゥルベングラードというエミール・クストリッツァ監督の映画村、シロゴイノ野外博物館の観光をした。六月だというのに小雨がパラついてものすごく寒く、妻は、

「凍え死にしそう」

と青い顔で泣きごとを言った。

ズラティボールに戻り、その中心の公園のそばのビアホールみたいな雰囲気のレストランで、民族音楽の演奏をききながら夕食をとった。

まずこの土地の名物という前菜盛り合わせが出る。様々なハムや川魚の燻製(くんせい)、チーズなどを盛り合わせた冷菜だ。セルビアは燻製の種類が多いのだそうで、冬の寒さに備えて様々な肉や魚を燻製にしておくのだとか。

サラダはチーズのかかったものだった。メインは肉の煮込みでムツカリツァというもの。豚肉の塊をトマトやパプリカで長時間煮込んだもので、濃厚な味だがおいしかった。もちろん赤ワインを頼む。

「パプリカを使って煮込んであるところが、ハンガリー料理のグヤーシュと似ているね」

と妻が言った。食日記に書く順番が前後してしまうのだが、ハンガリーへはもう行ったことがあったのだ。

ボスニア・ヘルツェゴビナにはイスラム教徒がかなりいるので豚肉料理はほとんど見なかったが、セルビアはセルビア正教徒が多く豚肉も食べるのだ。また、セルビア独立

シロゴイノ野外博物館

の英雄たちはオーストリアと商売をしていた豚商人たちである。そんなわけでオーストリアとのつながりが強く、それが料理にもあらわれているのだった。

さて、セルビアの山間部の避暑地は十分に堪能したのでそろそろ次の場所へ行きたい。翌日の午前中、国を横切るような長距離移動をして、ストゥデニツァ修道院というところへ行き見物した。

そのあと、またかなり移動してクラリエボという街のレストランで昼食をとった。野菜スープの後、サラダ、ポテトフライ、カリフラワーやブロッコリーなどの温野菜といっしょに羊の蒸し焼きが出された。羊の蒸し焼きはバルカン半島一帯のご馳走で、結婚式など人が多く集まる行事では必ず出される料理だそうだ。骨つきの大きな塊を食べながら青い唐辛子をかじる食べ方が一般的なんだとか。肉にはよく火が通っていて柔らかい。柔らかいのは若い羊を使っているからだろう。塩味がちょうどよく食べやすくておいしかった。デザートはマーマレードソースのクレープだった。

午後はオプレナッツというところで聖ジョルジェ教会を見て、あとは一路首都のベオグラードをめざす。夕刻にその都市に着いた。

夕食はドナウ川に浮かぶ水上レストランで。シーフードサラダ、イカのリゾット、カワマスのクリームソースかけ、ケーキ。

翌日の午前中はベオグラードの市内観光で、カレメグダン公園、セルビア正教大聖堂、チトーの墓などを見物した。

スカダルニア地区というトルコ風の雰囲気の残る地域のレストランで昼食にした。セルビア風のハムや燻製などの冷製前菜、サラダ、バーベキュー、ケーキというコースだった。

午後はドナウ川を渡って広々とした穀倉地帯を走り、ナイーブアート（素朴派絵画）で有名なコバチッツァ村に行った。

ホテルに戻り、休憩の後、夕食。

生ハム、モッツァレラチーズなどの盛り合わせ前菜、サラダ、仔牛のソテー、オペラケーキ。

セルビアの料理はトルコ料理の影響を受けた南バルカン風のものもあるが、オーストリアやハンガリーの影響を受けた料理もあると感じた。トルコで焼肉料理というと下味をつけた肉を炭火で焼くケバブが一般的だが、セルビアではソテーした肉にソースがかかっているものも出される。煮込み系の料理も、トルコでは軽い感じのものが多いが、セルビアではどっしりした味のシチュー的なものがある。料理がヨーロッパ的になっている感じだ。オーストリア、ハンガリー、セルビア三重帝国という構想を持った人々もいたりしたわけだから、そちらの地方に近いという感覚もあったのだろう。そういうことも料理に影響を与えるのかもしれない。

セルビアの観光を終えて、この年の西バルカンの旅は終った。

3

旧ユーゴスラヴィアの国のうち、まだスロベニアとクロアチアを見ていない（クロアチアの飛び地のドゥブロヴニクだけは見たが）。

そこで翌二〇一一年にその二国をまわる旅行をした。まず二国の中では北にあるスロベニアに入った。

イタリアのトリエステで一泊して、そこからスロベニアに入るというコースであった。

そしてまず、ポストイナ鍾乳洞を観光した。ヨーロッパで最大の鍾乳洞だそうで、中をトロッコ電車で突っ走る。なかなか面白かった。

そのあと、鍾乳洞の入口にあるドイツ風の建物の二階にあるレストランで昼食をとった。

その内容は、野菜スープ、ポークソテーの温野菜添え、サラダ、アップルパイであった。

その日の午後は首都のリブリャーナに着いてその市内観光をした。リュブリャーナ城からは街が一望できた。ほかに、市庁舎、大聖堂、三本橋などを見物。三本橋は街の中心で、日曜日なのでくつろいだ人で賑わっていて、観光客ものんびりしている。アールヌーボー様式の建物が多い可愛い街だった。

橋のたもとのアイスクリーム屋でチョコレートとピスタチオのアイスクリームを買い、歩きながら食べた。こういう時、チョコレートなんていう知ってる味のものしか食べないのが男であり、私がそれを食べた。

リュブリャーナの観光を終え、バスで北西へ進んでブレッド湖近くの森の中のホテルに着いた。夕食はホテルのレストランでビュッフェであった。並んでいる料理をチェックしてみると、この国独特のソーセージやローストポーク、オーストリア風のカツレツ、ハンガリー風のシチューなど、この地方でよく食べられるものが多かった。

その翌日はブレッド湖の観光。まずは高台にあるブレッド城へ行った。ブレッド湖がまさに絵葉書のように見えた。

お城では、ここで作られているワインを買ってみた。スロベニアはカルスト地形の土地が多く、ワイン用のブドウの生産に適しているのだそうだ。

手漕ぎボートで湖の中にある小島へ行く。スロベニア唯一の島なのだときく。スロベニアにはほんの少しだが海岸線もあるのに、海には島はないということらしい。島の頂上に教会があるだけの小さな島だった。

湖畔に戻り湖に沿った道を散策した。チトーの別荘だった建物もあった。

スーパーに寄り、ワインのつまみ用にチーズとトマトを買う。

再びバスに乗り、近郊にあるラドヴィリッツァという小さな村へ行き、レストランで昼食をとった。

野菜スープ、サラダ、ブレッド湖の鱒のグリル、グラマータというこの店オリジナルのチョコレートケーキを食べた。

スロベニアの料理にトルコ料理の影響はまったく見られず、オーストリア料理、ドイツ料理、ハンガリー料理などの影響が見られた。コーヒーにしても、エスプレッソよりウインナーコーヒーを飲むそうだ。

午後は国境を越えてクロアチアの首都ザグレブへ。

ザグレブのホテルに入り、そのレストランで夕食をとった。マッシュルームスープ、サラダ、メインはザグレブ風ポークシュニッツェルで、肉の中にハムとチーズが入っていた。デザートはケーキ。

その翌日、まずミロゴイ墓地へ行く。その後ザグレブ市内を徒歩で観光。大聖堂、聖ジョージ像、石の門、聖マルコ教会、イエラチッチ広場などを見物した。イェラチッチ広場で自由時間になったので、広場の周辺の市場をのぞいて歩いた。雑貨市場、青果市場、魚市場、花市場、洋服の市場、カフェ、ケバブ屋、レストランなど様々な店がこの広場の周りに集まっている。

歩きまわって少し疲れたので、パラソルを出しているカフェでビールを飲んで休んだ。その後、大聖堂のところで再び集合して昼食をとるレストランへ行った。そこで食べたものは、コンソメスープ、チキンのカツレツ、フルーツ。

午後はザグレブをあとにして、ラストケ村という七人の小人が住んでいそうな可愛い村に寄って、プリトヴィッツェ湖群国立公園に到着。公園に隣接した森の中のホテルに宿泊するのだ。

クロアチアはくの字に折れ曲がったような国だが、その曲がり角のあたりにプリトヴィッツェはある。大小十六の湖の間を九十二の滝が流れ落ちていて周辺は豊かな森だ。このあたりはクロアチア紛争の時の戦場で、ひどい被害に見舞われ、公園も荒れはててしまったのだが、今はきれいに修復されているのだ。

夕食はホテルのレストランでとった。マッシュルームスープ、サラダ、七面鳥のグリル、フルーツケーキというコースだった。マッシュルームスープはこの国の定番スープなのだそうだ。

翌日、丸一日プリトヴィッツェ湖群国立公園内を徒歩で観光した。午前中は上流の部分を歩く。石灰棚でせき止められた大小の湖が点在していて、その間をきれいな流れが結んでいる。無数の滝もある。珍しい植物や動物や昆虫なども見られた。

昼食のために、一度公園の外に出て電気自動車に乗り、店の中央に大きな炉を設えた山小屋風のレストランに行った。食べたものは、ハムやチーズの冷菜、サラダ。メインは鱒のグリルで、中央の炉で焼かれたものだった。デザートはチーズケーキ。

午後は下流の部分へ行く。最も大きい滝や大きい湖の間を歩いて、電気ボートに乗ってホテルに戻る。

たっぷり一日プリトヴィツェを観光したので、翌日はダルマチア地方へ移動した。くの字の下の辺にあたるところで、アドリア海に面した海岸地方である。気候が陽性で、人々も陽気で明るいのだとか。確かにこの日も、内陸部は霧が出て雨模様だったが、最後のトンネルを抜けて海岸部に出ると青空が広がっていたのである。

最初に観光した街はザダル。旧市街は昔は島だったが今は半島になっている。イリュリア人時代、ローマ時代から様々な帝国に支配され二千年の歴史を持っている。ついでに言っておくとダルマチアの海に面した街はすべて一時期ヴェネツィア帝国に支配されていたのである。

聖ドナト教会、フォーラム、聖マリア教会と見て歩き、聖ストシャ大聖堂では鐘楼に登って街の全景を見下ろした。イタリアっぽい街並みだった。そのあとメインストリートのシロカ通りを歩いて市場へ。

その中の一軒の店で、瓶入りのアンチョビを見つけた。酢漬けと塩漬けがあったが塩漬けのほうを買った。日本へ持ち帰って食べたところ、とてもおいしくて驚いた。うちではムニエルのソースや、アクアパッツァの味つけなどに使い、大活躍をしたのだ。半年くらいはあった。

街のレストランで昼食をとる。

前菜に先ほどの酢漬けのアンチョビが出た。酸っぱすぎずおいしく食べられた。ほかに、サラダ、メインはマグロのグリル、デザートはチョコレートケーキだった。

次の街はシベニク。ここでの最大の見処は街のシンボルでもある聖ヤコブ大聖堂だ。ゴシック様式とルネッサンス様式が見事に融合した大聖堂で、特に注目すべきは、教会の東側に施されている七十一人もの人間の頭部の彫刻である。建築当時のシベニク市民の有力者をモデルにしているそうで、ひとつとして同じ顔のものはない。とても珍しく、見て面白いものだった。

次の街はトロギール。この街の旧市街は小さな島で、橋を渡って街に入る。街の入口の門の上には聖人イヴァン・ウルシーニの像がある。広場に面して聖ロブロ大聖堂、市庁舎、ロッジアがあり島の反対側には海への門があった。

自由時間に、島の中の可愛い小道を妻と散策した。

その日の夕刻、スプリット近郊のホテルに入る。そして、ホテルのレストランでビュッフェの夕食。

さてその翌日、スプリットの旧市街の観光をした。そこは、とても不思議な世界であった。古代ローマ皇帝のディオクレティアヌスはスプリット近郊の出身の人であった。それで、老後に退位してから、スプリットに宮殿を建て、そこに住んだのだ。高い城壁に囲まれた四角い敷地の中に、宮殿部分、神殿、皇帝の住居部分、兵士の住んだ部分などがあった。

そして時が過ぎ、七世紀になった。その頃スプリットに近いサロナという街が南スラブ人に侵略され、略奪されたのだ。サロナの住人は難民となって逃げた。そして、スプリットのディオクレティアヌスの宮殿に目をつけたのだ。皇帝が死んでから時を経ており、そこは廃墟（はいきょ）となっていた。

だから、西側の城壁を壊して中に入り、その石材で中に家を建て、街を造ったのだ。宮殿の中が難民キャンプのようになったということであり、古代と中世が同居するような状況になった。

今観光しても、その中には古代ローマの神殿があるかと思えば、人々の住む道の狭いアパート群があったりして、とても奇妙な味わいである。街の中は迷路のようで歩いていて飽きない。宮殿の外側には東側に青果や花の市場、西側には魚市場があった。

たっぷりと旧市街を観光してから、旧市街近くのレストランで昼食をとった。魚のスープ、サラダ、シーフードリゾット、アイスクリームであった。

午後は長いバス移動をした。途中、七つの湖のあるバチナ湖やネレトヴァ・デルタを見る。そしてネウムという街のカフェ兼スーパーマーケットに立ち寄った。このネウムは、クロアチアの飛び地をめざして国境を越えていて、ボスニア・ヘルツェゴビナの街である。

マーケットでワインと、インスタントのスープの素を買った。顆粒(かりゅう)状の野菜コンソメでポトフなどを作る時に使うと、ニンニクの香りがきいていてとてもおいしくなった。

クロアチアの飛び地に入り、ストンに到着した。古い塩田と、それを守るための城壁に囲まれた小さな街である。

すぐ近くに小ストンという村があり、そこのシーフードレストランで夕食をとった。前菜は牡蠣(かき)のスープと焼き牡蠣。メインはデビルフィッシュのグリルと言っていたが白身魚のグリル。デザートはイチゴだった。

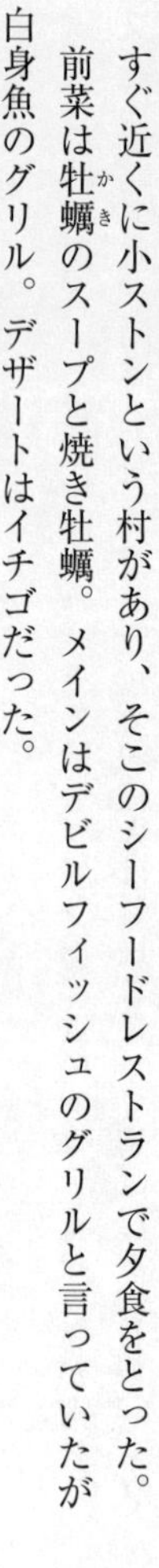

牡蠣はこのあたりで養殖をしているアウトクトン・オイスターという種類で、二年物を食べるのだそうだ。日本のものよりは小粒で痩せていて味もあまり濃くなく、ちょっと残念だった。

この店で、ストンの塩田で古代からのやり方で作られている塩を買うことができた。

ストンの塩

これは煮物に使うと非常においしい塩だった。

さて夕刻、ドゥブロヴニクのホテルに到着した。しかしそのホテルは大きな半島の反対側にあるので、あの有名な旧市街（一年前に半日観光をした）はまったく見えない。で、次の日はその旧市街を見るのかと思いきや、じらすようにコルチュラ島の観光をするのだった。ペリェシャッツ半島から小舟で島に渡る。コルチュラ島の旧市街は非常に狭く、十分で一周できてしまった。イコン博物館、聖マルコ大聖堂、マルコ・ポーロの生家と言われている家などを観光した。

旧市街を自由に散策しているとしゃれたワイン屋があったので寝酒のために一本買った。

海際にあるレストランで昼食。ムール貝のワイン蒸し、サラダ、マグロのステーキ、アイスクリームであった。

ドゥブロヴニクに戻る。この日の夕食は外のレストランでとった。シーフードスパゲティ、ロブスターのグリル、アイスクリームであったが、ロブスターは巨大で大味だった。

そしてその翌日、ようやくドゥブロヴニクの旧市街を観光した。街を囲む城壁の上を歩いて一周し、去年は外から見ただけの大聖堂や修道院、旧総督邸などを中に入って見物した。去年オレンジピールを買ったところに同じ店が出ていたので今年は三袋も買ってしまった。

旧市街全体が眺められる対岸のレストランで昼食をとることになり、私はこう言った。

「去年と同じレストランかと期待していたから、ちょっと残念だな。あのムール貝のトマト蒸しはおいしかったのに」

すると妻はこう言った。

「同じ会社のツアーだけど、去年とは現地ガイドが違うじゃない。レストランは現地ガイドの勧めるところになるのよ」

なるほど、と納得した。

昼食は、ムール貝の白ワイン蒸し、イカのグリル、ダルマチア名物だというちょっと硬めのプディングだった。イカのグリルが柔らかくておいしかった。

午後は旧市街の背後のスルジ山へロープウエイで登ったりして、景観を大いに楽しんだ。

クロアチアの料理を振り返ってみると、ザグレブではオーストリア料理やハンガリー料理の影響を感じた。しかし首都だけあってケバブ屋もけっこうあった。ダルマチア地方に来るとイタリア料理の影響があるというのだが、メイン料理はグリルしただけというようなシンプルなシーフード料理が多い。前菜にはシーフードのリゾットやパスタ、スープなどもあったが、あまり手のかかる料理ではない。魚介類が新鮮だからであろう。

クロアチアでは、ワインも豊かでいろいろと楽しめた。

西バルカン全体のことをまとめれば、その北部の国ではオーストリア、ハンガリー、ドイツなどの影響を受けていて、南部はギリシア風だったりトルコ風だったりする。そしてアドリア海に面する地方ではイタリア料理によく似たものが出る。その三方向からの影響がモザイクのように入り混じっているのだった。

ドゥブロヴニクをゆったりと観光して、この旅は終了となった。

ムール貝のトマト蒸し

材料（２人分） 所要30分

ムール貝　12〜14個
トマト　１個
オリーブオイル　大さじ１
ニンニク　1/2片
白ワイン　大さじ２
塩　小さじ1/2
こしょう　適量

①貝を掃除する前に、塩水にしばらくつけておく。貝殻の外に髭のような足糸が出ているが、下処理の段階で引き抜いておく。足糸をとったら、たわしでごしごしと洗う。
②トマト１個の皮を湯むきして種をとり、サイコロ状に切っておく。
③中華鍋にオリーブオイル大さじ１を入れ、熱する。そこへ、ニンニク1/2片のみじん切りを入れ、12〜14個のムール貝もドカッと入れて、ちょっと熱する。
④③に白ワイン大さじ２とトマトを入れる。塩小さじ1/2、こしょう少々を加え、ふたをして中火でしばし加熱する。
⑤貝が全部開いたら、ふたをとって３分ほど煮つめる。ほどよく水分がとんだら出来上がり。

Point

まず、ムール貝の下処理がなかなか面倒だ。足糸は貝の尖ったほう（貝の合わせ目の付け根）のほうに引っぱると切れてしまうのでよくない。尖ったほうを上にして、ペティナイフなどで足糸をおさえこんで、下に引っぱるときれいに取れる。引っぱる時、２枚の貝殻を少しずらすようにするのがコツだ。

その面倒なことを誰に教わったのかというと、インターネットでムール貝の下処理という情報を見つけて、それに従ったのだ。思いがけない知識を簡単に得られる時代になったものだ。白ワインとよく合う料理である。

ムツカリツァ

材料（2人分） 所要30分

角切り豚肉　300ｇ
玉ネギ　1/2個
トマトの缶詰　200cc
ジャガイモ　3個
リンゴ　1/4個
サラダ油　大さじ1
バター　10ｇ
ニンニク　1片
白ワイン　50cc
パプリカパウダー　大さじ1
塩、こしょう　適量
イタリアンパセリ　適量

①カレー、シチュー用の角切り豚肉300ｇに塩、こしょうをしておき、リンゴ1/4個をすりおろしておく。
②圧力鍋にサラダ油大さじ1と、バター1かけ（10ｇ）を入れ、ニンニク1片を数枚にスライスして入れ香りをつける。玉ネギ1/2個分のみじん切りを入れて炒める。
③豚肉を鍋に入れて色が変わるまで炒める。
④白ワイン50cc、トマトのザク切り缶詰を200cc、パプリカパウダー大さじ1、すりおろしたリンゴを加える。塩小さじ1/2、こしょうは適宜ガリガリと挽いて、圧力鍋のふたを閉じて10分ほど加熱する。
⑤ジャガイモ3個の皮をむき、4つ割りにする。ゆでて、竹串がささるようになったらざるにとる。もう一度鍋に戻し、ガスの火の上で鍋をゆさぶって、乾煎りして水気を飛ばす。大皿の端にジャガイモを盛り、イタリアンパセリのみじん切りをパラパラとかけておく。
⑥圧力鍋の煮詰まったものを、ジャガイモの横に主役のように盛り付ければ出来上がり。

Point

パプリカの味がよくきいていて、豚肉は柔らかくなっているはずである。この料理はセルビアの田舎料理という味わいであった。ハンガリー料理にも近いかもしれない。

ケバブチチ

材料（２人分）　所要２時間

ナン用ミックス粉　120ｇ
牛挽き肉　220ｇ
玉ネギ　１個
イタリアンパセリ　大さじ１
ニンニク　1/2片
パプリカパウダー　小さじ1/2
小麦粉　小さじ１
塩　小さじ1/2
こしょう　適量
白ワイン　大さじ１
サラダ油　適量

①ボウルに、ナン用ミックス粉120ｇを入れ、水60ccを加えて菜箸で軽くまぜ、それから手でよくまぜ、力を加えてこねて丸い団子状にする。
②生地が耳たぶくらいの柔らかさになったら球状にまとめて、ラップをかけて室温で１時間寝かせる。寝かせたものを半分に切り、麵棒で厚さ４ミリ、直径15センチほどに薄くのばす。
③フライパンに油はひかず、中火で２分ほど熱し、そこへナンの生地をいれ、ふたをして２分焼く。裏返して再度ふたをして、弱火で１分焼く。すると、ほどよく焦げ目のついたナンというか、ピタパンのようなものが完成だ。
④ボウルに、玉ネギ1/2個分をすりおろす。そこへ、イタリアンパセリのみじん切り大さじ１と、ニンニク1/2片のみじん切りを加える。
⑤ボウルに牛挽き肉220ｇと、パプリカパウダー小さじ1/2、つなぎの小麦粉を小さじ１、塩小さじ1/2、こし

ょうは適宜ガリガリ挽いて入れ、白ワイン大さじ１を加えて、手でよくねる。

⑥⑤を親指大のソーセージの形にまとめる。油をひいたフライパンで、３分ほどころがすようにして焼けば完成。

⑦玉ネギ半個を粗みじんに切って、ケバブチチの脇に飾り、ナンを上からかぶせて出来上がり。

Point

ボスニア・ヘルツェゴビナの料理で、トルコ風のソーセージ大のハンバーグといった感じのものだ。ナンで包むようにして食べるととてもおいしいのである。

第十章

東バルカンの国々は素朴な料理

シギショアラのドラキュラ亭

1

東バルカンの国と言えばルーマニアとブルガリアなのだが、ルーマニアの西にあるハンガリーの旅についてもここにまとめる。ハンガリーは一時期ルーマニア中部から北西部にかけてのトランシルバニアや、クロアチアまでを領土としていたことがあり、関係が深いからだ。

ハンガリーを周遊したのは二〇〇八年八月のことだった。オーストリアのウイーンを経由して陸路でハンガリーに入った。一日目はオーストリアとの国境に近いショプロンという街まで行き、ホテルに入る。

最初の夕食はホテルのレストランで。ショプロン産の赤ワインを飲んでみたところ、なかなかおいしかった。ハンガリーは土地ごとにワイン用のブドウがあり、ワインの種類が多くて、おいしいのだそうだ。

二日目にショプロンの市内観光をした。火の見の塔、山羊の教会などを見物。その後少し郊外へ行き、フェルトゥーラーコシュという小さな街で、ヨーロッパ・ピクニック計画記念公園を見た。一九八九年のことだが、共産圏だが比較的自由化が進んでいたハンガリーに、東ドイツの人がピクニックと称して集まり、国境を越えてオーストリアに入ってそこから西ドイツへ千人もが脱出した事件があったのだ。つまり東西ドイツ統合のきっかけであり、東欧の自由化のきっかけにもなった事件だ。記念のモニュメントなどがあるだけだが、歴史上に重要なところだった。

また、近くにローマ時代からの採石場があってそこも見物した。

次に、フェルトゥードへ行きエステルハージ宮殿をゆったり見物した。ハンガリー最大の宮殿で、マリア・テレジアも招待されたことのあるところだそうだ。

宮殿の見物の後、近くのレストランで昼食をとった。スズキのクリームソースの温野菜添えとサラダ。デザートはフルーツサラダ。

海のない国ハンガリーでスズキとは、と思っていると、妻がこう言った。

「これはスズキじゃなくてブラックバスじゃないかしら」

魚は切り身で料理されているから姿はわからない。

「調べたことがあって、ブラックバスはちょっと皮に臭みがあると書いてあったの」

確かに臭みがあった。妻の言う通りかもしれない。このスズキの料理はハンガリーで何度も出たのである。

午後はパンノンハルマまで移動してパンノンハルマ修道院を見た。小高い丘の上にあるとても大きな修道院で

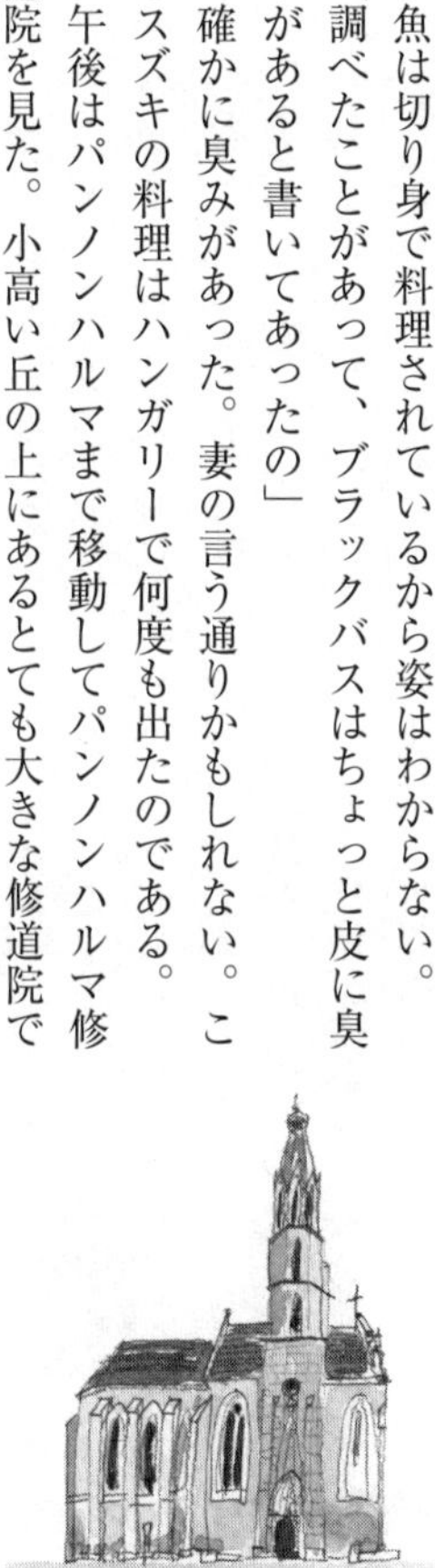
ショプロンの教会

ある。三十万冊以上の蔵書を持つという古文書館に圧倒される。お土産の売店には修道士たちが作ったワインが売られていた。共産党時代は生産ストップしていたが、民主化後また作られるようになったのだとか。

その後ジュールのホテルに入り、旧市街の散歩。古い教会では結婚式をやっていた。ハンガリーでは夏が結婚のシーズンなのだそうだ。

三日目はヘレンドへ行く。一八二六年創業の世界的な磁器ブランド、ヘレンドの本社だ。本社のほかに、ミニ工場、博物館、ショップ、レストランとカフェがあり、観光客の訪れるところとなっている。職人たちが華麗な磁器を作っているところも見物できる。磁器は高級でかなり高い。

ヘレンド内にあるレストランでヘレンドの食器を使ったランチをとった。オードブルは野菜のパイ包み。メインはポークステーキのブラウンソースに野菜が添えてある美しいお皿。デザートはカッテージチーズの入ったパンケーキだった。一流レストランの味で、どれもおいしかった。

食後はショップでお買い物タイム。だが、繊細で優美な磁器はちょっと旅行中に買える値段ではない。バラトン湖岸の畑でとれたというブドウの白ワインを一本買った。このワインをその夜ホテルで飲んだら大当たりの味だった。

パンノンハルマ修道院のワイン

次に私たちはヘーヴィーズへ移動した。そこに私が生まれて初めて体験する面白いものがあるのだ。それは温泉湖である。湖というよりは、公園にある大きい池という感じだが、それが巨大な露天風呂のようなものなのだ。

その温泉湖から徒歩十分ぐらいのところにあるホテルにチェックイン後、温泉湖に入りに行く。入場料を払って、水着に着替えて、浮き輪を借りて入るのだ。水温は三十五度でちょっとぬるかった。あちこちに睡蓮（すいれん）が咲いていてとてもきれいだ。最大水深は三十六・六メートルもあるのだそうで、浮き輪につかまっていてもなんだか心もとない。深いので恐いのだが、温泉湖は話のタネにはなるであろう。

温泉湖につかっているだけでも疲れるので早々に切り上げて、周囲の遊歩道をぶらついた。土産物屋や水着などを売っている店やコンビニなどがある。観光客がとても多かった。

夕食はホテルのレストランでとった。スープがあって、メインはバラトン湖のスズキだというのだが、昨日の昼食で食べたブラックバス（？）らしきものだ。野菜の入ったソースとジャガイモが添えられていた。デザートはアイスクリーム。

四日目はバラトン湖をフェリーで渡り（十分で渡れる）、ロングドライブをしてペーチというハンガリー第五の都市へ行く。途中、元シャンパンセラーだったという、雰囲気のよいレストランで昼食。

サラダと、七面鳥のグリルの野菜添え、デザートはアイスクリームとフルーツのサンデーであった。

七面鳥もハンガリーでよく出される食材だが、パサパサしていてあまりおいしくないものが多かった。私はホロホロ鳥だとおいしく食べるが、七面鳥だとがっかりする。

午後はペーチに着いて市内観光をした。大聖堂、セーチェニ広場、旧ガーズィ・カッシム・パシャ・モスク（現在はカトリック教会として使っている）、シナゴーグ、ジョルナイ（ハンガリーの名窯のタイル）の噴水などを見た。

その後、自由行動になったのだが、この日はとても暑く、歩き回れる気温ではなかったので、旧市街の小さな広場に面した風通しのよいカフェでビールを注文し、まったりした時間を過ごした。

夕方ホテルに戻ってから、すぐ近くのヤコヴァーリ・ハッサーン・モスクを見に出かける。十六世紀から十七世紀にかけてここは百五十年ほどオスマン帝国に支配されていたのでモスクがあるわけだ。帰りにスーパーに寄り、このあたりの赤ワインを買う。やや辛口の芳醇（ほうじゅん）なワインでおいしかった。

夕食はホテルのレストランで。オードブルは牛タンのサラダ、メインはポークソテーにトマトソースで、ジャガイモが添えてあった。デザートはチョコレートケーキ。

五日目はペーチの初期キリスト教の礼拝堂跡を見物した後、ペーチをあとにしてモハーチの古戦場跡の記念公園に行く。オスマン・トルコ軍にハンガリー軍が大敗を喫し、オスマンがハンガリーに侵出する契機となった戦場跡である。

昼食は、レバーを使ったミートボールのスープ、ロールキャベツ、デザートはドーナツであった。

午後はカロチャの民芸の家へ行った。古い民家が何軒か移築されており、古い井戸もある。民家の中は民族刺繍（ししゅう）がたくさん飾られていて、買うこともできる。また、カロチャ周辺はパプリカの産地で、ここでも様々なパプリカを売っていた。私たちは三種類セットのパプリカパウダーを買ったが、これはその後ハンガリー風料理を作るのに使い、長い間重宝した。

ケチケメートの街に到着した。街の中心部にある公園と美しい街並みを散策。

ホテルに入る。夕食はホテルのレストランで。

六日目はケチケメートからバスで三時間かけてホルトバージ国立公園のビジター・センターに着く。馬車に乗り換え公園内を一周した。牛や豚や馬など様々な家畜が飼われている広々とした草原だ。この草原が世界文化遺産に登録されていることにちょっと驚く。

カロチャ民芸の家

馬術ショーを見物した。立って馬に乗ったり、馬を寝かせたり、様々な芸を見せてくれる。中央アジアの草原からやってきたマジャール人（ハンガリーの正式な国名はマジャールである）の技術である。

昼食を生演奏つきのレストランでとった。メニューはグヤーシュスープ、メインは鶏胸肉のソテーで温野菜とライス添え、デザートはアップルパイのバニラソースがけ。

グヤーシュはハンガリーの名物料理だが、スープタイプとシチュータイプがある。肉と玉ネギ、ジャガイモなどの野菜を煮込みパプリカパウダーで味つけしたもので、水分が多いとスープになり、少ないとシチューのようなものになる。地方によって、またレストランや家庭によってそれぞれ違う味を出しているのだそうだ。

また、ハンガリーでは豚肉がよく食べられ、食用油もラードを使うことが多い。デザートのパイなどでもラードを使うのだが、高温で調理されるからカラッとしていて香ばしいものが多かった。

さてその日の午後、ワインで名高いトカイへ行った。ワイナリーがたくさんありその中のひとつを訪ねる。このワイナリーでは六種類のワインを作っていて最も有名な貴腐ブドウから作るワインが一番上等だ。その他にも貴腐の二番搾りのワインや、普通の白ワインに貴腐ワインを混ぜたものなども作られている。

私たちは貴腐ワインを一本と普通の白ワインを一本買った。貴腐ワインは思ったほど濃厚ではなく甘味もさわやかだった。白ワインはさっぱりしていて飲みやすかった。トカイを出て、リラフレドという避暑地にある城館ホテルに着いた。そこは城館のスタイルだがそんなに古い建物ではなく、一九二〇年代に労働者の宮殿として建てられたものだ。建物はなかなか豪華で、多分共産党時代に共産党の偉い人や共産党に功績のあった人などがご褒美として泊めてもらえたのではないだろうかと推測できた。

夕食はそのホテルの立派なレストランで豪華ビュッフェだった。たくさんの美しい料理が並んでいたが、中でも特においしかったのはロールキャベツとチキンのパプリカ煮だった。

ロールキャベツは私が皿に取ってきたもので、一口食べてあまりのうまさに目を白黒させていたら、妻が一口ちょうだい、と言った。切って半分あげると、食べて感嘆した。

そのロールキャベツはザワークラウト（フランス語で言えばシュークルート。酢漬けのキャベツだ）で巻いて煮込んであって、キャベツの酸味とパプリカパウダーの味がマッチして、しかもキャベツはとても柔らかくて大変おいしかった。ハンガリーで食べたもののうちでピカ一であった。

また、妻が取ってきたチキンのパプリカ煮を半分もらって食

トカイのワイナリー

べたところ、これもおいしかった。トマトとパプリカパウダーとサワークリームの味が一体となって、よく煮込んだチキンが素晴しかった。ビュッフェ形式でうまいものにめぐりあうことはとても珍しい体験だった。

七日目はまずアグテレクの洞窟の見物。入口とは別の出口から出ると、すぐ目の前はスロヴァキアだった。

次にホローケー村に行く。ここはパローツ人という人々が住む小さな村だが世界遺産だ。村人は独特の民族衣装を着ている。しかしほとんどが老人である。

とりあえず民家の庭先に作られたという感じのレストランで昼食をとった。メニューはパローツ風スープという少し酸っぱい緑豆のスープ。メインはパローツ風ポークのポテトフライ添え。ソテーした豚肉に、肉から出た脂を調味したソースがかかっていた。デザートはパラチンタというハンガリー風クレープのチョコレートソース。どれも田舎料理という感じで素朴な味だった。

昼食後は村の中を散策。木造の小さな教会が分かれ道の角に建っている。白い壁に黒い屋根の可愛い家が並んでいた。パローツ様式というのだそうだ。

その後はブダペストまで走る。

夕食はドナウ川ディナー・クルーズ。まずはウェルカムシャンパンから。

メニューは香味野菜が浮き身のコンソメスープ、メインはブダペスト風ポークで、グリーンピースの入ったソースがかかっていてライスと野菜が添えられている。デザートは二種類のパイのシナモンソースがけ。赤と白のワインを飲んだ。

食事よりも、ドナウ川沿いのライトアップされた王宮の丘、国会議事堂、鎖橋などの夜景が素晴しかった。

八日目はブダペストの市内観光をした。午前中はペスト側の国会議事堂、英雄広場などを見る。

昼食は市内のドイツ風ビアホールにて。サラダ、魚のフライにソテーしたジャガイモなどの野菜添え、アイスクリーム。もちろんビールは大ジョッキである。

午後はブダ側に移り王宮の丘へ。王宮、マーチャーシュ教会、漁夫の砦(とりで)、中央広場を見る。

ホテルに戻りレストランで夕食となった。チキンのサラダ、メインはエステルハージ風ビーフのスライスのポテト添えだったが、エステルハージ家の名前がついていても別に貴族的な料理ではなかった。デザートはココア味のスポンジケーキにチョコレートソースと生クリームを添えたもの。

九日目はセンテンドレという小さな街を訪ねる。芸術家のコロニーがあり、多くの美術館や可愛い家が並んでいる。観光客が多く、土産物屋もたくさんあった。

次にヴィシェグラードという街で要塞を見た。ドナウベンドといって、ここでドナウ川が大きく曲がり方向を変える光景を見物した。

昼食はその街のレストランでとった。ラグー（煮込み）のスープ、七面鳥のグリル・マッシュルームソースのライスコロッケ添え、フルーツサラダ。

午後はブダペストに戻り自由時間。地下鉄でペスト側へ行き街を散策した。大きな市場があり、一階は食料品、二階は土産物屋や衣料品店が並んでいる。八百屋にはいろんな種類のパプリカが並んでいた。しかし生鮮品は買えないのでフォアグラの缶詰を買った。ハンガリーはフォアグラの産地として有名なのだ。これは日本でソテーして食べたのだが、あまり好物ではないな、というのが感想だ。

土曜日で、鎖橋は歩行者天国になっていてたくさんの出店が出ていた。それらを覗いて歩くのはお祭りみたいで楽しかった。

この日は夕食がついていなかったので、ホテルの近くのスーパーへ行き、ワイン、チーズ、サラミ、ハム、トマトなどを買い込み部屋で軽くすませた。ハンガリー料理はとにかく量が多く、少し胸焼けしていたせいもあって軽くしたのだ。

かくして、ハンガリーの旅行は終った。

ハンガリーの料理についてまとめるならば、とにかくパプリカをよく使うのが特徴だ。パプリカそのものも、パプリカパウダーも使う。パプリカにも種類がいっぱいあることがわかった。

肉料理は特に豚肉が多く、ラードもよく使われる。サワークリームもよく使う食材だが、そこには東欧料理の特徴を感じた。また、オーストリア料理の影響もあり、特にお菓子類にそれを感じた。

オスマン・トルコに支配されていた時代があるのだが、あまりトルコ料理の影響は感じなかった。マジャール人はあまりトルコ化せず、それよりはオーストリアのほうに接近していったということなのかもしれない。

2

ルーマニアとブルガリアに行ったのは二〇一二年の五月だった。

ウィーン経由でルーマニアの首都ブカレストに入る。その日は泊るだけだ。

二日目、まず革命広場へ行った。一九八九年に民主革命の銃撃戦の舞台になったところだ。旧共産党本部は、そのテラスでチャウシェスク大統領が演説し、ブーイングの声で顔色を変えて立ちつくしたところ。ほかに大学図書館、旧秘密警察本部、旧王宮、アテネ音楽堂、クレツレスク教会などを見た。

少し離れた国民の館へ行く。とにかくでかい建物だ。だが中に入ってみると、どことなく安っぽい印象がした。

旧市街に戻り、一八五七年に建てられたという老舗レストランで昼食。ここはビアホールでもあり自家製の生ビールが飲めた。

テーブルの上には様々なピクルスと青唐辛子がのっている。メニューはミートボールの入ったコンソメスープ、メインはミティティというケバブ料理のポテトフライ添え、デザートはプラムのお菓子。ビールは大ジョッキで飲んだ。

ミティティはトルコ料理の影響のある料理であろう。いっしょに青唐辛子が出てくるところはまさにバルカン南部の料理である。

午後はシナイアへ向かう。途中、ペレシュ城に立ち寄った。こぢんまりしているが大変豪華な城だった。

シナイアに着き、僧院を見物。僧房に囲まれた古い教会と、その外にある新しい教会を見た。

この日はブラショフ郊外のショッピングモール近くにあるホテルに泊ったが、ブラショフの観光は後日するので、ただ泊っただけだ。

夕食はホテルのレストランで。メニューはショプスカ・サラダ、ポークにマッシュルームとチーズをのせてオーブンで焼いたものと赤カブのボイル、デザートはクリームパイ。赤ワインを飲んだ。

このマッシュルームとチーズをのせた豚肉料理が、豚肉は少々硬く大き過ぎるものの、マッシュルームとチーズはとてもおいしくて、肉は残して上だけ食べてしまった。マッシュルームは石づきだけとった軸つきのまま荒くスライスして軽く炒めてあり、香りがよく味も濃かった。ルーマニアのキノコはおいしいと印象深かった。

三日目は一日中バス移動で、ルーマニアの北部をめざす。途中、湖畔のレストランで昼食をとった。チキンサラダ、鱒にトウモロコシの粉をまぶして揚げたものが大小二尾。二種類の鱒のようで味が違っていた。大きいほうは脂がのっている。デザートはソムロイというラム酒入りチョコレートケーキ。

午後はビカズ渓谷というところを少し散策した後、バスで更に北上する。ブコヴィナ地方のクンプルング・モルドベネスクという村のホテルに到着。夕食はホテルのレストランでとった。チキンサワークリームスープ、トマトソースのたっぷりかかったモルドバ風ハンバーグの温野菜添え、アップルパイというコースだった。

四日目はこの地方独特の、外壁に宗教画の描かれているのが特徴の修道院を五つも巡る日だ。まず午前中に、モルドヴィッツァ修道院とスチェヴィッツァ修道院を見物した。のんびりした田舎の風景の中にあるレストランで昼食。メニューは、パプリカパウダー入りのナスのペーストがオードブル。メインはサルマーレというルーマニアのロールキャベツだが、そこにママリガというものが添えてあった。

このママリガはトウモロコシの粉を煮て牛乳とバターを混ぜたもので、食感がおもしろく、味もやさしくてなかなかおいしかった。ルーマニアでは小麦に次いでトウモロコシの生産量が多いのだそうだ。ナスのペーストはトルコ料理の影響だろう。

さて、午後は、アルボーレ修道院、フモール修道院、ヴォロネッツ修道院を巡って見た。ホテルに戻り地元の青少年グループの民族音楽とダンスを見ながら夕食。メニューはサワークリームスープ、豚肉と豆の煮込み、フルーツサラダ。どれもとても素朴な田舎料理といった感じだった。

五日目は県境を越えてマラムレシュ地方に入った。ここもまた田舎で、日曜日なので民族衣装の晴れ着を着て教会に向かう人をたくさん見た。

この地方の教会には珍しい特徴がある。樅(もみ)または樫(かし)の木で作られた、すべて木造の教会で、高い尖塔を持っているのだ。それを見て回るのである。

まずボグダン・ヴォーダの教会を見た。黒々としていて、すべて木造で見ごたえがある。

昼食場所に向かっていたらお祭りに遭遇してしまい、バスを降りて見物。子供たちが様々な民族衣装を着てパレードしており、とても可愛い。ルーマニアの田舎の十二、三歳の少女はなんて美しいのだろう、と思った。

昼食は、小さな村の教会に付属した司祭さんのお宅で家庭料理をいただいた。外のテラス席でタンポポの綿毛がふわふわと飛んでいる中、近所のおばちゃんのおしゃべりの声や鳥の声をききながら食事するのだ。

まずツイカという桃の蒸留酒が出た。次にサラダだが、ただ切っただけの新鮮なトマトやキュウリだ。白いチーズが二種類出た。ひとつはチーズを作るシーズンだけに食べられる塩漬けをしていないフレッシュチーズ。二つめはチーズを作った後に出たホエーをもう一度固めたもの。

チーズに目のない妻が、どちらもすごくおいしい、と喜んだ。新鮮なチーズは大変おいしく、ホエーを固めたチーズは脂肪分が薄く軽い苦みがあって面白い味だそうだ。

そのほかに、具沢山のマラムレシュ風スープ、ポークの煮込み、マッシュポテト、自家製クレープが出た。どれも素朴な味わいだった。

午後はサプンツァの陽気な墓へ行き見物。すぐ先はもうウクライナだ。

次にブデシュティの木造教会とスルデシュティの木造教会を見る。スルデシュティの木造教会の尖塔は七十二メートルもあってど肝を抜かれた。

この日はバイア・マーレ郊外のリゾートホテルに泊った。

ホテルのレストランで夕食。タラゴン入りのスープ、鱒のグリルの野菜添え、フルーツケーキであった。

六日目、今度は国内を南下していき、クルージ・ナポカというルーマニア第二の都市に着く。ここはドイツ人が入植して作られたが、現在はハンガリー人も住む街なのだそうだ。北部の田舎から来たのでとても洗練された都会に見える。

中心にある統一広場で、マーチャーシュ王の銅像、ローマ遺跡、カトリックの聖ミハイ教会を見た。マーチャーシュ王はハンガリー王であり、このあたりがかつてハンガリー領だったことを伝えている。

昼食はハンガリー料理のレストランでとった。ハンガリー風チキンスープ、ハンガリー風シチューであるところのグヤーシュ、デザートはパスタ入りチーズケーキだった。グヤーシュにはたっぷりとパプリカパウダーが入っていた。

午後は再びバスで南下。途中、ビエルタンの要塞教会を見物した。この地方に要塞化された教会がいくつかあるのだそうだ。ここはドイツ人の家族が管理していた。

このあたりはロマの人々が多い土地で、道端で銅製の鍋や蒸留器などを売っている。ロマの馬車も見ることができた。

夕刻、シギショアラに到着し、旧市街の観光をした。丘の上にある小さな街で時計台が印象的である。ギルドの塔がいくつもあった。

ドラキュラの生家とされていて、今はレストランになっているドラキュラ亭という店で夕食を食べた。メニューはザクスカというトマトソースでナスとパプリカを煮込んだもの、パプリカの肉詰め、チョコレートケーキ。ドラキュラの血のイメージから、赤い料理を並べたてるのだった。

七日目はシギショアラを出発してブラショフへ。北上する時にホテルに泊ったが観光はしなかった街だ。

そこで、ブラショフの市内観光をした。まずはルーマニア人が住んでいた地区の聖ニコラエ教会を見物した。次にスケイ門をくぐってドイツ人が住んでいた地区へ。シナゴーグ、黒の教会、スファルトゥルイ広場を見て回った。

市内のレストランで昼食。白インゲン豆のスープ、ポークソテー・マスタードソースのライス添え。デザートはパパナッシュというブラショフ発祥の軽いドーナツで、サワークリームとチェリーソースがかかっていた。

午後はブラン城へ行く。ドラキュラの城として観光客を集めているのだが、本当はワラキア公国とトランシルヴァニアの国境警備のための城だ。持ち主は何回も変っているのだとか。内部はかなり複雑な造りになっていて面白い。

ブカレストに戻りホテルに入る。

夕食はホテルのレストランで。カシュカバル・パネという白チーズのフライ、チキンのミートボールに野菜添え、フルーツケーキ。

八日目はルーマニアを出る日だ。ドナウ川の手前でブルガリアから来たバスに乗り換えた。

ルーマニアの料理はトルコ料理の影響もミティティなどに少しは見られるが、オーストリアやハンガリーの料理の影響のほうが強いように思われた。ハンガリー人が多く住むトランシルヴァニアでは特にそうかと思う。

いずれにしても、新鮮な素材の味を生かした素朴な料理が多かった。田舎料理だなあという気もしたのである。

3

ドナウ川に架かる橋を渡るだけでブルガリアに入国である。

ドナウ平原を走りイヴァノヴォの岩窟教会へ行く。周囲は珍しい動植物の多い国立公園で、洞窟がいくつもあって昔は多くの僧たちが修行をしていたのだそうだ。その中のひとつ聖母マリア教会を見物した。

シューメンの街に移動して昼食をとる。前菜はタラトールという、ヨーグルトとキュウリの冷たいスープ。トルコ料理にもよく似たものがある。メインはジャガイモのムサカ。デザートはイチゴ。そしてブルガリアのビールを飲んだ。

ブルガリアに入って南バルカンに似た料理になってきた。それはオスマン・トルコの料理の影響がはっきりしてきたということでもある。

午後はシューメンの街にあるトンブル・モスクという今も現役のモスクに行く。内部の飾りにビザンチンの影響があるのが面白かった。

次にマダラの騎士のレリーフを見に行く。垂直に切り立った岩の地上二十三メートルのところに彫られた騎馬姿のレリーフだ。誰が何のために刻んだのか謎に包まれている。

黒海に面したヴァルナに移動し、ホテルに入った。夕食はホテルのレストランで。ショプスカ・サラダ、ポークステーキとポテトフライ、クリームエクレア。私と妻はブルガリアワインを飲んだが、軽くて飲みやすいワインだった。

ショプスカ・サラダは、マケドニアでもルーマニアでも食べた、白いチーズが大量に入ったものである。本来はブルガリアのソフィア周辺の料理だそうだ。

九日目はヴァルナから少し南下してネセバルに行く。ここは黒海に面したリゾート地であるとともに、旧市街には多くの中世の正教教会が残っている。

ネセバル考古学博物館、聖パントクラール教会、聖ステファン教会を見物した。

その後、上天気の黒海の見えるレストランで昼食。白身魚のスープとガーリックブレッド、黒鯛のグリルとポテトフライ、アイスクリーム、冷たいビール。ガーリックブレッドは平たいパンでピタパンに似ていた。

午後は聖ソフィア教会、聖パラスケヴァ教会、大天使ガブリエル・ミカエル教会、聖スパス教会、ローマ浴場、洗礼者ヨハネ教会を巡り歩いて見物した。建物の一部しか残っていない教会とか、土台だけになってしまっている教会もあった。

それらを見物した後、ヴァルナに戻り市内を見物である。ヴァルナ考古学博物館、ローマ浴場を見た後、黒海のビーチ、海浜公園、歩行者天国の道路、聖ニコライ教会、劇場、花市場、大聖堂と散策した。

ホテルに戻り、夕食はホテルのレストランで。サラダ、チキンソテーの温野菜添え、クリームピタというブルガリアのクリームケーキ、そしてブルガリアワイン。

十日目はプレスラフに行き、博物館とプレスラフの遺跡を見る。雨の中の遺跡見物は気分が乗らなかった。

アルバナシ村に移動。本来は見晴らしのよいはずのレストランで昼食をとる。この村はヴェリコ・タルノヴォという街の郊外で、その街が遠望できるはずなのだが、雨のために景色は霞んでいた。

昼食のメニューは、ミートボールの入ったスープ、ポークとジャガイモの煮込み、バーニッツァというパイをデザートに仕立てたものだった。バーニッツァはブルガリアでよく食べられるパイで、おかずを詰めれば食事になるし、ジャムやクリームを詰めればデザートになるものだそうだ。妻は食事の後アイリャンを飲んだ。ちょっと塩味のある飲むヨーグルトだ。ヨーグルト好きにとってはブルガリアはいい国なのである。

食後はアルバナシ村を散策。キリスト生誕教会という、外観は教会に見えない教会に入ってみたら、内部はフレスコ画がいっぱい描かれていた。

バスで移動して琴欧洲の実家を訪ね、お父さんと会った。

その後、ヴェリコ・タルノヴォの街に到着する。旧市街を散策してみたが、土産物屋が建ち並ぶ風情がトルコの街のようだった。

ホテルのレストランで夕食をとる。前菜はこの街の名所「ツァレヴェッツの丘」の名がついた盛り合わせサラダ。メインはギョヴェチェという名の、素焼きの壺(つぼ)で肉や野菜を煮込んだ料理だった。ギョヴェチェとはトルコでは素焼きの壺の名前だそうだ。その壺に材料を入れ一時間ほど煮込む。だからこれもトルコ料理に近い料理だ。

デザートは水牛のヨーグルトに蜂蜜とくるみをかけたもの。水牛のヨーグルトはヨーグルトの中でも値段の高いものだそうだ。

「すっごくおいしい」

と妻は感動している。

「濃厚だけど緻密でクリーミーなの。水牛のヨーグルトは癖になるわね」

だそうである。チーズやヨーグルトに感度の鈍い私は感動まではしなかったのだが。

十一日目はまずこの街の名所ツァレヴェッツの丘を観光した。頂上にある大主教区教会も見物した。

その後、ヴェリコ・タルノヴォを離れ、バルカン山脈を越えて行く。そして、バラの谷で最大の街カザンラクに下りてきて、観光をする前にまず昼食をとった。前菜は前述したバーニッツァにほうれん草を詰めたもの。メインはソーセージのポテトフライ添え。デザートはアイスクリームケーキ。

午後はカザンラクの観光をした。イスクラ歴史博物館、トラキア人の古墳のレプリカ、イリア教会、クラタ民族博物館を見物。クラタ民族博物館は十九世紀の民家が二軒移築されているのだが、家はどちらもトルコ風だった。

カザンラクのホテルに入り、ホテルのレストランで夕食。前菜はカルゲスカというサラダで、パプリカとインゲン豆が入っている。メインはチキンとジャガイモ、玉ネギ、パプリカを鉄板の上で焼いたもの。デザートはフルーツサラダ。

十二日目はレジェナ村に行く。民族衣装を着た村人総出で（成年の男たち以外）歓待してくれる。六月にこのあたりでは盛大なバラ祭りをやるのだが、五月に旅行中の私たちのために、模擬バラ祭りをやってくれるのだ。バラの季節だけの村をあげてのアルバイトだ。男たちがいないのは、工場でバラ油の精製などで忙しいからである。

まずバラ摘み。雨がパラついてきたので屋内に入って、バラのお酒、バラジャム、バラを使ったお菓子などでもてなしてくれる。民族ダンスも踊ってくれた。ぬかるんだ畑でバラの花を摘む体験をして、バラの香りが強くするセレモニーを楽しんだ。

雨の中、ほど近いレストランに行って昼食をとった。前菜は完熟トマトに十文字に切れ目を入れ、カタックというチーズとヨーグルトの中間のものを詰めたサラダ。メインは米と挽き肉を詰めたパプリカ。イチゴソースのチーズケーキ。

昼食後、二時間ほど走ってプロヴディフに着いた。バルカン山脈とロドピ山脈に挟まれたトラキア平原にある。ソフィアに次ぐ国内第二の都市だ。

プロヴディフの市内観光をした。新市街の地下にあるローマ遺跡、旧市街の入口にあるジュマヤ・モスク、ローマ劇場、聖コンスタンティン・エレナ教会、ヒサル・カピヤ（要塞の門）、バルカン・バロックの美しい家などを巡って見物した。

私と妻はホテルの近くのスーパーに行き、現地ガイドにすすめられたパプリカのペーストの瓶詰を買った。これはとてもおいしくてラタトイユなどを作る時によく使った。半年で使いきってしまったが。

ホテルのレストランで夕食。前菜はギュレックというピクルスとチーズのフライ。メインはキョフテの野菜添え。デザートはロールケーキだった。

ルーマニアではミティティ、ブルガリアではキョフテ、ボスニア・ヘルツェゴビナではケバブチチ。バルカン一帯で食べられているこのケバブ料理はどこで食べてもおいしい。トルコ、エジプト、イランにも形は違えども同じものがある。広域で食べられている料理なのだ。

十三日目は、雨の中プロヴディフ近郊のバチコヴォ僧院へ行き、観光した。リラの僧院に次ぐ第二の僧院だが、ここはとても静かなところであった。

バチコヴォの街で昼食をとる。ヨーグルトの入ったサラダ。メインはカヴァルマという肉と野菜をトマト味で炒め、一人用土鍋に入れてオーブンで焼いた料理で、肉はチキンであった。デザートは、アイスクリームのフルーツ添え。

午後は首都ソフィアに向かう。ソフィア郊外のボヤナ教会に立寄り見物した。小さな教会だが、内部のフレスコ画が素晴しかった。

ソフィアに到着し、市内を観光した。旧共産党本部、聖ソフィア像、聖ペトカ地下教会、バーニャ・バシ・モスク、聖ネデリャ教会、聖ゲオルギ教会、地下にあるセルディカ（古代の城塞都市）の街の遺跡、聖ニコライ・ロシア教会、アレクサンダル・ネフスキー寺院と歩いて見て回った。アレクサンダル・ネフスキー寺院はネオ・ビザンツ様式の壮大な建物で圧倒された。

ホテルに入り、ホテルのレストランで夕食を食べた。メニューはキャベツのサラダ、ブルゴンシ風ビーフ煮込みのマッシュポテト添え、レモンタルト。

十四日目はリラの僧院まで足を延ばして観光した。そこへは二〇一〇年の西バルカンの旅の時来ているので二度目である。表門のあたりはあまり変っていないが、裏門を出た所にはお店が増えていた。

リラの僧院を観光した後、途中の渓流沿いのレストランで昼食をとる。この渓流沿いにはリラの観光客目当てに川魚を食べさせるレストランがいくつもあるのだ。

メニューは豆のスープ、鱒のグリルの野菜添え、クレープ、さくらんぼ。

またソフィアに戻り、アレクサンダル・ネフスキー寺院の地下のイコン博物館を見物した。

ホテルに戻りレストランで夕食。トマトとヨーグルトのサラダ、ムサカ、ベリーロテグレッツェというお菓子であった。

そこまででブルガリアの旅は終りである。翌日私たちは日本への帰路についた。

ブルガリアの料理はなんと言ってもヨーグルトの豊かさが特徴だ。スープ、サラダ、デザート、飲み物としてなど、そのまま利用するだけではなく、料理にかけたり、加えたりするのだ。ヨーグルトには、牛、水牛、羊、山羊などのミルクから作られた多様な種類がある。ギリシアのフェタチーズと同種の白いフレッシュチーズもよく使われる。ヨーグルトと混ぜたりもする。全体に、トルコ料理の影響が強い。トルコ風の料理は南バルカン一帯に広がっているが、それらがブルガリアにも入ってきているのだ。

だから比較的食べやすく、その上、妻はヨーグルトに満足したわけである。ちょっと素朴なところもあるが、ブルガリアはおおむねおいしかった。

ハンガリー風ロールキャベツ

材料（２人分） 所要40分

春キャベツ　１個
玉ネギ　1/2個
牛挽き肉　150ｇ
ベーコン　60ｇ
玉子　１個
ザワークラウト　2/3カップ
サワークリーム　大さじ１
トマトジュース　190cc
パン粉　大さじ２
塩、こしょう　適量
パプリカパウダー　小さじ1/2
白ワイン　大さじ４

①春キャベツを沸騰した大鍋の湯で丸ごとゆで、表面から６枚むく。芯の太い所を包丁でそいで厚さを均一にする。
②玉ネギ1/2個のみじん切り、牛挽き肉150ｇと玉子１個をボウルに入れる。パン粉大さじ２を加え、塩小さじ1/2、こしょうをガリガリと挽いて、白ワインを大さじ２入れる。よくこねてハンバーグのようにする。
③キャベツで俵型にしっかり包む。できたロールキャベツを圧力鍋に隙間なくぴったりと並べ、瓶入りの千切りザワークラウトを2/3カップ分、まんべんなくふりかける。
④５ミリの拍子木に切ったベーコン60ｇも、まんべんなくふりかける。そこへ、トマトジュース190ccをかけ、白ワイン大さじ２、塩小さじ1/2、こしょうを少々、パプリカパウダー小さじ1/2入れる。
⑤圧力鍋で煮る。５分ぐらい加熱後、火を止めて15分くらい圧が下がるのを待ってふたをとる。ロールキャベツをひっくり返し、サワークリームを大さじ１加える。

Point

厳密に言うとハンガリーのロールキャベツは日本では再現できない。１個丸ごと酢漬けにしたザワークラウトで具を包んだロールキャベツを作らなければならないが、そんなものは日本では手に入らないからだ。手に入るザワークラウトは、瓶に入った千切りになったものである。だから、普通のロールキャベツ風に作って、それに千切りのザワークラウトをたっぷり入れて煮て、酸味をつけることにしよう。

皿に盛って、ザワークラウトやベーコンの煮えたものもかけておこう。酸味がピリリときいて、おいしいロールキャベツとなっているはずである。

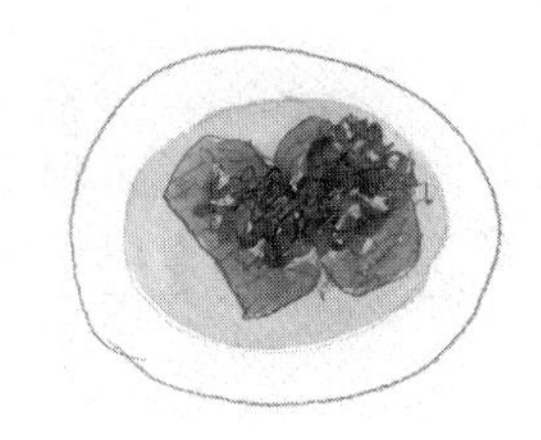

マッシュルームとチーズをのせた豚肉のソテー

材料（2人分）　所要15分

マッシュルーム　10個
豚リブロースのステーキ肉　2枚
オリーブオイル　大さじ2
塩、こしょう　適量
とろけるチーズ　適量
イタリアンパセリ　適量
ポテトフライ　適量

①マッシュルームの軸をなるべく長く残して石づきを取り除く。十文字に4つに切る。
②フライパンにオリーブオイル大さじ1を入れてマッシュルームを炒め、少量の塩、こしょうをふる。しんなりするまでよく炒め、皿にとっておく。
③リブロースのステーキ肉を肉たたきで叩いて柔らかくしておく。そして両面に塩、こしょうをふり、オリーブオイル大さじ1をひいたフライパンで焼く。片面が焼けたら、裏返して、半分くらい火を通す。
④マッシュルームを肉の上にのせ、とろけるチーズをかけ、火を中火にして、ふたをしてじっくり焼いていく。
⑤皿にとって、イタリアンパセリ、ポテトフライを添える。

Point

ブラショフで私たちはこの料理の上だけを食べたのだが、それもなるほどと思えるほどマッシュルームがいい味を出しているのである。

タラトール

材料（２人分）　所要15分

キュウリ　１本	ディル　大さじ１
くるみ　適量	ヨーグルト　250cc
ニンニク　1/2片	オリーブオイル　小さじ１
塩　適量	冷水　150cc

①キュウリ１本を斜め薄切りにし、さらに細切りにする。ちょっと塩をして、10分ばかり置いておく。
②その間に、くるみを鍋で乾煎りし、冷めたら細かく砕いておく。ディルは大さじ１をみじん切りにする。
③ボウルにニンニク1/2片をすりおろして入れ、ヨーグルト250cc、冷水150cc、塩小さじ1/2強と、②のディルも加える。
④①をしぼって水気を切り、ボウルに入れ、オリーブオイル小さじ１も加えてスプーンで全体をよくかきまぜる。
⑤少し深い皿に盛って、砕いたくるみをかける。

Point

タラトールは、キュウリを入れたヨーグルトの冷たいスープ。ブルガリアを思わせるスープになっているはずである。

第十一章

スペイン料理はバラエティがあり奥も深い

サフランの産地、プエルトラピセ

1

スペインを旅行したのは二〇〇五年の九月のことだ。イスラムの国を一とおり回った後、かつてはイスラムに支配されていたのに、レコンキスタでその勢力を追い出したスペインへ行き、イスラムの残り香を嗅ごうとしたのだ。

しかし、これは食日記だから、スペインで食べたものについて書こう。スペイン料理は日本でも人気があって、いいレストランがたくさんある。そして広く食べられているから、私がここにスペイン料理全般の特徴をまとめるのも変である。スペイン料理は地方ごとに様々なものがあって奥が深いのだ。だからここには、私たちがスペインで体験した料理を紹介するにとどめよう。どれもみなおいしかったのだが、その体験を記録する。

さて、旅の一日目はロンドンのヒースロー空港経由でマドリッドに着くまでで過ぎてしまう。

二日目の午前中はマドリッドの市内観光をした。まず、ドン・キホーテとサンチョ・パンサ、セルバンテスの像が中央にあるスペイン広場を見た。次に華麗な王宮を外から見物。そして、プエルタ・デル・ソル、シベレス広場、アルカラ門をバスの中から窓越しに見物した。その次に、プラド美術館へ行き、二時間ほどかけて代表的な物だけを見た。ゴヤ、ベラスケス、ブリューゲルなどをじっくりと見て大満足。最後に十五分くらい自由時間をくれたので、私は妻をボッシュの絵のところへ誘った。今まであまり知らなかったそうだが、大変感動したと言ってくれたので喜ぶ。

美術館を出て、コロンブスの像の立つコロン広場（コロンブスはスペインではクリストバル・コロン）の近くのレストランで昼食をとった。

ここはタパス料理の専門店で、店に入ると大きなカウンターがあり、お客は立ったままタパスを一、二品とワインを頼んでおしゃべりをしながら楽しんでいる。

タパスとは、小皿に少量の料理がのっているもので、小皿料理という意味。前菜にもなるし、それだけでワインのつまみにもなるのだ。

私たちは奥のテーブル席に案内され、様々なタパスとワインの昼食をとった。生ハム、スペインオムレツ、マッシュルームのアヒージョ、ライスコロッケ、タコのマリネ、アサリの白ワイン煮、ミートボールのトマト煮など十品以上が出された。このスペインで最初の食事で、私と妻はちょっとしたしくじりをしてしまった。タパスはどれも小皿にのっているのでそれほど量が多くないように見えるが、品数が多いのだ。それに、肉や魚介、オリーブオイルをふんだんに使ったものなどでボリュームたっぷりである。その料理がどれもおいしくて、旅先では腹七分目というセオリーを忘れ、食べすぎてしまった。だからこの旅はこの先、胃もたれと戦うことになってしまったのだ。つまり、スペイン料理は食べやすくておいしい、ということである。

午後は、マドリッドから北西へ九十五キロ行った十五世紀のカスティーリャ王国の中心都市セゴビアへ行った。この街にはローマ時代の水道橋が今も見事な姿を見せている。紀元一世紀前後のものだ。水道橋のあるアソゲホ広場から坂道を登ると、台地の上にのるように旧市街が広がっている。入り組んだ可愛い道を進んで行くと台地の先端の崖っぷちにお城がある。ディズニー映画の『白雪姫』の城のモデルになったというアルカサルである。

この城の外観はなんともロマンチックなのだが、一八六二年の火災で大部分が焼け落ちたのを修復したものなので、内部は殺風景な感じだ。だが、その昔イサベル（アラゴン王国の王子フェルナンド二世と結婚してカトリック両王と呼ばれることになる重要人物）が、ここでカスティーリャ王国の女王として即位したという歴史的に意味の大きいところである。

そういうセゴビアをゆったりと観光して、夜はマドリッドに戻った。スペイン広場近くの魚介料理のレストランで夕食をとる。

ここも入口付近は立ち飲みできるような気軽な店で、ガラスケースの中に様々なエビ、カニ、貝類が並んでいる。私と妻は牡蠣を見つけて、生でいこうと喜んだのだが、添乗貝が拝むようにしてそれだけはやめてくれ、と言うのだった。生牡蠣はあたるとかなりひどいからである。やむなく、小エビのサラダとエビと貝類の焼き物の盛り合わせにした。もちろん白ワイン。焼き物のエビは中くらいのサイズで味が濃かった。貝類はムール貝、ハマグリ、マテ貝などが焼いてあり、料理の盛りがとにかく多い。

二度目の食事でわかってきたのだが、スペインのレストランでは盛りが多いのだ。私と妻はうまいものが好きだが、食がそう太いほうではない。どれも私たちに食べられる二倍はあるのでまいってしまった。この夕食では、昼に食べすぎたこともあってかなり残してしまった。しかし、スペインではどうしてもそうなりがちなのであった。

三日目は、まずマドリッドから南東へ約四十五キロのチンチョンという小さな村へ行き、マイヨール広場に出た。マイヨール広場という広場はいろんな街にあるが、その街の第一の広場をそう呼ぶらしい。

チンチョンのマイヨール広場では、今でも年に数回、闘牛が行われるそうだ。広場を底にしてすり鉢状に建物が取り囲んでいて、広場に面している側はバルコニーがついており、闘牛の時には観客席になるのだそうだ。

そんなチンチョンを少しぶらぶら歩いてバスに乗り、次はトレド

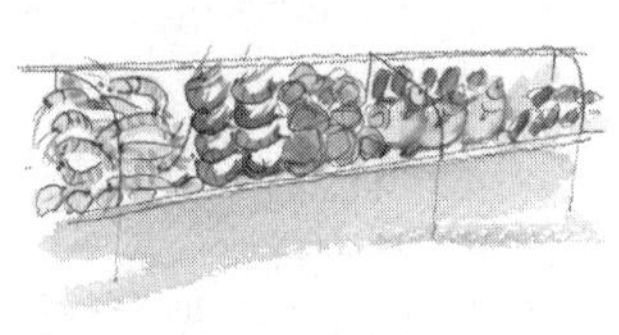

ガラスケースに並ぶ魚介類

をめざすのだが、途中でアランフェスに寄って、王宮を外から見た。ハプスブルグ家の別荘だった王宮は華麗な建物だった。

それからまたロングドライブをしてトレドに着いたら、観光の前にまず昼食だ。旧市街を取り巻く城壁の一部が改装されてレストランになっており、そこで食べた。

オードブルとして、巨大な鉢に三人前ぐらいあるかというサラダが出た。一人に一鉢ずつである。

私の妻は野菜好きなのだが、巨大な丸テーブルでドレッシングがなかなかまわってこなかったので、何もかけずにそのサラダをむしゃむしゃと全部食べてしまったのには驚いた。

「野菜が新鮮で、元気がよくておいしいの」

と言っていた。それにしても生野菜の食べすぎである。

メインはパエリアだったが、日本のスペイン料理店で食べる色取りよくいろんな具材が入っているものではなく、一種類の素材と玉ネギ、ニンニクなどの香味野菜だけで作られているものだった。その素材が魚の切り身である。

「この魚はなんだろう」

と妻にきくと、

「アンコウじゃないかしら」

という答えであった。

なるほどと納得した。大きなパエリア鍋にたっぷりとオリーブオイルを使い、ぶつ切りのアンコウと香味野菜と米だけを混ぜ、スープで煮た素朴な感じのパエリアだったのだ。なかなかおいしかったのだが、店側の言う一人前が私たちにとっては三人前ぐらいで、たくさん残してしまった。デザートはプディングとコーヒー。

午後はトレドの旧市街を徒歩で観光した。石畳の道を歩いて大変豪壮なカテドラルへ行き、中も見物。エル・グレコの「オルガス伯爵の埋葬」が最大の見物（みもの）のサント・トメ教会へも行った。さらにバスで移動してトレドの街全体が眺められる展望台へも行き、景観を楽しんだ。

この日の宿は「パラドール・デ・トレド」だったのでトレドの街を一望できる好立地にあり、トレド旧市街の全景が、テラスからも部屋からも眺められた。パラドールとは古いお城や修道院などを改装した国営のホテルで、趣きがあるところが多いのだ。レストランの料理も総じてよい。

チェックインの時間が早くて夕食までに時間があったので、テラスのカフェへ行き、トレドの街を見ながらビールを楽しんだ。

夕食はこのパラドールのレストランでとった。まず前菜盛り合

トレドの街並み

わせの皿が出る。小さい器に入ったガスパチョ、生ハムとパイナップルのピンチョス、ベーコンとナツメヤシの実のピンチョスがのっていた。

ピンチョスというのはバスク地方のもので、片手でつまんで食べられるおつまみのようなものだ。小さなハムに串が刺さっていたり、薄切りのパンの上に少量のおかずをのせたものなどがある。

二番目の皿は具沢山の野菜の煮込み。フランス料理のラタトイユのようなものだった。メインの皿は鶉(うずら)のローストの温野菜添え。デザートはフルーツサラダとコーヒーだった。

この食事では、ピンチョスが手軽につまめて味もよく、印象に残った。トレドはおいしいところだった。という感想になった。

2

四日目は、ラ・マンチャ地方を経由してグラナダに向かう。スペインの中央部は乾燥した荒地で少しの草が生えているだけのようなところなのだ。ラ・マンチャというのはアラビア語で、乾いた土地、という意味なのだ。

ラ・マンチャのコンスエグラの丘陵の上にいくつもの白い風車があった。ドン・キホーテが突進した風車はこんなふうなものなのか、と思いながら丘を登り、風車の中を見物した。

次に、プエルトラピセという小さな村で、ドン・キホーテの宿のモデルになった店へ行った。セルバンテスが何度も泊ったことのある宿屋と言われているそうだ。

ここは昔実際に宿屋だったところで、ワイナリーを併設している。レストランや土産物屋もある。中庭にはドン・キホーテとサンチョ・パンサの像があった。土産物屋で八ユーロの赤ワインを一本買った。軽めのワインだがそれなりにおいしかった。

この辺りはサフランの産地で、十月中旬にサフラン祭りをやるそうだ。サフランの花期は十日間ぐらいなのだとか。

昼食を、エルスラマという街の、元パラドールだったという広い中庭を持つコテージ風のホテルのレストランでとった。

前菜は冷たいガスパチョ、メインはイベリコ豚のソテーにブラウンソースで、このソースはとてもおいしかった。デザートはアイスクリーム。

午後はグラナダまでのロングドライブだった。次第にブドウ畑が増えてゆくが、ハエン県に入る頃にはどこを見渡してもオリーブ畑だらけになる。

グラナダに到着したのは三時頃だったので地図をもらって街に出てみた。

ホテルからイサベル女王とコロンブスの像の立つイサベル・ラ・カトリカ広場まで歩

き、その近くの王室礼拝堂とカテドラルを見た。王室礼拝堂にはカトリック両王（イサベル女王とフェルナンド二世）が眠る墓があった。

ホテルに戻る途中の道でビールの飲めそうな店を探すが適当なところがない。とうとうホテルまでたどり着いてしまったので、一階のバーカウンターにすわりビールで喉を潤した。

そして、すっかり胃が疲れてしまったのでこの日は夕食をパスした。連日の大量のスペイン料理にとうとう胃が音をあげてしまったのだ。それでも昼間手に入れたワインは開けたのだけれど。

五日目は午前中いっぱいアルハンブラ宮殿とヘネラリーフェ庭園を観光した。なんといってもここがこの旅行のハイライトのひとつである。息をのむような美しさだった。

昼食はアルハンブラ宮殿の建つ丘の中にあるパラドール・デ・グラナダのレストランでとった。ここは初めモスクとして建てられ、後に修道院に改装された建物で、森の中にあり非常に雰囲気のよいところだった。

前菜はスフレのようなスペインオムレツで、メレンゲ、卵黄、赤と青のパプリカと玉ネギのみじん切りを合わせて焼いてあった。

「ふわふわで舌の上で溶けるみたい」

と妻は喜んでいた。

メインはイカの墨煮。ライスをドーナツ形に盛りつけた中央に、いい味に煮込んだイカの墨煮が入っている。これもまた絶品だった。デザートはケーキ、コーヒー。

午後はグラナダに別れを告げ、一路コルドバに向かう。

コルドバに着いてグアダルキビル川の対岸から夕景のメスキータを望む。壮大なモスク（モスクとメスキータは同じ語。ただし、メスキータと言った時はコルドバのものをさす）であり、ものすごい存在感がある。この旅のもうひとつのハイライトであるメスキータ観光は翌日となる。

コルドバのホテルは街の中心からやや離れた高級住宅街にある庭の広いところだった。

夕食は街に出て、気軽な食堂といった雰囲気のレストランへ行く。ここはオックステールの煮込みが名物の店で、前菜の野菜スープの後、たっぷりと盛られた煮込みが出された。濃厚な味で赤ワインともよく合ったが、例によってボリュームがすごい。途中で戦意喪失したのだから、戦いはやや負けというところか。デザートはフランというプディング。

六日目はコルドバの市内観光をした。まずメスキータをたっぷりと見物。赤と白の縞模様（もよう）のアーチが一面に並んでいる内部は見ごたえがあった。

そして、ユダヤ人街、花の小径などを散策した。

昼食はコルドバ市内のレストランでとった。前菜はサラダの山盛り。メインはサフラン味のシーフードリゾットであった。デザートはアイスクリーム。

午後はセビーリャに移動し、市内観光をした。

まず壮麗なイスラム風の宮殿であるアルカサル。次にスペイン最大の聖堂であるカテドラルと、その鐘楼であるヒラルダの塔。セビーリャ市民の憩いの場であるスペイン広場。ほかに、マリア・ルイザ公園も見た。

レコンキスタの後もスペインに残ったモーロ人（アフリカ系イスラム教徒）のことをムデハルというのだが、その人たちの技術で建てられた建築をムデハル様式という。セビーリャはムデハル様式をあちこちで見ることのできる街なのである。アルカサルもそのひとつで、緻密な装飾が見事であった。

市内観光を終えてホテルに戻ったのが夕食にはちょっと早い時間だったので、ちょっと一杯やろう、ということになった。するとホテルを出てすぐ隣に小さなショッピング・センターのようなものがあり、花屋や雑貨屋やファミレスのようなものがある。

「あのファミレスでならビールが飲めるわ」

妻のそういう勘はいつもさえわたっているのだ。ファミレスに入りビールを注文したところ、小皿一杯につまみのオリーブを出してくれた。このオリーブがちょっとしょっぱくてとてもおいしかったのである。大満足だった。

夜は、フラメンコをリクエストした人がいて、セビーリャが本場ということでフラメンコのショーを見に行った。欧米人の中年女性の観光客が、若い男のダンサーを見てキャーキャーと大騒ぎをした。一時間ほどそのショーを見物した。他の観光客はそこで夕食もとるらしかったが、私たちはそこを出た。

グアダルキビル川沿いのレストランに行った。川越しにライトアップされた黄金の塔がよく見えた。

前菜は様々な生ハムとチーズ。タコや小魚などの揚げ物もあった。メインは白身魚のグリルだった。スペインは生ハムの名産地でもあるから、色々な生ハムをすこしずつ切ってくれたのがよかった。それぞれ味も違っていて、興味深く楽しむことができた。

スペイン人の一番の夢は、立身して金持ちになったら、一番上等の生ハムを豚一頭分買って楽しむことだ、なんていう話をきいた。

3

さて七日目は、まず丘陵地帯を行き、ドングリの森の中を走ってロンダに向かった。途中で黒い小型の豚が放牧されているのを見かけた。二頭並んで川の向こうをとっとこ走っていたのだが、あれがイベリコ・ベジョータ（ドングリを食べて育った上等のイベリコ豚）なのだろうか。

ロンダは深い峡谷の上にある街で、峡谷をヌエボ橋でつないでいる。ヌエボ橋から一段下がったところにイスラム時代の橋、さらに下に下に降りていくとローマ時代の橋がある。

ロンダには一七八五年に作られたスペインで最も古い闘牛場のひとつがあり、優れた闘牛士を生んだ街でもあるそうだ。闘牛場の隣の公園には有名な闘牛士の銅像が立っていた。

ロンダの次には最も有名な白い村、ミハスに行った。

まず地中海を一望できるレストランで昼食をとる。

オードブルは山盛りサラダ。メインはイカや小魚のフライが山盛りでレモンをしぼってかけて食べる。フライといってもパン粉は使っておらず小麦粉をまぶして揚げたものだった。デザートはアイスクリーム。

白い村、ミハス

　食後はミハスの村を自由に見る、というフリータイムだった。有名な観光地なので観光客がいっぱいいる。ロバのタクシーや馬車などもあり結構繁盛しているようだ。土産物屋もたくさんあり、買い物客で混雑している。

　絵になる風景が多く、写真をいっぱい撮ってしまった。

その後マラガへと向かった。マラガから飛行機でバルセロナへ飛ぶために空港をめざしたのだ。

マラガ近くの海岸はたくさんのビーチリゾートがあり、中でもマルベーリャというところはサウジアラビアの金持ちたちが遊びにやって来るところだそうだ。ただし道路からは林の向こうにあって何も見えない。このあたりが金持ちの遊び場だということは、マラガの空港についた時に感じられた。飛行場に大型から小型まで、自家用ジェット機がずらりと並んでいたからだ。

バルセロナまで一時間二十五分のフライトで、サンドイッチと飲み物が出されたが、それがこの日の夕食だった。

八日目はバルセロナの市内観光。サグラダ・ファミリア聖堂にまず行った。この時もまだ中が工事中で、内部にも櫓（やぐら）が組んであり、仮設通路のようなところを通って観光した。

次に、ガウディ設計のバトリョ邸に行く。人間の体内のような不思議な空間とガラスのモザイクはとても斬新で、物語の世界の中にいるような錯覚に襲われる。

グエル公園、ミラ邸も見物した。バルセロナではほとんどガウディの建築の観光だった。

この日の午後は自由行動だったので、気軽に昼食を食べられる店を教えてもらい、そこへ行った。グラシア通り沿いにある、大手のビール会社がやっているピンチョス専門店であった。ファミレス風の造りの店だが、お気楽感がよかった。

とにかく生ビールの大ジョッキを頼み、軽めのピンチョスをいくつか頼んだ。アンチョビと唐辛子とアスパラをのせたトースト。生ハムをのせた薄切りパン。チーズトースト。マッシュルームとアスパラとミニトマトを串に刺して焼き、マヨネーズをつけたもの。色々な野菜の串焼きなどなど。ビールをおかわりしてゆっくりとくつろいだ。

隣の席に若夫婦と子供とお祖母ちゃんという組み合わせの人たちがいた。若夫婦は落ち着きなく店を出たり入ったりしている。その間子供を見ているのはお祖母ちゃんだ。このお祖母ちゃんが私たちにスペイン語で話しかけてきた。いろいろやりとりをしたが、わかったのはその子供が一歳八カ月だということだけであった。日本でも見かけるような家族連れの光景でほほえましかった。

店を出て、もうあまりどこかへ行く気もしないので通りをぶらぶら散歩した。通りでは古書市場をやっていた。

夕方になってきたので、デパートの地下に食品売り場があるという情報を頼りに、お土産探しに行ってみた。ホワイトアスパラガスの瓶詰、オリーブの瓶詰、赤ワインを買った。

夜は全員でヨットハーバーにあるシーフードレストランに行った。道にもテーブルが出してあるが、ああいう席が好きなのは欧米人で、日本人は店内の席に着くのだった。

オードブルはムール貝のワイン蒸しと、マテ貝のワイン蒸し。私がムール貝のうまさを知ったのはドゥブロヴニクでのことで、この時はその前だから、そんなには食べなかった。火の通し方がちょっと浅くて、グニャリとした食感が残っていたのだと思う。マテ貝を食べたのは初めてで、ちょっと気味悪いな、なんて思ってしまう。しかし、それも二、三個ならなんとか食べるであろう。なのに一人前のオードブルとして、マテ貝が三十個ぐらいあるのだから多すぎる。見ただけで負けてしまうわけだった。

メインはシーフードグリルの盛り合わせで、手長エビ、普通のエビ、ギンダラ、アンコウなどが入っていた。この日の食事は昼のピンチョスに大満足していたので、夜はあまり食べられず、たくさん残してしまった。

デザートはフルーツサラダとコーヒー。この日はもちろん白ワインを飲んだ。

スペインでは夜は必ずワインを飲んだ。各地のワインはリーズナブルな物でもそれぞれおいしく飲めた。ビールも結構おいしかった。

お土産には空港でシェリーを買った。

スペインの料理は総じてうまかったと言うべきであろう。

魚介料理も、生ハムも、パエリアもちゃんと楽しめた。アル

ヨットハーバーにあるレストラン

ハンブラ宮殿の丘のパラドールで食べたオムレツと、イカの墨煮は特筆もののおいしさであった。

ただ、全般的に一人前の盛りがちょっと多すぎて、日本人の胃には重すぎる傾向があった。軽いおつまみのピンチョスと生ビールで大満足してしまうのは、量に圧倒されることがないからである。スペイン料理を食べる旅は、時々軽いもので胃をいたわりながら行くのがコツかな、と思った。

九日目、私たちは帰国の途についた。

スフレ風スペインオムレツ

材料（２人分）　所要30分

玉ネギ　1/4個
赤パプリカ　1/3個
ピーマン　１個
オリーブオイル　大さじ２
玉子　４個
塩、こしょう　適量
砂糖　少々

①玉ネギ1/4個、赤パプリカ1/3個、ピーマン１個をそれぞれ粗みじんに切る。
②オリーブオイル大さじ１を入れたフライパンで、①を炒める。塩少々と、こしょうをガリガリと挽いて味をつける。炒めたらそのままにしておく。
③玉子４個を黄身と白身に分け、白身に塩を１つまみ入れ、泡立て器で泡立て、メレンゲを作る。
④メレンゲがクリーミーになり、泡立て器を引くと角が立つくらいになったら、砂糖を１つまみ入れてかきまぜる。
⑤メレンゲに卵黄４個分を入れ、冷めた具の野菜も入れ、さっくりとかきまわしておく。
⑥中型フライパンを加熱して熱々にしてから、濡れた布巾に底をつけてジャッとさます。そこへオリーブオイル大さじ１をひき、オムレツの材料を流すように入れて、弱火にかけ、ふたをして５分間じっくりと焼く。
⑦５分たったらひっくり返し、さらに弱火で５分間焼く。

Point

とてもふわふわした、スフレのようなオムレツになり、具のところに塩味があっておいしかった。好みで、ケチャップをかけて食べてもよいであろう。

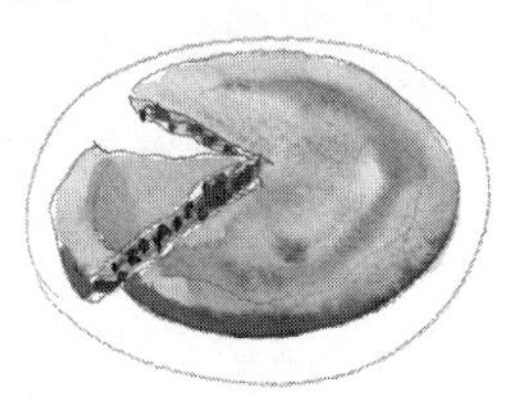

ホットプレートで作る簡単パエリア

材料（2人分） 所要40分

タイ米	1カップ	エビ	4尾
玉ネギ	1/2個	オリーブオイル	大さじ2
インゲン	6本	ニンニク	1片
赤パプリカ	1個	固形ブイヨン	適量
トマト	2個	サフラン	1つまみ
チョリソ	4本	塩	適量
アサリ	12個	水	500cc

①水500ccをわかし、固形ブイヨンを入れて溶かし、サフランを1つまみ入れる。黄色いスープが出来たら火を止めておく。アサリ12個は塩水につけ砂抜きしておく。

②玉ネギ1/2個をみじん切りに、インゲン6本は2センチの長さに切る。赤パプリカは皮をピーラーでむいて、インゲンに合わせて長さ2センチ、幅5～6ミリに切っておく。トマト2個は湯むきにして、ざく切りにする。チョリソ4本は、ななめ切りにしておく。

③エビは、頭付きで15センチくらいのものを4尾。はさみで背中を切り、背わたを取って洗っておく。

④ホットプレートを用意し、200℃に加熱して、オリーブオイル大さじ2を入れ、ニンニク1片を3～4枚にスライスしたものを焼いて香りをつけ、キツネ色になったら取り出す。玉ネギのみじん切りを加えて炒める。

⑤タイ米（日本米でもよい）1カップを、水洗いせず加えて、木ベラで返すようにして炒める。次に、パプリカと

インゲンとチョリソを入れ、塩を少々振って、混ぜるようにさらに炒めていく。次にトマトのざく切りを入れるとその水気でジャーッというが、ヘラで返すようにまんべんなく混ぜ、しっかり炒める。

⑥①のスープ250ccくらいを⑤にかけて、平らに広げる。

⑦５分ほど加熱後、エビを米と具の中に形よく埋め入れ、アサリは接合点を下にして米の中に植えるようにさしこんでいく。残りのスープを半分ほどかけ、ふたをして５分。アサリが開いているのを確認したらエビをひっくり返し、米に埋めて形を整える。米をつまんで食べてみるとまだ芯があるはずだ。

⑧残りのスープをかけて、流れた分はスプーンですくって中央にかけ、米がほぼ柔らかくなるまで火を通す。米がほぼ柔らかくなったら、ホットプレートを250℃にして３分ほど焼く。

Point

今回は、いつもの再現遊びとは違って、我が家で簡単にアレンジして気軽に作ってみよう、というトライをした。なぜなら、日本にスペイン料理店は多くあり、食べたければそういう店で本格的なパエリアが食べられるからである。

普通、パエリアは大量のスープの中でじっくり煮つめていくのだが、ここではちょっと手をかけて時間を短縮しよう。スープがホットプレートのふちにたまっているから、それをスプーンですくって、中央のほうにかけるのだ。米が密集してスープが浸み込みにくいところは、スプーンで運河を作るようにすきまを空け、スープをひたすらまわりから中央部へかける。煮え残ったところがないようにそうするのだが、なかなか楽しい作業である。

フォークとナイフで食べるのがよいと思う。ナイフでエビを切って、カラを外しながら食べられるからだ。ふちのスープを中央にかける作業がちょっと面倒だが、ままごとみたいで楽しくもある。

第十二章

イタリア料理は地方ごとの自慢の味

ジェラートもおいしいトレヴィの泉

1

イタリアへの旅行は二度に分けてした。まず二〇〇六年の九月にシチリアから南イタリアを旅行し、二〇〇九年の十一月に北イタリアからローマまでの旅行をしたのだ。

そこで、食日記を綴(つづ)るわけだが、イタリア料理のことは日本人はよく知っているよなあ、という気もしてしまう。

日本には本格的なイタリア料理を出すリストランテもあるし、もっと気軽なトラットリア（食堂）を名乗る店も、バール風の店も、ピッツァやスパゲティの専門店も、デリバリーのピッツァ屋などもあって、外国料理の中では中華料理に次いでなじみが深いのではないだろうか。何を食べた、ということを丁寧に書いていっても、読者に、その料理のことならよく知ってるよ、と言われてしまうような気がする。

ただし、イタリア料理は地方によって様々な特徴があって、簡単にひとつにまとめて語ることができない。各地方の郷土料理はあるが、イタリア料理というものはない、と言う人もいるくらいだそうである。

確かに、イタリア人というのは地元愛が非常に強く、自分の住む土地をこよなく愛し、なんでもおらが土地のものが一番、というところがあるので、料理も土地ごとに別で、イタリア全土に及ぶ料理はないのかもしれない。

だからこの食日記では、スペイン料理と同様に二度の旅でどこで何を食べたかを記録し、印象を語っていくだけとしよう。

まずは、南イタリアの旅だ。一日目はローマ経由でシチリア島のパレルモへ着くだけ。二日目の午前中はパレルモの市内観光をした。まずはバスの車窓からクアットロ・カンティと呼ばれている、シチリアン・バロックの彫刻で飾られたビルに囲まれた四つ辻を見物。次にノルマン王宮へ行き、その二階にあるパラティーナ礼拝堂をじっくりと見た。十一世紀から百年ばかりノルマン王朝の時代があって、その時にパレルモは栄えたのだ。

その次に、カテドラーレと呼ばれる大聖堂へ行って見物をした。

そして、またバスに乗り、映画『ゴッドファーザー　PARTⅢ』のロケ地になったマッシモ劇場の前を通って、昼食を食べるレストランへ行った。

昼食に食べたのは、リコッタチーズとバジルのかかったナスとトマトのパスタで、パスタ・アッラ・ノルマという名前だった。ノルマン王朝時代にこの地が栄えたのでその名をつけたのかもしれない。ただし、パスタの歴史は古いが、今のようにゆでて食べるようになったのは十三世紀頃かららしいので、ノルマン王朝の時代にはこのパスタはなかったと思われるのだが。

南イタリアでの食事の内容は、まずテーブルにパンが置いてあり、パスタ料理、次にメインの肉か魚の料理、デザートとコーヒー、という構成が普通だった。その中でパスタが主役で、これが自慢料理、という感じのところが多かった。ただし、パスタはマンマのパスタという感じで少し柔らかめで、決してアルデンテではない。北イタリアより南イタリアのほうが柔らかかったような気がする。

午後はパレルモ市街から南西へ八キロ行ったモンレアーレへ行き、金色のモザイク画のキリスト像が見事なドゥオーモと、回廊付きの中庭を見物した。その中庭はイスラムの影響がはっきり見てとれる美しいものだった。

ドゥオーモの前は参道になっていて、キリスト軍とイスラム軍が戦っている操り人形など、珍しいものを売っていた。

グラニータというシャーベット状の飲み物が製造マシーンの中で回っているのも見た。氷菓子の元祖はアラブ発生のシャルバートだと言われているのだが、それと関係があるのかもしれない。

モンレアーレを出発してシチリア島を南下し、古代ギリシア人が作ったという街、アグリジェントのホテルに夕方着いた。ただし、古代ギリシアの遺跡を見るのは翌日だ。この日はホテルのレストランで夕食をとった。

メニューは、パスタ、カジキマグロの炭火焼き、デザート、コーヒーだった。地中海ではカジキマグロやマグロもよくとれる食材で広く食べられているのだ。ワインはシチリアの赤ワインを飲んだ。

「イタリアへ来ているんなら、ワインを飲むことになるわよねえ」

と妻は言った。確かにこの時も、安いテーブルワインだったのに結構おいしかったのである。

三日目の午前中はアグリジェントの神殿の谷と呼ばれる地域を観光した。谷という名なのに小高いナマコ型に盛りあがった土地で、そこに古代ギリシアの神殿群が並んでいる。原形が残っているものも、残骸になってしまっているものもある。紀元前六～五世紀頃、ここは古代ギリシアの支配する地だったのだ。

それから、国立考古学博物館で遺跡からの出土品を見た。

そこから移動して、丘の上の小さな街のレストランへ行った。急坂の狭い石畳の道が入り組んだ、まるで中世にタイムスリップしたような街だった。

昼食に食べたものはまずオードブルの盛り合わせ。これは、ライスと挽き肉をブドウの葉で包んだもの、スペインオムレツ、野菜のトマト煮、鰯の唐揚げなどが少量ずつ盛られているものだった。まるで地中海沿岸の国々の料理の品評会のよ

クスクス

うであった。

メインはクスクス。クスクスはチュニジアでよく食べた料理だが、地図を見ればシチリア島とチュニジアはすぐ近くだ。だからシチリアでもクスクスが食べられているのである。

ただ、野菜と羊や鶏の肉で作ったシチューをかけて食べるのがチュニジア風であるのに対し、シチリアでは魚のスープをかけて食べるのだった。

午後はピアッツァ・アルメリーナという街へ行きカザーレ別荘跡を見物した。三世紀から四世紀にかけて建てられたローマの貴族の夏の別荘である。大変広い屋敷でどの部屋にも見事なモザイク画の床が見られる。土砂崩れで長い間土に埋まっていたため保存状態がよかったのだそうである。

その後、エトナ山の山麓を通ってタオルミーナに到着。マリンリゾートの地として名高いところだ。

ホテルの近くのシーフードレストランで夕食をとる。この日のパスタはカラマラータという太くて短いリング状のマカロニで、ヤリイカとトマトとからめてあった。ヤリイカの輪切りとパスタがちょうど同じくらいの大きさである。それは当然で、カラマラータというのはヤリイカという意味なのだ。ちょっと複雑なスパイシーな味がトマトととてもあっていてかなりのおいしさだった。以前にテレビの旅番組でシチリアのレストランのシェフが同じヤリイカとトマトのパスタにカレー粉を入れているのを見たことがあるのを思い出した。メインは鯛に似た魚の炭火焼きだった。

四日目の午前中はタオルミーナの観光だった。ホテルは海岸沿いにあったのだが、タオルミーナの街は高低差があって複雑な地形である。街は山の上が中心部で、メッシーナ門から四月九日広場を通って大聖堂までウンベルト一世通りを歩く。

四月九日広場は展望台になっていて見晴しがよい。観光地らしくカフェ、レストラン、土産物屋などしゃれた店が多く、観光客もいっぱいいた。

メッシーナ門近くまで戻り、右に緩やかな道を進んでいくとギリシア劇場がある。この劇場はエトナ山と海岸を背景にしていて非常に美しかった。

この日は夕食がついていなかったので、目星をつけておいたメッシーナ門近くの食料品店へ行ってあれこれ買い込んだ。ガイドにすすめられたおしゃれなラベルの赤ワインと、チーズ、ピクルス、オリーブ、グリッシーニ（棒パン）などである。この日の夕食にするわけである。

私たち夫婦は旅先では目を皿のようにしてあらゆるものを見ようとしているので、目からお腹がいっぱいになってしまうところがあって、時々食事をうんと軽くすると調子がいいのだ。

買い物をすませたところで、シラクーサに向かう。まずシラクーサの旧市街を一望できる岬の海沿いのレストランで昼食をとった。

そうしたら、珍しくリゾットが出た。細かく刻んだトレビス（赤チコリ）が入っている。トレビスの苦みがチーズとよく合っておいしかった。

一般的には、リゾットは北イタリアの食べ物である。イタリアの南部は山がちで田に適した土地がないので小麦を作っている。だからパスタをよく食べるのだ。それに対して北部はポー川流域の平地で米が穫れるのでリゾットが食べられるのだそうだ。

その後、シラクーサの旧市街、ギリシア劇場、ディオニュシオスの耳と名づけられている岩を切り出した洞窟などを観光した。

そしてタオルミーナのホテルに戻って、これでシチリア島の観光は終了である。

五日目はフェリーで本土に渡り、アドリア海沿いのバーリまで移動した。途中に栗の木の広い林があったが、ここの栗はおいしくて有名なのだそうだ。

途中の街で昼食を食べた。パスタの後、仔牛のエスカロップが出された。イタリア語ではスカロッパというのが正しいらしい。ソテーした仔牛の薄切り肉にソースをかけた料理で、柔らかく食べやすいやさしい味でおいしかった。

夕食はバーリに着いてから、ライトアップされたバーリ城の見えるホテルの屋上のレストランでとった。パスタはプーリア州の名物の耳たぶの形をしたオレキエッテ、メインはイカのグリルだったが、小ぶりで非常に柔らかいイカでニンニクと香草の香りがよく、大変美味であった。

六日目は午前中マテーラの洞窟住居を見物した。そして午後はアルベルベッロの観光だが、その前にアルベルベッロの入口にあるレストランで昼食をとった。その店では、珍しくパスタの前にカプレーゼ（トマトとモッツァレラチーズを合わせたサラダ）が出された。

この店はグループ客がいくつも入っていて大忙しで、店主の目が血走っていたのが印象に残った。

夜はバーリに戻り、夕食は中華料理の店へ行った。野菜炒めとチャーハンでビールを飲む。私たちは食べなかったのだが、この店の焼そばは麺がスパゲティだった。

七日目はナポリに向かう。ナポリに近づいたところで、まずランチをとる。お決まりのパスタはトマトのスパゲティ。メインは肉と野菜の煮込みであった。

午後はポンペイの遺跡をじっくりと見物。その後、ナポリの街を市内観光した。

夜は街のピッツェリア（ピッツァの専門店）に行った。まず前菜のサラダが出て、その後一人一枚の巨大なピッツァが出された。耳の分厚いナポリ風のピッツァだ。マルゲリータにハムを加えたものだったが、残念なことに

ディオニュシオスの耳

ハムの味があまりよくなかった。そして、日本人のお腹には大きすぎて残してしまった。ピッツェリアは夜だけ営業していることが多いのだそうだ。窯に火を入れるのが一日二回だと大変だからだとか。

八日目は朝のうちにカプリ島に渡った。波がかなり高く、妻は少し船酔いをした。その波のせいで、青の洞窟の観光が中止になったのだが、小船に乗って洞窟の前で長時間順番を待つとき、それは私には無理、と思っていた妻は、中止ときいて心から、ああよかった、ともらしたのだった。

青の洞窟に行けない代りにソラーロ山にリフトで登った。山から下りて、ほど近くのヴィッラ・サン・ミケーレというところを見物した。昔のローマ貴族の別荘だったところである。

その後、島内のレストランで昼食。メニューはボンゴレスパゲティ、白身魚のグリル、デザート。

午後は船でソレントへ渡り、アマルフィ海岸をドライブ。アマルフィの街を観光して、食料品店で乾燥ポルチーニを買った。そしてナポリに戻る。

夕食はナポリのホテルのレストランで。またしても魚料理だった。

翌日、帰国の途についた。

2

北イタリアを巡る旅は、ウィーン乗継ぎでミラノに着くところから始まった。

二日目はミラノの市内観光だが、まずはサンタ・マリア・デッレ・グラツィエ教会へやってきた。そこの修道院の食堂で、レオナルド・ダ・ヴィンチの「最後の晩餐」を見るのである。本物の見事さに圧倒されるような気分になった。

次にブレラ絵画館を見物。スカラ座前からヴィットリオ・エマヌエーレ二世のガッレリアを通ってドゥオーモまで行く。ドゥオーモはゴシック建築の大傑作であり、スケールの大きさに目を見張る。

そのあと、昼食をとるレストランへ行った。テーブルに着くとグリッシーニが置いてある。それとは別に普通のパンも籠に入れて持ってくる。北イタリアではこの方式が多かった。

前菜のリゾット・アラ・ミラネーゼはサフランが使われているのが特徴だった。メインはミラノ風カツレツで、仔牛肉を叩いて薄くして、細かいパン粉をつけて揚げたもので、レモンをしぼって食べる。

「これはうちでも作れそうね」

と妻が言った。デザートはチョコレートのシュークリームとコーヒー。

午後は、ミラノから南へ三十キロ行った田舎にあるパヴィア修道院を訪ねた。この季節（十一月）にはすっかり刈られてしまっているが、あたりは一面の水田地帯であった。

ミラノに戻り、夕食はホテルから歩いて二十分くらいのレストランに行った。メニューはラザニア、ポークエスカロップ、プディング、コーヒーだった。

三日目の午前中はヴェローナに着き観光した。ジュリエットの家ということにされている家、スカラ家墓廟を見て、シニョーリ広場ではランベルティの塔に上った。ほかに、エルベ広場、アレーナにも行った。

ヴェローナの街で昼食をとる。サラダとピッツァ・マルゲリータ。ナポリのピッツァより薄くて食べやすかった。

次にヴィチェンツァへ行ったが、激しい雨の中だった。ここでは主にパッラーディオの建築を見物するのだ。まず少し郊外のラ・ロトンダを見る。次にモンテ・ベリコ教会（ここはパッラーディオの作ではない）。街に入ってキエリカーティ宮殿、オリンピコ劇場、バジリカを見る。

その後ヴェネツィアまで行き、大変な雨の中、島内のホテルに着いた。ヴェネツィアでは運河が道代りなので、古びた小船でホテルの近くまで行き、そこから歩いたのだ。街の中に車が一台もないのはかえってさっぱりしていい感じだった。

ホテルの近くのレストランへ行き夕食をとった。行く時、サン・マルコ広場は冠水していて、長机のような台が並べてあるその上を歩いた。街の人はそのことに慣れきっていて少しも騒いでいなかった。

夕食で食べたのは、まずイカスミのリゾット。これはコクのある深い味わいだった。メインはナマズのグリルだったが、臭みも癖もなくおいしく食べられた。デザートはレモンアイスクリーム。

四日目はヴェネツィアの散策を楽しんだ。車がないのだから主に歩いて観光することになる。サン・マルコ広場は水が引いていた。

まずはドゥカーレ宮殿の中を見物。次に、サン・マルコ寺院の中もゆっくりと見た。鐘楼にはエレベーターで上った。上からは、ヴェネツィアの街々が一望でき、海が見え、サン・ジョルジョ・マッジョーレ島、ジューデッカ島、リド島なども見えた。カナル・グランデという大運河の入口のあたりも見え、黒いゴンドラが何艘も浮かんでいた。

鐘楼から下りて、食物横丁に入っていき、サン・ザッカリア教会を見物した。

その後は、アカデミア橋まで歩いていき、アカデミア美術館に入って絵画鑑賞。それから、ヴァポレットという乗合船に乗ってリアルト橋まで来て観光した。

この日は一日自由行動だったが、添乗員の案内がついたコースについてまわっているのである。リアルト橋近くの市場のそばのシーフードレストランで昼食となったのだが、おしきせのコースではなく好きなものが注文できる。店内に入ると氷を敷いた台の上に様々な魚や甲殻類、貝類などが並んでいて、そこにヒメジを見つけたのでそれを頼んだ。チュニジアでよく食べて好きになっていたのがヒメジだ。アサリのワイン蒸しも頼んだ。それと白ワインだ。

ヒメジはグリルされていて、身離れのいい柔らかい口あたりで期待通りとてもおいしかった。アサリはいまいちな味である。

「アサリが残念だな」

と言うと妻がこう教えてくれた。

「貝類にはシーズンがあって、今は外れなのよ。それなのにアサリを見ると必ず頼んじゃうんだから」

確かにその通りだから言い返せない。ヒメジがおいしかったのでよしとしよう。デザートにグラニータを頼んだ。これはレモン味の飲むシャーベットという感じのものでとてもおいしかった。

食後はリアルト橋を渡ってヴェネツィアの狭い路地を散策しながらホテルに戻った。

昼食が遅かったのでホテル近くの食料品店に行き、ワイン、生ハム、チーズなどを仕入れて、その日の夕食はホテルの部屋で酒盛りをしてすませた。

この時、生ハムを百グラム注文すると、イタリア人にもこんな人がいるのかと驚くほど無口な店主が、ハムの塊の脂身をきれいにそぎ落としてから、薄ーくスライスしてくれた。この生ハムはとてもおいしかったのである。

3

五日目はヴェネツィアを発ってまずパドヴァに行く。スクロヴェーニ礼拝堂でジョットのフレスコ画を見て、そのあと少し歩いてサンタントニオ聖堂へ行った。巡礼の人が多くお参りに来ている聖地である。

街の中心に戻りエルベ広場周辺を散策。フルーツや野菜のマーケットがあってとても賑やかだった。生のポルチーニをたくさん売っていたが、生ではどうしようもない、と買わなかった。ところがあとで教わったところによると、ポルチーニは生で食べてもおいしいのだそうだ。そうと知って妻はくやしがっていた。

広場の近くのレストランで昼食をとった。野菜と豆のスープ、ローストポーク、ケーキという布陣であった。

午後はフェッラーラへ行き観光した。イザベラ・デステが生まれ育ったエステンセ城を見物し、宗教改革者サヴォナローラの像を見て、カテドラーレをじっくりと鑑賞した。

それから、ボローニャまで行きホテルに入った。ホテルは市の郊外にあり、隣に巨大なショッピング・センターがあった。私と妻は夕方そのショッピング・センターへ歩いて行き、中にあるスーパーで、一番値段の高いモッツァレラチーズと枝つきトマトを買った。つまみにカプレーゼを作ろうと考えたからだ。オイルもバジルもなかったが、塩だけで作ったカプレーゼは大変おいしかった。

イタリアのスーパーや八百屋では、パック詰めしてない野菜売り場にはビニールの手袋が置いてある。野菜を取る時に使うということらしい。イタリア人がそんなに神経質だとは知らなかったので驚いたが、妻が言った次の意見が正しいのかもしれない。

「食べるものに関してだけ細かいのよ、きっと」

とにかく、個人商店などではパッケージしてある商品でも触ると怒られることがあるので要注意だ。

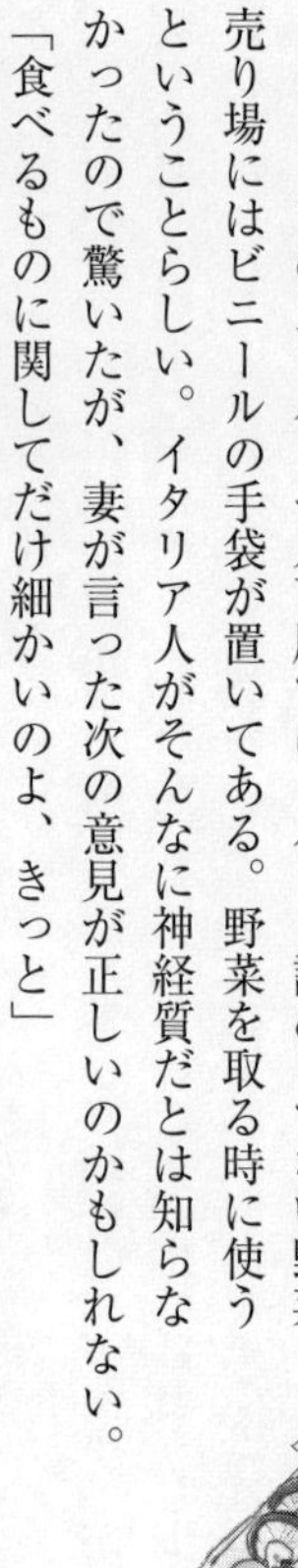

ポルチーニ

夕食はホテルのレストランでとった。タリアテッレというリボン状のパスタのボロネーゼソース。ボロネーゼというのはボローニャの、という意味なんだから、ボローニャの名物だとわかる。そしてボロネーゼにはこのリボン状パスタを使うのだ。ソースは硬めで、ぼそっとした食感のパスタ料理だった。メインは七面鳥のグリル。ほかにケーキとコーヒーがついた。

ボローニャは肉の集散地なので、肉を使ったボロネーゼのパスタが名物なのだ。

六日目はボローニャの街の観光をした。

ヌオーヴォ門の前でバスを降り、歩いてマッジョーレ広場へ出た。コムナーレ宮殿とポデスタ宮殿を見る。ポデスタ宮殿と向きあっているのがサン・ペトロニオ聖堂である。この巨大な聖堂は今も未完成のままである。

サン・ペトロニオ聖堂の中を見物した私たちは、聖堂の裏手のほうにまわって旧ボローニャ大学に入って中を見物した。世界初の人体解剖が行われたという解剖学教室の中も見た。

大学を見たあとは、狭い道に面して食料品店が建ち並ぶメルカート（市場）の中を歩いた。食料品店では乾燥ポルチーニを、ソーセージの店では白カビのサラミを買った。サラミは硬くしっかりとした歯ごたえで、噛むと風味が豊かであった。

パスタの店では、商品の種類がびっくりするほど多い。日本では見たこともない形や色のパスタが並んでいる。五十種類以上はある中から、かなり太いマカロニを買った。

私たち夫婦は旅先で身につける物を買わないので、イタリアでは土産にしたいものがあまりないが、ドライや瓶詰、缶詰などの食材をいろいろ買えるのが嬉しかった。

この街で最後に見たのは、ボローニャの斜塔といわれるガリゼンダの塔とアシネッリの塔の二本だ。十三世紀にはそんな塔が二百も建っていたというので驚くが、今は二本しか残っていない。

それからバスで移動をしてラヴェンナに向かった。アドリア海に近い街である。ラヴェンナに到着して、まずサンタポリナーレ・イン・クラッセ教会の近くのスローフード協会のレストランで昼食をとる。

ここのグリッシーニは平べったい形をしていて香ばしい味でおいしかった。料理は、ラザニア、野菜のオリーブオイル煮、ベリーソースのクリームだった。どれも軽くて優しい味付けでおいしかった。

サンタポリナーレ・イン・クラッセ聖堂を見物後、街の中心に移動して、サンタポリナーレ・ヌオーヴォ聖堂、サン・ヴィターレ聖堂、ガッラ・プラキディア廟を見物した。どれもビザンチン様式で、美しいモザイク画が見事なものである。

ラヴェンナの次にはサン・マリノをめざす。正しくはサン・マリノ共和国であり、イタリアの街ではなく独立した小さな国である。ただし、税関などはなく自由に入れる。

バスが街の中へ入っていくのにてまどり、少し時間が余計にかかってしまった。やっとホテルに着き、レストランで夕食。まごうことなきイタリア料理である。ボンゴレロッソのパスタ、舌平目のフライ、ジャガイモとインゲンの付け合わせ、フルーツであった。

七日目の朝サン・マリノの観光をした。リベルタ広場、政庁、要塞を見た。山の中の街なので坂道がきつい。

紀元三〇一年のことだが、イタリア半島の、アドリア海をはさんで対岸であるダルマツィア地方のラブ島（今はクロアチア領）から、キリスト教徒迫害を逃れ、聖マリヌスが仲間と共にここに来て、ティターノ山に潜伏して国を作ったのだ。以来、約千七百年も独立国であることを守っているのである。聖マリヌスの国だから、サン・マリノなのだ。

そのサン・マリノをあとにし、次に行ったのはウルビーノだ。街は丘の上にあるので駐車場からエレベーターで街に入る。

ウルビーノはラファエロの生家があることで名高いが、ウルビーノ公と呼ばれるフェデリコ・ダ・モンテフェルトロという名君が出た、傭兵業（ようへいぎょう）で栄えた街である。中世のままのたたずまいを残している。

レプッブリカ広場、ラファエロの生家、ドゥカーレ宮殿、その宮殿内にある国立マルケ美術館、ドゥオーモなどを観光してまわった。

観光後、山の中にある細い道をくねくねと進んだひなびたところにある農園レストランへ行き、遅い昼食をとった。

メニューはトマトとチーズと玉子のパスタ、グリルチキン、ほうれん草のオリーブオイル煮、パンデエスパーニャというスポンジケーキであった。素朴な味でおいしかった。

午後はロングドライブでフィレンツェに向かった。ところが、フィレンツェに着いたところでバスの運転手がおかしなことを言いだした。道を知らないからホテルまで行けないと言うのである。そして、タクシーを呼んで先導してもらう、ということにし、街外れで一時間もタクシーを待ったのだ。

「知らない街にビビッているのね」

と妻が小声で言った。

「イタリア人って、自分の住んでる街がイタリアで一番って、本気で思っているじゃない。だから知らない街へ来ると、アウェー感で気が小さくなってしまうのよ。この運転手はヴェネツィアの人だから、フィレンツェにビビッているのよきっと」

イタリア人のすべてがそうではないだろうが、この運転手に関しては、そういうことなんだろうな、と思えた。というわけで、ホテルに着くのがかなり遅くなってしまったのである。この運転手とはここでお別れだからいいのだけれど。

やや遅めだが、レストランへ行き夕食をとった。トスカーナのスープというたくさんの野菜の入った優しくてホッとする味わいのスープ、フィレンツェ名物Tボーンステーキは肉の味がしっかりしておいしかった。キャンティを飲む。デザートはパンナコッタであった。ルネッサンスの街フィレンツェはどんなところだろう、と好奇心を抱き、その夜は休んだ。

4

八日目は丸一日フィレンツェの徒歩観光だった。このツアーでは、ヴェネツィア、フィレンツェ、ローマといった大都市では、原則として自由行動であった。イタリアは人気のある国だから、二度目、三度目の人もいるだろうと、行動は自由にしてあるのだ。ただし、初心者で希望する人には、添乗員が基本コースを案内してくれる、という方式だった。私たちはその基本コースに参加したのである。

午前中はゴルドーニ広場から豪華な屋敷の並ぶ通りを通って、新市場のロッジア（工事中）の前を抜けてシニョーリア広場に出る。ヴェッキオ宮、ランツィのロッジア、ヴェッキオ橋などを見て、ウフィツィ美術館で数々の名画を鑑賞。美術館の中のカフェでティータイムにした。

次に、ダンテの家を見ながらドゥオーモ広場へ。ドゥオーモ（サンタ・マリア・デル・フィオーレ大聖堂）のクーポラ（円蓋）を上って頂上に行きフィレンツェの眺望を楽しむ。このドゥオーモがルネッサンスの象徴なんだと思うと感激だった。

ジョットの鐘楼、洗礼堂、メディチ・リッカルディ宮殿の外観を見て、サン・マルコ修道院の美術館を見た。ここでは、フラ・アンジェリコの「受胎告知」に感動した。

次にアカデミア美術館に入ったが、ここで見たのはミケランジェロの「ダヴィデ像」だ。しばし無言で見つめるばかりだ。

その隣の捨て子養育院の建物も見たが、これはブルネッレスキの名作のひとつである。

かなり歩いて遅くもなったので、街中のレストランで昼食をとった。カルパッチョ、生ハム入りのパスタ、キノコのタリアテッレ、ジャガイモのニョッキ、リボリッタという野菜スープ、ルッコラのサラダなどを注文してみんなでシェアして食べた。もちろんトスカーナワインと一緒に。

トスカーナ料理は気取ったところはないが、味は洗練されていておいしいと感じられた。

食後は、メディチ家礼拝堂、サン・ロレンツォ教会の外観を見ながら市場街へ行く。市場の中をぶらぶらした後、サンタ・マリア・ノヴェッラ教会のファサードを見る。

そこからホテルに戻る道すがら、オーニッサンティ教会に入った。

昼食が遅かったのと、食べすぎたのでこの日の夕食はパスした。ホテルに戻る途中に買ったトスカーナの赤ワインと、サラミ、チーズ、トマトなどで部屋で軽食をとった。

九日目はフィレンツェから、ピサ、サン・ジミニャーノ、シエナを巡る一日だ。

朝一番でフィレンツェのミケランジェロ広場へ行く。フィレンツェのほぼ全景が見られるところだ。しばし眺望を楽しんだ後、バスで西へ進みピサをめざす。

ピサに到着。大聖堂、洗礼堂、斜塔を見物。ピサの斜塔はイタリアで一番よく知られている建物かもしれない。写真で見た通りに傾いているのがなぜか嬉しい。

次に、丘の上にあるサン・ジミニャーノの街に行く。着いたところで、まず街中のこぢんまりしたレストランで昼食をとった。

色々なキノコのホワイトソースの手打ちタリアテッレ。ジャガイモ、ニンジン、ブロッコリー、カリフラワーなどの温野菜。フルーツ。

食後は街の散策をした。こぢんまりした街で、チステルナ広場からドゥオーモ広場を通り城塞まで行く。十四の塔と可愛い街並みが見どころの街だ。ドゥオーモ広場に面したポデスタ宮殿の上にはロニョーザ（厄介者という意味のあだ名）の塔があり、高さ五十一メートルもある。その隣にあるのがキージの塔。広場の北には、サルヴィッチの塔と呼ばれる双子の塔が建っている。まことに面白い景観だ。

宮殿も教会も塔も煉瓦造りの素朴な造りで、街全体がまるで中世のままのようである。

そのサン・ジミニャーノを午後二時半に出て、南東に約三十キロ走り、シエナに三時半頃着いた。シエナはフィレンツェの宿命のライバルだった街だ。

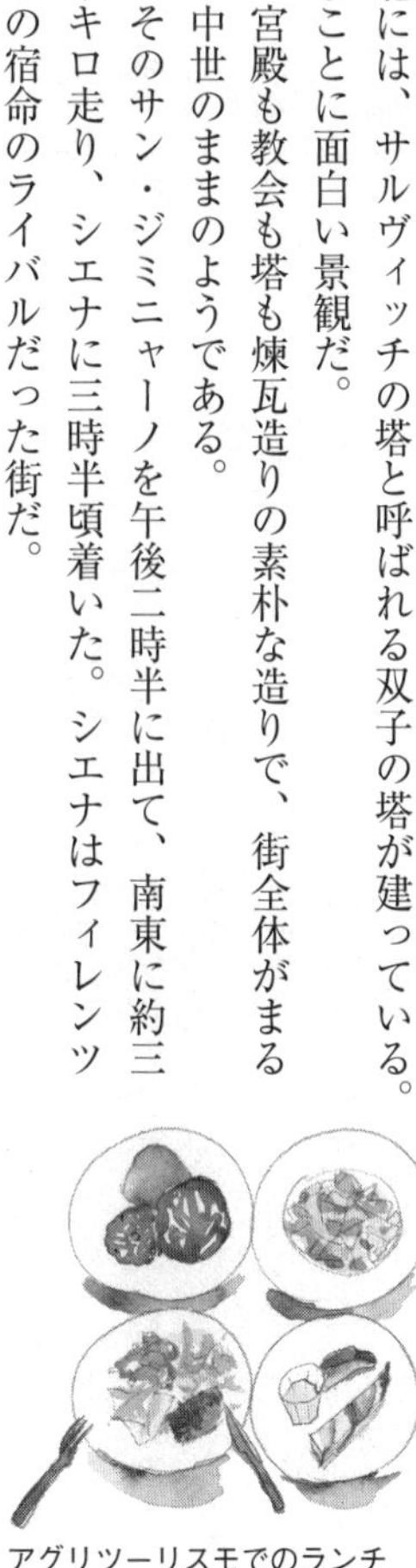
アグリツーリスモでのランチ

サン・ドメニコ教会の脇を進んでいくといきなり壮大な大聖堂の前に出る。それがドゥオーモだ。ここの内部の床の象眼の絵はとても見ごたえがある。ピッコロミニ家の祭壇も見逃せない。そしてもう少し歩いていくと美しい扇状のカンポ広場に出る。広場に面したプッブリコ宮殿は市庁舎で、その隣にあるマンジャの塔は高さ百二メートルもある。広場の扇のてっぺんに位置するところにガイアの泉という噴水がある。この広場はちょっと坂になっているので、自然にすわりたくなる魅力的な広場だ。このカンポ広場ではこの日、イタリアの各地方のフードマーケットが開かれていて、大変賑やかだった。生ハムやワインなどの試食や試飲ができた。私はある店でリモンチェッロの小瓶を買った。

この街も、煉瓦造りで中世の味わいがたっぷりであった。

カンポ広場の夕暮れを見たあと、フィレンツェに戻って夕食をとった。パスタの入ったスープ、サーモン種の魚のグリル、サラダ、ミルクプディングであった。

十日目はまずピエンツァに行った。ピッコロミニ家から出た教皇ピウス二世が、自分の出身地を理想の街にしようと整備した街である。ピウス二世広場に面してピッコロミニ宮殿や大聖堂、市庁舎がある。カステッロ通りからは辺りに広がる美しいオルチャ渓谷の風景が望める。どこを見ても絵はがきのように美しい街で、トスカーナの魅力があふれている。丘の上の小さな愛らしい街であった。

次にモンタルチーノに行った。ワインで有名な街だ。

ここも丘の上に街があり、要塞の中庭を経て、ドゥオーモの他いくつもの教会を見ながらポポロ広場へ行く。ポポロ広場ではワインのラベルのコンテストをしたらしく、優秀作を拡大したものがタイルに描かれ、広場の壁に飾ってあった。

朝から二つ、丘の上の街を歩きまわったので、かなり足にきてしまった。

バスに十分ほど乗って、アグリツーリスモへ行きランチをとった。アグリツーリスモとは、田舎暮らしが体験できる宿泊施設で普通は数日間滞在するのだが、最近はランチだけできるというところもあるのだ。

メニューは二種類のブルスケッタ（輪切りのパンの上にパテやペーストをのせたもの）と、ハム、パッパルデレという二センチ以上ある幅広の手打ちパスタに猪肉のソースをかけたもの。メインはホロホロ鳥とチキンのグリルだった。サラダがついて、デザートはリンゴのケーキとビスコッティ（堅焼きのビスケット）。オリジナルのワイン付きだった。

家庭的でどこか懐かしい素朴な味の料理の数々だった。のんびり時間をかけた昼食だった。隣の部屋では経営者の家族も同じ料理でランチをとっていた。

午後はアッシジまで行く。アッシジは山に貼りついたような坂の街だ。旧市街の小さなホテルに着いた。私は、そこまで来てもまだアッシジがどういう意味を持つ名所なのかを知らずにいて、うかつなことであった。

夕食をホテルのレストランでとった。ショートパスタのアッシジ風クリームソース、鯛のグリル、アイスクリームであった。

アッシジの意味を知るのは翌日になってからであった。

5

十一日目はアッシジの徒歩観光である。まずは街の外れにある壮大なサン・フランチェスコ聖堂へ行き、日本人の神父さんの案内で見物した。そしてようやく私は、この街が十二世紀の清貧の聖者フランチェスコの街だと理解したのだった。フランシスコ会を作った聖人で、アメリカのサン・フランシスコの名もそこからついている。世界中のカトリック教国で最も尊敬されている聖人がフランチェスコなのだ。

聖堂の中には、ジョット作の「小鳥に説教する聖フランチェスコ」という名画があった。

次に、サン・フランチェスコ通りを歩いてコムーネ広場へ行き、ミネルヴァ神殿跡や、市庁舎を見る。あたりには土産物屋や食料品店が並んでいて、私たちは食料品店で白トリュフと黒トリュフのペーストを買った。

次にサンタ・キアーラ聖堂を見た。フランチェスコの弟子となった女性のキアーラは、女性修道士の会、聖キアーラ会を作った人だ。サンタ・キアーラ聖堂は白とバラ色の石灰岩で縞模様を出した愛らしい教会だった。

そのあと、ヌオーヴァ門からバスに乗り平地に降りて、サンタ・マリア・デッリ・アンジェリ教会を見に行った。十七世紀後半に完成した優美な教会だが、礼拝堂の中央に六畳一間くらいの小さなお堂がある。そのお堂はフランチェスコが亡くなったお堂なのだ。それを守るためにサンタ・マリア・デッリ・アンジェリ教会は建てられたのである。

再び山のほうに戻り、山の中にあるソーセージ専門レストランで昼食をとった。店内の中央に大きな炉があって実に様々なソーセージを焼いている。

前菜はサラミ、ハム、チーズの盛り合わせ。メインは炉で焼かれた短くて太いソーセージで、肉がギュッと詰まっていて濃厚な味で食べごたえがあった。デザートはコーヒークリームだった。

午後はオルヴィエートへ行く。街が切り立った崖の上の高台にあり、ケーブルカーで登る。

ドゥオーモを観光した後、街を歩いてポポロ広場へ行き、ポポロ宮殿を見た。

この街は、ローマに敵が攻め込んだ時、教皇が逃げたところだそうである。なるほど、崖の上の街なので攻めようがないわけだ。

ケーブルカーで山を下り、いよいよ最後の目的地ローマへと向かう。

夕刻、ローマに到着。まずは中華料理店で夕食をとったのだが、何を食べたのか覚えていない。焼そばとビール、といったところであろう。

十二日目からはローマの観光だ。まずは市内にあるヴァチカン市国へ。ヴァチカン博物館、サン・ピエトロ大聖堂、サン・ピエトロ広場をじっくりと見た。

博物館では、「署名の間」で見たラファエロの「アテネの学堂」が素晴しかった。そしてもちろん、システィーナ礼拝堂に入って、ミケランジェロの二大絵画にも圧倒された。天井に「天地創造」があり、祭壇背後の大壁面に「最後の審判」があるのだ。

サン・ピエトロ大聖堂はカトリックの総本山であり、世界で一番大きな聖堂だ。ルネッサンスの頂点に立つ聖堂だと言ってもいいだろう。とにかく大きい。

入口の近くにミケランジェロ二十五歳の時の彫刻「ピエタ」があったが、ほとんど処女作に近いというのにこの完成度はどうしたことか、とうなってしまった。

サン・ピエトロ広場を設計したのはベルニーニである。広場を囲む円形の回廊にドーリア式の円柱をずらりと並べた壮大な広場であった。

ここまでが、ヴァチカン市国の観光である。

ここで昼食をはさんだ。メニューは、スパゲティ・カルボナーラ、サルティンボッカ、オレンジであった。サルティンボッカはポークの間に生ハムとセージを挟んで焼いた料理で、ローマの名物料理なのである。

午後はローマの名所巡りだ。まず「真実の口」を見て、ヴェネツィア広場の前を歩いて、フォロ・ロマーノを見物。古代ローマの遺跡がまとまって残っているところだ。

次にコロッセオの外観をたっぷりと見た。一部分崩壊した建物なのに、それがかえって美しさになっている。

バスでナボーナ広場へ移動。三つの噴水があるのんびりできる広場だ。

次に、ロトンダ広場へ行き、パンテオンを見た。ローマ時代の円形の神殿だ。半球形のドーム天井を持っている。その天井の真ん中には直径七・五メートルの穴があいていた。

「私はこのパンテオンが見たかったの。やっぱりいいわあ」

と妻は感激しきりである。今は偉人の霊廟として使われていて、ラファエロの墓もここにある。

その次には、トレヴィの泉へ行った。後ろ向きで肩越しにコインを投げ入れると再びローマを訪れることができるという、あの有名な噴水だ。

私と妻は泉の横にある有名ジェラート屋で、チョコレートとココナッツのジェラートを買って食べた。言うまでもなく、チョコレートを食べたのが私である。男とは知ってる味のものしか選ばないのだ。

バスでピンチアーナ門（古代ローマの門）を車窓に見て、ホテルに戻った。

夕食はトラステヴェレ地区の老舗レストランで食べた。

メニューは生ハムメロン。パスタが二種類で、カネロニとペンネ・アラビアータ。メインは仔牛のグリルとサラダ。デザート、赤ワイン。イタリアのレストランでは、メインの料理よりもパスタのほうに力を入れていて、自慢だ、という感じのことが多いのだった。

十三日目は、希望者には添乗員がおすすめコースを案内してくれると言うので、それに参加した。

タクシーで、ポポロ広場、スペイン広場と通ってボルゲーゼ美術館へ行く。ベルニーニの「アポロとダフネ」「プロセルピナの略奪」などが目玉展示であった。

美術館をたっぷり見た後は、公園を歩き、ピンチアーナ門からヴェネト通りへ出て骸骨寺を見物した。骸骨寺というのは、サンタ・マリア・インマコラータ・コンチェツィオーネ教会というところの地下納骨堂が、四千人の僧の人骨で飾られているのでそう言うのだ。見ていて少し気分が悪くなった。

それから、蜂の噴水、バルベリーニ広場、トリトーネの噴水と見て、地下鉄でコロッセオへ行き、昨日は外観だけだったので入場して観光した。

その後、コロッセオ近くの道端にテーブルを出しているワインバーで昼食にした。ここも皆でシェアをして食べる。水牛の肉のスモーク、魚のスモーク、アーティチョーク、オリーブ、チーズなどの前菜。ローマ風ピッツァ、生のポルチーニのリゾット、エビとアスパラのスパゲティ、トマトとナスとベーコンのスパゲティなどを注文した。店の人がすすめてくれたうまいワイン。デザートにケーキやアイスクリームを頼んだ。

グラッパが二種類あるので試してみないかと言われ、両方を飲んだ。妻が、私にも試させて、と言う。

「味がまったく違ってて、面白いわね」

と言った。

ここでピッツァを食べて、ナポリ風よりも生地の薄いローマ風のほうが好きだな、と思った。また、生のポルチーニは香りが大変よくてとてもおいしかった。気楽な感じの店だったのだが、料理はどれもよい出来だった。

さて、午後も皆は観光するのだが、私の足にできたマメがパンパンにふくらんでもう限界だったので、私と妻はパスしてタクシーでホテルに戻った。

夕方、ホテル近くの大型スーパーに行き、ワインとつまみとグリッシーニなどを買い込み、ホテルでの酒盛りを夕食にした。

この旅行ではあまりビールを飲まなかった。やはりイタリアに来たならワインだろうという感じで、昼はグラスワインを、夜はレストランの人にその土地のおすすめのワインをきいてボトルで注文して飲んでいた。

というところで、長かった北イタリアの旅も終了である。翌日、帰国の途についたのだった。

カラマラータ

材料（２人分） 所要15分

カラマラータ（パスタ）100ｇ
ヤリイカ　２杯
トマト　２個
ニンニク　１片
パセリ　適量
オリーブオイル　大さじ１
塩、こしょう　適量
白ワイン　大さじ１
カレー粉　小さじ１

①大鍋に湯をわかし、たっぷりと塩を入れて、パスタの袋に書いてある時間（約12分）ゆでる。
②その間に、ヤリイカを２杯用意し、わたを取って、パスタと同じ１～２センチくらいの輪切りにする。ゲソは適当に切り分けておく。
③ニンニク１片を数枚にスライスして、フライパンに大さじ１のオリーブオイルといっしょに入れて熱し、香りをつける。キツネ色になったら取り出しておく。
④トマト２個を湯むきして、ザク切りにしたものを、③にジャッと入れる。塩小さじ1/2、こしょうを適当にガリガリ挽いて入れ、白ワインを加えて、トマトの形が崩れてなくなるまで煮る。
⑤切り分けたイカをフライパンに加え、火が通ったところで、カレー粉を小さじ１杯入れて、よくまぜる。
⑥カラマラータがゆであがったら、湯を切ってフライパンに入れ、全体によくからめる。それを皿に盛り、パセリのみじん切りを上からかければ完成である。

Point

シチリア島のタオルミーナで食べた時のスパイスがちょっとわからないので、テレビの旅行番組で見た、カレー粉を使うバージョンにしてみた。

テレビ番組に出ていたシチリア島のレストランのシェフは、日本を旅行した時にそのカレー粉と出会ったと言っており、我々の知っているあの赤い缶のカレー粉でいいのである。

カレー粉が絶妙にマッチしていて、深い味わいとなっているのだ。シチリアワインが飲みたくなるパスタ料理である。

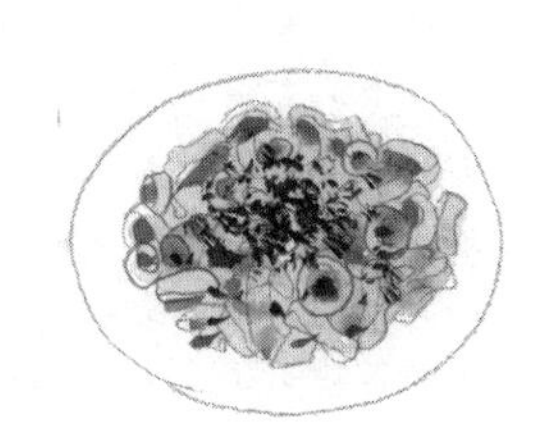

ミラノ風カツレツ

材料（２人分） 所要40分

豚もも肉
（トンカツ用） ２枚
トマト ２個
ニンニク １片
レモン 適量
オリーブオイル 大さじ５
塩、こしょう 適量
パン粉 １カップ
小麦粉 適量
玉子 １個
パルミジャーノ・
レッジャーノ 20ｇ

①トマト２個を湯むきして、ザク切りにする。ニンニク１片を何枚かにスライスして、小フライパンにオリーブオイル大さじ１といっしょに入れて熱し、取り出す。
②トマトのザク切りをジャッと入れて、塩小さじ１、こしょうをガリガリして、弱火でトマトの形がなくなるまで煮つめる。
③パン粉カップ１を、フードプロセッサーで細かくする。チーズ挽きで細かい粉状にしたパルミジャーノ・レッジャーノ20ｇを、パン粉とあわせて、よくまぜる。
④豚もも肉は、肉叩きで大いに叩いて、倍くらいの大きさまでのばす。ちゃんと薄くなるまで叩くのが重要。
⑤肉の両面に塩、こしょうをして、小麦粉をつけ、溶き玉子につけ、③のパン粉を表面につける。
⑥フライパンにオリーブオイル大さじ４をひき、⑤の肉を焼く。フライというよりは、焼きつけるという感じで、適度に焼き色がついたら完成。皿に盛って、レモンと②のトマトソースを添える。

Point

正しくは仔牛の肉で作る料理なのだが、日本ではあまり手に入らないので、豚もも肉で代用する。それを、薄くなるまで大いに叩くのだ。ミラノ風カツレツは衣に味があり、本場ではレモンをしぼってそのまま食べるのだが、我が家ではトマトソースと食べるとおいしいのでそうしている。

食べ慣れているトンカツとはまったく違った、イタリアっぽいカツレツになっていておいしいはずである。

解説──「飲める夫婦の旅、いいなぁ」

久住昌之

夫婦ふたりしてお酒が好きだと、どっちかが飲まない夫婦とは、旅行も全然変わる。ボクは飲むけど、妻は飲まない。で、ボクは相手が飲まない人だと、妻に限らず男の人でも編集者でも、一緒にいて酒を飲まない。あまり飲みたくもならない。自分だけが酔うのが、悪いというか、きまり悪いのだ。食事の時、小瓶のビール一本ぐらいならいいが、二本飲むと、どうも居心地が悪くなる。

ボクの妻は酒の味を嫌いなわけではないようだが、ほとんど飲まない。飲めない。すぐ気分が悪くなってしまうのだ。

だから二人で旅行に行っても、夕飯の時は飲まないで、妻が寝てから暗い中でテレビだけつけて、音を聞こえる限界まで小さくして、冷蔵庫のビールを出して、そーっと栓を抜いて、そーっとコップに注ぐ。そして、テレビの前であぐらをかいて背中を丸めて飲んだりする。こそこそしている。手を突っ込んだつまみの柿ピーのセロファン袋が、クシャカシャ音を立てると、寝ている者が起きやしないか、ドキドキする。実際、眼を閉じているか、寝顔を盗み見たりする。ほとんど泥棒だ。

しかも酒が足りなくなって、足音を忍ばせて部屋を出て、別の階の自動販売機に酎ハイを買いに行ったりする。酔ってて、スリッパも履かないで、浴衣に裸足で買いに行くこともある。馬鹿だな、と思う。さっさと寝ればいいのに、と思うのだが、飲んでしまう。そんな飲み方が楽しいか、と問われると、半分楽しくて半分楽しくない。

それよりも、朝起きた時、部屋の隅に酒の空き缶や空き瓶があるのを見るのが、すごく嫌だ。自分が夜中に悪事をはたらいた証拠品、ボクのだらしない酒好きの意地汚さの抜け殻を見るようだ。相手はすでに起きている。ボクは素早く瓶を冷蔵庫の横の方に固めて置く。缶を潰してビニール袋に入れてゴミ箱に入れる。コップもさっさと水洗いして片付ける。相手は、それをわかっている。夜中に自分が寝てから飲んだことに関して何も言わない。それがまたきまり悪い。そうなのだ、こういう時、相手は妻でも嫁でも奥さんでもなく、相手、なのだ。つまりボクは飲む時、「飲まない人」は、誰であろうとボクとの関係性はただ「気を遣う人」になってしまう。

本当は旅先でも、夕飯後に、一人で近所に飲みに行きたい。暗闇で同部屋の相手が寝返り打つのにもびくびくしながら飲むより、知らない土地の言葉も通じない酒場に行って飲む方が同じびくびくしながら飲むにしても、はるかに自由で冒険の充実感がある。でもそれも相手に悪い。一人で勝手にいいことをしてきて、酒臭い息で宿に戻ってくるのが、申し訳ない。ずるい気がする。いや、ずるい。そういう酒場に、飲まないけど一緒に行きたい、と言われたら断りきれないが、最初に書いたように、ボクは飲まない人と酒を飲むのが、苦手なのだ。いや、正直言って苦手というより、嫌なのだ。ならば飲みに行かない方がいい。そうやって、また消灯した部屋で、テレビ画面の明かりを自分の体で遮るようにして、息を殺して缶をプシュッと開けるのだ。

情けない酒飲み話を書いてしまった。いや、ボクは飲めない妻と旅行するのが苦痛だと言ってるわけではない。飲まない食事も十分楽しいし、割り切っているから、昼間は酒のことも思い出さず、旅行を十二分に楽しんでいる。歩き疲れて入ったカフェで生ビールを一杯だけ飲むのもウマイ。ボクはけっして四六時中酒が飲みたいわけでなく、酒はいつもひと仕事、ひと遊び、ひと歩き、ひと運動した後に飲みたい。何もしてなくて飲むのは、あまり楽しくないのだ。なにかやった後に飲むと、とたんにおいしくなる。だから一日の終わりにも、ああ今日も終わりだ、と思うと毎晩飲みたくなる。とはいえ、もはや夜中は少しでいい。旅先ならなおのこと控えるようにしている。歳をとったものだ。

だけど、今回この本を読んでいると、こういう夫婦旅行も楽しそうだなぁ、とつくづく思わされる。

ボクも妻も、ツアーの旅が好きでない。若い頃一回行って、団体行動が面倒臭くてそれきりやめた。道草や寄り道もできないし。それにふたりして名所旧跡を回ることにあんまり興味がなく、いろいろな場所に行くよりは、同じ町の同じホテルに連泊して、近場をのんびり散歩するのが好きなのだ。そこはすごく合っている。

清水さんたちは、ツアーをうまく利用して、それを楽しんでいるように見える。

「私たち夫婦は旅先では目を皿のようにしてあらゆるものを見ようとしているので、目から先にお腹がいっぱいになってしまうところがあって」

なんて、すごい表現だ。僕らとは全然違う。知的好奇心がすごく強い夫婦なんだろう。そういう人たちこそ、歴史的な文化遺産などを、要領よく見られるだけ見せてくれるツアーが向いているに違いない。

しかも「私たち夫婦は旅先で身につけるものを買わないので」とさらりと書いてある。去年、フィンランドのヘルシンキに行ったのだが、マリメッコとかこういうフィンランドブランドの店の中や外で、旦那さんが居心地悪そうにボンヤリ立っている姿をたくさん見た。奥さんのお買い物を待っているのだろう。ボクは、そういうぼんやりは恥ずかしいので、妻が買い物をしたそうになったら、即別行動にして時間を決めて待ち合わせる。ボクは欲しいものはほとんどないので、カメラを持ってぶらぶらしていることが多いのだが。そうそう、そういう時「ビールでも飲んで待っている」というのも嫌い。酔った顔で再会したくないのだ。

清水さんたちには、そういう気遣いの必要もなさそうだ。だから無駄な時間も少なく、知的好奇心と食欲を満たすことに専念できる旅ができそうだ。どの旅も、全行程、ものすごく内容が濃くて驚く。ボクから見ると移動につぐ移動で、くたくたになりそうだ。でも、きっと好奇心の方が勝って、ボクほど疲れないんだと思う。時々、おいしくて食べ過ぎたりしているけど、おおむね毎日を積極的に楽しんでいる。

そして、夕飯までに時間があって、ちょっと一杯やろうと思うと、奥さんがショッピングセンターの中にビールの飲めるファミレスを発見したりする。

「妻のそういう勘はいつもさえわたっているのだ」

なんて頼もしい酒飲み仲間だろう。入ってビールを注文したら、小皿一杯のオリーブの実を出してくれて、これが、

「ちょっとしょっぱくてとてもおいしかったのである。大満足だった」

あー、もう、わかる。うまそう。こういう大満足でいいのだ、酒飲みは。

チーズやサラミを買って、ホテルでワインを飲む話もすごくおいしそう。

「イタリアへ来ているんなら、ワインを飲むことになるわよねえ」

なんていう奥さんなのだから。

それにしても、最初のトルコ料理は本当においしそうだ。

「私も妻も、旅行中に料理の写真を撮るのが嫌いなので」

とある。ボクも、基本的に食べ物屋で食べ物の写真を撮るのはあまり好きじゃない。仕事で撮らねばならない時以外は、撮らない。なんだか知らない客が、食べる前からバシャバシャ料理の写真を撮るのが、料理人に対して失礼な気がするのだ。寿司屋で目の前の大将に握ったものを出されて、食べる前にいきなり黙って写真が撮れますか。撮れないでしょう。コワイでしょう。まあ、そうやってブログだのツイッターだのは、食い物の写真だらけで、でもそれを見て楽しんでいる人もいるんだから、別にボクは文句は言わない。

だけど、清水さん夫婦は、ここから先がボクと違う。旅から帰って、

「完全に、目と舌の記憶力だけで同じものを作ろうとするのだ」

とくる。二人が同じ探究心や行動力を持っていなければ、そうはいかない。清水さんの場合奥さんの方が舌の記憶力がよさそうだ。頼もしい。

そういう、世界旅先料理の自宅再現、のきっかけになったのが、トルコ料理だそうだ。そのことが文章ににじみ出ている。この本は時系列がバラバラだが、トルコを最初に持ってきているのは、その時の初めての驚き、そしてその味を日本で再現できた時の感動が、特別だったからだろう。「ピクルスとソーセージのトマト煮」は、ボクも読んでいて食べたくなったし、作ってみたくなった。そんなの、聞いたことも見たこともない。でもめちゃめちゃうまそうでよだれが出た。

ボクがこの本で一番行きたくなった国は西バルカンのモンテネグロの隣にあるクロアチアの飛び地、ドゥブロヴニク。絶対、想像を絶するきれいなところだと思う。ツアーじゃなきゃ、まず行けないだろうなぁ。清水さんも「この時の食事が、一生忘れられないような大当たりだった」と書いているし。アンチョビのサラダおいしそう。それよりムール貝のトマト蒸しが相当うまそう。そこに「さわやかな風味の冷えた白ワイン」ってもう、ワーワーワー、そこ行きたい！　見たい食べたい飲みたい、いーな、いーな！というただのミーハーな馬鹿野郎オヤジになってしまうですますございます。
でもボクのとこの夫婦としては、真似するというより、清水さんちにふたりしてお邪魔して、これらの再現料理をただ御馳走になりたいです。それで旅の話を聞きながら、ボクは控えめにワインなどいただきたいという感じです。虫がいいですか。いいですね。どうもすみません。

（くすみ・まさゆき　マンガ家・音楽家）

本書は「ｗｅｂ集英社文庫」で二〇一三年八月～二〇一四年一〇月
に連載されたものを加筆・修正したオリジナル文庫です。

本文イラスト・なかだえり
本文デザイン・宇都宮三鈴

清水義範の本

迷宮

24歳OLが殺された。犯罪記録、週刊誌報道などが、ある記憶喪失男性の治療に使われ、男は様々な文章を読まされる。彼の記憶は戻るのか？　そして事件の真相は⁇　異色ミステリー。

日本語の乱れ

ラ抜き言葉、意味不明な流行語、氾濫するカタカナ語など、間違った言葉遣いや気になる言い方から、比喩の危険性、宇宙を襲う名古屋弁などなど、日本語をテーマにした爆笑小説集。

集英社文庫

清水義範の本

新　アラビアンナイト

「水パイプの中の恋と冒険の物語」「ウード弾きと詩人と美少女の物語」「坊さんも気絶するナス料理の物語」……。夢とイスラム文化の蘊蓄がたっぷりつまった清水義範流新千夜一夜物語。

イマジン

青年の翔悟は、突然、1980年の世界にタイム・スリップ、若い日の父に出会う。家出するほど父と険悪な関係だった翔悟だが、なぜかふたりでジョン・レノンを救う旅に出ることに。

集英社文庫

清水義範の本

シミズ式
目からウロコの世界史物語

世界史で有名なあの事件、あの人物。でも、本当にその真実をあなたは知っていますか？　キリスト教の誕生、南米に起った謎の文明、中国四千年の実像……。目からウロコの新世界史。

信長の女

船で物資が集まる港町。海の道でつながる遠い異国が攻めてくるかもしれない……。新しいものに憧れる信長が、明の衣装をまとった美しい少女と出会い虜に……。清水版新釈織田信長伝。

集英社文庫

清水義範の本

夫婦で行くイタリア歴史の街々

パスタがアルデンテとは限らない、南部の街はトイレが少なく大行列……。シチリア、ナポリ、ボローニャ、フィレンツェ等、南北イタリアを夫婦で巡る。熟年ならではの旅の楽しみ方も満載。

会津春秋

会津藩士の新之助は薩摩藩士の八郎太と象山塾で出会い、意気投合。塾を手伝うお咲に新之助は恋心を抱くが……。幕末動乱期、友として時に敵として交わり続ける男たちを、軽快に描く。

集英社文庫

夫婦で行く旅の食日記　世界あちこち味巡り

2015年1月25日　第1刷　　定価はカバーに表示してあります。

著　者　清水義範
発行者　加藤　潤
発行所　株式会社　集英社
東京都千代田区一ツ橋2-5-10　〒101-8050
電話　【編集部】03-3230-6095
【読者係】03-3230-6080
【販売部】03-3230-6393(書店専用)
印　刷　大日本印刷株式会社
製　本　大日本印刷株式会社

フォーマットデザイン　アリヤマデザインストア　　マークデザイン　居山浩二

ISBN978-4-08-745277-8 C0195